魅丽文化 花火工作室

一颗小奶糖

时白 著

江苏凤凰文艺出版社
JIANGSU PHOENIX LITERATURE AND ART PUBLISHING, LTD

图书在版编目（CIP）数据

一颗小奶糖 / 时白著. — 南京 : 江苏凤凰文艺出
版社, 2020.4
ISBN 978-7-5594-3333-6

Ⅰ. ①一… Ⅱ. ①时… Ⅲ. ①长篇小说 - 中国 - 当代
Ⅳ. ①I247.5

中国版本图书馆CIP数据核字(2020)第006585号

一颗小奶糖

时白 著

出 版 人　张在健
责任编辑　王 青 张 倩
选题策划　喻 戎
特约编辑　喻 戎 吴 龄
装帧设计　A BOOK STUDIO 安柒然 Design2469318609
官方微博　@图书出版秒秒米
出版发行　江苏凤凰文艺出版社
　　　　　南京市中央路165号，邮编：210009
网　　址　http://www.jswenyi.com
印　　刷　湖南凌宇纸品有限公司
开　　本　880mm × 1230mm 1/32
印　　张　10
字　　数　249千字
版　　次　2020年4月第1版，2020年4月第1次印刷
书　　号　ISBN 978-7-5594-3333-6
定　　价　39.80元

·目录·

·目录·

·目录·

·目录·

第一章

温和守礼的男人

“舒姐，三号桌的火龙果绵绵冰。”

小靖将新鲜出炉的饮品递给舒晏，舒晏接过托盘后端到客人的桌前，将饮品放在桌上。

客人向她道完谢，舒晏刚直起身，咖啡厅的玻璃门就被人推开了，门廊上悬挂着的风铃顿时发出一阵清脆的声响。伴随着整齐划一的“欢迎光临”，有客人走进店里。

舒晏端着托盘回到收银台边，刚帮客人点好餐的小靖就抽空碰了碰她的胳膊：“舒姐。”

感觉到有人在碰自己，舒晏顿了一下，回头看她。

小靖指了指楼上，努努嘴道：“好受欢迎啊。”

舒晏仔细辨认着她的口型，明白她在说些什么后，抬头朝楼上看了一眼。小靖又碰了一下她的胳膊，说：“舒姐，你都不知道欢呼声有多热烈，吵得我的耳膜都快破了。”说着，小靖还做了个捂耳朵的动作。

“不过啊……”小靖话锋一转，脸上露出些许陶醉，“不仅人长得帅，歌唱得也是真好听，我觉得啊，他这样的人窝在我们这家咖啡厅里实在是太浪费人才了，现在各大卫视举办的歌唱比赛那么多，他凭着这样的长相和唱功，随便去参加哪场比赛，保证都能一炮而红！”

她话说得有点快，舒晏盯着她的唇仔细看了好一会儿，才大致明白她说了什么。

吧台负责帮顾客做饮品的阿响闻声回过头来，嗤笑了一声：“得了吧，要是能红的话人家早就参加节目去了，还用待在我们这种小地方？”

小靖回嘴道：“我看你就是羡慕嫉妒恨，见不得人家比你好看、比你有才华吧。”说完，她还吐了吐舌头。

阿响懒得跟她辩解，直接翻了个白眼。

小靖被他这副不屑的态度气到了，想去打人，但很快她就安静了下来，因为楼上传来了悠扬轻快的吉他声。随着音乐而起的还有那道清亮优雅的声音，听得人耳朵一酥，只想沉醉在这样的歌声里。

看到小靖突然安静了下来，舒晏就知道楼上的人又开始唱歌了，她抬起头看向二楼。

二楼有几桌客人点了咖啡和蛋糕，舒晏清点好每桌的东西，就端着托盘往楼上走去。

咖啡厅是舒晏自己出来工作两年之后筹钱开的，已经开了两年有余，当初原店铺的主人急着转手，以相对便宜的价格把店铺转售给了舒晏。舒晏当时看这里可用空间很大，进行装修设计的时候，就把这里分为了上下两层。

两年多的时间里，舒晏的咖啡厅在附近一带已经赚足了口碑，也广受顾客的好评，生意基本上就没断过。只不过近期因为附近有别的同类型的门店兴起，店里的月均营业额已经大不如以前了。这样的情况持续了一段时间，但最近因为一个人的到来，她店里的生意又恢复了以往高峰期时的盛况，甚至比之更甚。

舒晏端着托盘顺着台阶往上，看到二楼已经座无虚席了，就连楼梯口都围满了女生。目光从她们激动兴奋的脸上滑过，舒晏小心翼翼地从她们身旁穿过。

顺利地穿过人群，舒晏把托盘上的饮品和蛋糕送到每桌顾客的桌上，然后拿着托盘直起身，转过头，视线落在抱着吉他坐在房间一角的男人身上。他穿着样式简单的白衬衫和牛仔裤，怀里抱着棕色的吉他，微低着脑袋，温暖的光线洒在他的身上，照出他俊秀的轮廓。

他坐在圆椅上，背靠着身后的书架，单脚架在椅子的横杆上，裤脚被他挽起，露出一截白皙的脚腕。

像是察觉到她的视线，梁昱行缓慢地抬起头来。他确实像小靖说的，长得很好看，面容俊秀出众，一双眼睛极漂亮，卧蚕饱满圆润，眼尾细长，勾勒出精致完美的轮廓，清澈明亮的眼中含着几分浅浅的笑意，满眼温柔，似汪了一坛醇酒，勾得人心神荡漾。

此时，那双黑亮的眼睛凝视着她，噙着温暖明媚的笑意，像春风明月，暖人心扉。

舒晏站在人群的中央，看着他微启的薄唇，却听不到一丝声音。她的世界里一片沉寂，什么也听不到，所以刚才小靖说的，还有这群女生脸上陶醉的神情，舒晏都无法感同身受。

在这附近居住的人都知道这里有家咖啡厅，也知道这间咖啡厅的美女老板实际上是一个聋哑人。

舒晏盯着他，梁昱行也回视着她，手上拨弦的动作没有停止，仿佛周围的人都不存在，他对着她浅浅地莞尔。

在舒晏面前的一桌女客人见到他的笑容，心都酥了，含羞带怯地看了他一眼，捧着手兴奋地和身边人议论。

舒晏敛了敛眸，手臂忽然被人碰了一下，她微愣，转头看去，就看见身后一桌一个留着寸头的男人正皱着眉盯着她。

“喂，叫你呢，怎么没反应啊？”男人不满地瞪着她，“东西上错了，我要的是摩卡，不是美式。”

“老板娘，你这服务态度不行啊，怎么叫半天都没反应啊？我们等很久了。”坐在男人对面的卷发女人也开口道。

他们说话的语速很快，舒晏没看清楚。她愣了愣，从衣袋里翻出手机，在屏幕上敲下一句话，递到他们面前。

“不好意思，请问有什么可以帮到您？”

看清了屏幕上显示的文字后，这对男女反倒愣了一下，看着舒晏的目光都多了几分惊讶和异样。

舒晏对这样的目光已经习以为常，她平静地笑了笑，收回手机，低头准备打字。

忽然间，眼前的光线被人遮住，暗了下来，舒晏抬起头来，就看到面前站着一道修长挺拔的身影。白衬衫衬得他的身形越发清瘦，他单手提着吉他，站在她面前，脑袋微低，正在对着两位顾客说话。

“不好意思，两位，可能是店员搞错了，现在立马让他们重做，请耐心稍等片刻。”他的语气温和，脸上带着浅淡的笑意。

对着这样一张清雅俊秀的面孔，一般人着实生不起气来。

卷发女人扬起眉梢，单手撑着脸颊，伸出手碰了碰梁昱行的白衬衫，手指在布料上打着圈：“这不是那位唱歌的小哥哥吗？”

梁昱行眸色一淡，不动声色地避开了她的触碰，说了句“劳烦稍等”，回身看了舒晏一眼：“跟我来。”

舒晏不知道他对那两人说了些什么，在原地顿了会儿，跟着他一起下楼了。

一楼，站在吧台后面的小靖听到吉他弹唱声戛然而止，还在疑惑着，片刻后就看见男人带着舒晏下了楼，等人走到跟前，她开口问：“发生什么事了？”

像是为了照顾舒晏，让她知道刚才发生了什么事情，梁昱行转头看着她，一字一顿缓缓道：“二楼十一号桌的客人点的饮品弄错了，麻烦重新准备一份。”

小靖闻言“啊”了一声：“我赶紧重新准备。”

事情解决了，梁昱行朝她们微笑点头之后就返回了二楼，舒晏转身就看见小靖夸张地做了个捂心的动作：“哇，他笑起来我的心都化了，怎么可以那么帅呢！”

舒晏瞥了她一眼，低头打字。小靖也跟着低头，就看见她在手机屏幕上面敲了一行字：“你很闲吗？”

小靖立马识相地做了个拉链封口的手势，回到自己的工作岗位上去了。

咖啡厅一般是晚上九点就关门了，八点五十分店里就开始做今天的收尾工作，阿响依然在为店里剩余的最后几位客人做饮品，小靖则在收银台后方核对今天的数目和金额，只剩下舒晏一个人收拾着桌面，将桌椅摆放整齐。二楼的楼梯口还摆放着几张椅子，她走过去刚要抬起其中一张椅子时，就被人拦住了。

梁昱行走过来帮她搬椅子，他抬起头来，就看见舒晏在盯着他，他温和一笑：“我来吧，女孩子不要做这种重活。”

舒晏看着他，没做任何表态。

等他把堆在楼梯口的椅子全部搬走，舒晏递给他一张纸擦手，同时把手机递过去，上面写着：“谢谢”。

梁昱行看到这两个字时眼角一舒，笑起来时那双眼睛里仿佛落满了星河灯火：“不客气，举手之劳。”

九点过十分，小靖和阿响打卡下班回去了，舒晏把店内的灯关掉之前特意留意了下四周，没有看见梁昱行的身影。以为他是先回去了，她把门锁好之后，径直往家的方向走去。

梁昱行就站在店外不远处，看着她离开的背影，他脚步一顿，也跟了上去。

舒晏起初对脚边那抹不远不近始终跟着的黑影没多留意，直到快走进小区门口的时候，她不小心被飞奔而过的小孩撞了一下，肩膀被人及时扶住，她这才发现了身后人的存在。

她站在原地，惊讶地看着出现在身后的人，掏出手机在屏幕上敲了一句话，将手机凑到那人跟前：“你怎么在这里？你一直跟着我？”

梁昱行低头看着手机上的字，沉默了一阵，将视线挪到她的脸上，有点无奈地抿起了唇，神情有些无辜。

“舒小姐，我没有跟着你。”

“梁先生。”他们站立的位置恰好在门口保安亭附近，里面值班的保安见到他，扬声喊道。

梁昱行看了她一眼，转身走向保安亭。

“梁先生，这是您的钥匙和门禁卡，今天林太太特地交代我，说等您回来就把这两样东西交给您。”

梁昱行接过保安递来的钥匙和门禁卡，温和一笑道：“谢谢。”

舒晏看着他拿着小区的门禁卡回来，微微愣了一下，打字问他：“你也住在这里？”

梁昱行将钥匙拢在手心里，淡淡点头道：“嗯，今天刚搬过来。”

舒晏心想，真是巧了。

梁昱行被她盯得不好意思，轻咳了一声，声音微低：“走吧。”

他抬起脚，率先一步走在前方，舒晏跟在他的后头，视线微抬，就能看到眼前被白衬衫衬得俊朗挺拔的身影。

舒晏跟他是在一个多星期前认识的，那天跟往常一样，门口的风铃响起清脆的铃声，“欢迎光临”的口号声过后，穿着白衬衫的男人就走到了收银台边。她记得他当时点了杯美式，咖啡喝完之后，他就坐在靠窗的位置弹起了吉他。

那天过后，梁昱行隔了两天又来了，照样还是点了杯美式，然后就坐在上次同样的位置。

从第一次见面之后，小靖就彻底沦陷在他的颜值和声音之中，每次都会去跟他搭话聊天。

梁昱行这个人看起来温柔平和很好说话的样子，可实际上什么也没有透露，小靖和他聊过几次天，也只是大概知道他是个四处漂泊的流浪歌手，别的什么就不知道了。

而现在这个四处流浪的人在南城有了套房子，看样子似乎是打算暂时住下来。

舒晏看着男人修长挺拔的背影，只觉得他身上处处充满了谜团，不过她也没多想，跟在他的身后上了电梯。

舒晏看着他按下了“22”的楼层键，微微讶异：这么巧，他也跟自己一样住在二十二楼。

梁昱行装作没有留意到身边的那道视线，等电梯缓慢上升时，他想到什么，转头看向她：“舒小姐住在几楼？”

舒晏看了他一眼，指了指“22”这个数字，示意自己也住在这一楼层。

梁昱行敛眸，微笑道：“好巧。”

而更凑巧的是，出了电梯门，舒晏看到他径直走向 2206 的方向，就在……自己家的对面。

梁昱行也注意到她停留的位置，他目光平和地与她对视：“看来，我是和舒小姐成了邻居。”说着，他对她露出浅淡的笑容，眉目精致如画，“之后请多多关照。”

看着这个外表温良纯善的男人，舒晏眼里的惊讶已经淡了下去，她回视着他，点了点头。

“那么，舒小姐，晚安。”

舒晏拿出手机打字：“晚安。”

交谈结束，舒晏转身从包里拿出钥匙开门，她刚把门锁拧开，门打开了一条缝，就有一道黑影猛地蹿了上来。而与此同时，她的肩膀也被人搂住，有双沉着有力的手将她及时拉到了一边，舒晏顿时愣住。

她被人拉开，从门里蹿出来的黑影就径直扑到了男人的身上，那道黑影用力过猛，导致梁昱行往后连退了几步。

舒晏回过神来，还来不及细想这个男人的动作为什么那么快，就看见自己养的大型阿拉斯加犬扑在梁昱行的身上，两只前爪扒拉住他纯白的衬衫，以站立的姿态挂在了他的身上。而被它扑住的男人蒙了一下，神情愣怔地看着这突如其来的大型犬。

舒晏觉得他此时的反应和神情有点可爱，没忍住笑了起来，半晌，才想到自己此刻的反应有点不太厚道。她勉强收敛笑意，走过去拍了拍阿拉斯加犬的头，将梁昱行从它的爪子下解救了出来。

“梁先生，不好意思，吓到你了，你没事吧？”舒晏在手机上打了行字问他。

梁昱行的衣服被阿拉斯加犬的爪子弄得皱成一团，整个人看上去多了几分狼狈。他的情绪已经从方才的愕然中平缓了下来，他摇了摇头：“没事。”

他的视线落在此时正用脑袋蹭着自家主人大腿的阿拉斯加犬上。它看起来有半个成年男人那么高，四肢的肌肉厚实，体型是普通成年犬的两三倍大，刚才它从门缝里蹿出来时，梁昱行险些被它扑倒在地面上。

“这是你养的狗？”

舒晏点头，告诉他：“对，这是我养的狗，叫摩卡。”舒晏有些抱歉地看着他，在手机上飞快打字，“它不经常这样，今天是我出门前忘记给它准备罐头了，它大概是饿狠了，所以才会一看到我就着急扑上来，还好你把我拉开了，要不然它扑过来我肯定会摔倒在地上，谢谢你出手相助。”

梁昱行摇了摇头，表示不用客气。

舒晏的目光落在他身上，他的衬衫被摩卡弄得皱巴巴的，衣服的扣子都被抓掉了两三颗，她犹豫了一下，在手机上打字：“你的衣服……”

“没关系，我回去处理下就好。”

“我家里有针线，如果你不介意的话，可以换下来，我帮你缝好。”舒晏把手机递给他看，抬头看着他。

楼道的光线将他的轮廓照得俊朗，梁昱行微低着头，嗓音平淡温和：“那就麻烦你了。”

“交换个联系方式吧，等会你来敲门的时候先发个信息给我，这样我才会知道。”

梁昱行：“好。”

他接过她的手机，把自己的号码输入了进去。

十分钟过后，梁昱行换好衣服来找她，舒晏已经换上了家居服。她引着他进门，在玄关的鞋柜里给他找了双拖鞋。好在新居入伙的时候，她就分别准备了一双标准的男士拖鞋和女士拖鞋，现在总算是派上用场了。

她微低着脑袋，发丝柔顺细滑，随着她弯腰的动作垂下，遮挡住她半边白皙细腻的脸颊。

梁昱行敛眸，挪开了视线。

舒晏的家是两房两厅，七十多平方米，这对她一个单身女人来说已经足够大了。房间整体装修得干净温暖，东西也摆放得整整齐齐，有条不紊的，没有什么多余的摆设或者装饰，但看着就让人感到舒心。

舒晏指着沙发让他坐着稍等片刻，她先去了趟厨房，给他找了个干净的杯子倒水。将杯子递给他之后，她才去房间拿了针线出来。

舒晏接过他的衬衫，坐在沙发上，梁昱行姿势端正地坐在她的一侧，双手放在自己的腿上，眼睛微垂，腰背挺得很直，看上去有些拘谨。

舒晏把线穿过针头，抬起头来就看到他背脊笔挺地端坐着，目不斜视地看着前方，有点古板局促的模样。她微微一笑，拿起旁边的手机打字问他："你想不想看电视？"

她怕他干坐着太无聊了，她手里忙着活儿不能跟他聊天，只好找点别的事情给他解解闷。

"舒小姐，不必麻烦……"梁昱行微微启唇，舒晏却已经站了起来，没有注意到他说的话。

她走过去打开了电视机，却半天都找不到遥控器。这台电视机是她当初搬过来的时候房东留下的，左右不占地方，舒晏就没有把它清理掉。因为自身的关系，她从来没有开过这台电视，所以这一时半会儿她也忘记遥控器放哪里去了。

最后还是摩卡叼着不知从哪里翻出来的遥控器走过来递给她。

舒晏接过它嘴里的遥控器，笑着摸了摸它的脑袋。

真乖，帮了大忙。

开了电视后，舒晏按着遥控器调了几个频道，也不知道他喜欢看些什么，她干脆走过去把遥控器递给他，示意他自己调台。

她重新坐回沙发上，拿起他的衬衫，帮他缝扣子。

半晌，她抬起头，就看到电视屏幕上正在播放着中央台的新闻。她用眼角的余光瞥见梁昱行板着身子正襟危坐在沙发上，似乎已经决定看这个台了，他把遥控器放在面前的桌子上。

他严谨正经得仿佛就像在对待什么很重要的事情一样，这样的人舒晏还是第一次碰到，他现在的模样，让舒晏感觉他像个刻板的老学究。

尽管如此，还是不难看出这个男人的涵养极好，待人接物都是绅士有礼的，就跟他给人的感觉一样。

两个人坐在客厅里，彼此沉默不言，却并不会有任何突兀或者尴尬的感觉。

摩卡吃完自己的罐头，就摇着尾巴走到舒晏的身边，蹭了蹭她的腿，然后又迈着步子走向梁昱行。

梁昱行的视线从电视上收回，低头看向不知何时走到身旁的阿拉斯加犬。摩卡乌亮的眼睛也看着他，半晌，它懒洋洋地伸展了四肢匍匐在他的脚边。

梁昱行一动都不敢动，还能感觉到大型犬身上的体温。

片刻，他的面前递来一部手机，屏幕上写着："看样子，摩卡很喜欢你。"

梁昱行抬起头，看到对面的舒晏眉目漾着淡淡的温和的笑意，他一顿，嘴角也掠过浅浅的笑意。

他伸手抚摸了下摩卡的脑袋，说："谢谢。"

摩卡配合地晃了晃脑袋。

过了一会儿，他放在口袋里的手机响了，梁昱行看了眼来电显示，对舒晏说："舒小姐，我去接个电话。"

舒晏点头，看着他拿着手机走向阳台。

"喂，老大，你在哪儿呢？"电话刚接通，一道清亮爽朗的声音就钻入梁昱行耳朵里。

梁昱行看着外面幽静的月色，声音低缓道："我在舒晏小姐的家里。"

对方似乎狠狠地吃了一惊，半晌才出声道："哇！老大，你也太厉害了吧，这么快就潜入人家的家里了！？"

梁昱行闻言，微微敛了下眉。

魏明："这么说，你已经成功进入舒晏小姐的家里了？"

听到梁昱行应了一声，魏明身上的八卦因子又蠢蠢欲动了，他问："老大，我比较好奇这个过程，你是以什么身份接近舒晏小姐的呢？"

“过程，你不必知道。”梁昱行淡淡道。

“好吧，我之前还觉得，让你这样性子的人去接近一个单身女人，实在是太为难你了，没想到你进展得这么顺利，我本来还帮你量身定做了几套方案，但现在看来我的担心是多余的，哈哈哈。”没听到电话这端的人回话，魏明又兀自开口道，“老大，我实在是好奇你是怎么在短时间内让一个女人相信你，并且让你进到她家里的，你该不会是牺牲了你的美色吧？”

听着对方喋喋不休，梁昱行的耳根悄悄爬上了一抹红晕，他轻咳了一声，带了点命令的口吻说：“魏明，闭嘴。”

魏明乖乖闭嘴，心想，该不会真的被他说中了吧？

舒晏将衬衫的最后一颗纽扣缝好，梁昱行正好也打完电话回来了，她抬起头就看见他走了进来。他微侧着脑袋，单手将阳台门关上了，室内的光线明亮充足，照在男人的身上，然后舒晏就发现他的脸好像有点……红？

她不禁猜测，是因为电话那端的人吗？

从第一次和他相处起，舒晏就知道这是个脸皮很薄容易羞涩的男人，现在看着他绯红的脸颊，舒晏有点好奇，于是在梁昱行走过来的时候，她在手机上打了几个字问他：“女朋友？”

不料，看到她打的这几个字之后，梁昱行的脸更红了，那层红润似乎有蔓延到脖子的趋势，然后舒晏就看见他抿着唇摇了摇头：“不是女朋友。”

这句话似乎有点争议，他抬起头来，清澈漂亮的眼睛直视着她，神情带了点认真，他补充道：“我没有女朋友。”

舒晏瞬间就有种自己在严刑逼供的感觉，没有女朋友也不用摆出那么严肃的表情回答她吧……

她有点后悔问他这个问题了，空气静默，有些许尴尬在他们其中蔓延，舒晏很理智地转移了话题，她把叠好的衬衫递给他，告诉他已经缝好了。

“谢谢。”

衬衫的纽扣缝补好了，衣服被她叠得平平整整的，递到他的手上时，还带着点温热的感觉。

梁昱行起身告辞："舒小姐，今晚冒昧打扰，那我就先告辞了。"

舒晏点头，起身要送他到门口。

摩卡也从地上站起来，甩了甩身后的尾巴，跟着他们一起走到门边。

梁昱行在玄关换好鞋，站直了身子与她对视，礼貌地微笑："舒小姐，这段时间我会暂住在这里，如果你平时遇到了什么不便或者困扰，可以随时来找我。"

舒晏莞尔。

"叫我舒晏就好。如果遇到了什么麻烦，我一定不吝向你求助。"

后半句话带了点开玩笑的口吻，梁昱行却是真切地看在了眼里，他微微颔首："好的，舒晏，晚安。"

舒晏看着自己的名字从他的嘴里轻吐出来，结合他脸上温和的神情，她莫名地就能感觉到这个男人此刻的语气一定是温柔而诚挚的，她的脸微微一烫，心跳骤快。

注视着男人消失在门口，舒晏关上门，回到客厅整理针线。忽然，她注意到他刚才用过的杯子，杯子里还剩下三分之二的水，显然刚才那个男人只喝了一口。想起他刚才坐在这张沙发上神情专注地看着新闻的模样，舒晏不由地勾唇笑了。

他真是个很有意思的人。

第二章

突发状况

大概是昨天摩卡饿得太狠了，舒晏发现今天的摩卡特别不听话。从今早她还没起床时摩卡就开始黏着她，先是跳到她的床上，用脑袋撞着她的身子，把她从睡梦中弄醒，然后就是跟着她进浴室洗漱，连舒晏进厨房准备早餐的时候都要跟着她。

这些也就罢了，可之后连舒晏出门它都要跟着一起出来。看着半个身子已经探出门外的摩卡，舒晏无奈地笑了，蹲下身子摸了摸它的脑袋，指了下客厅，示意它回到自己的窝里。

以前每次它想跟着一块出门的时候，看到舒晏做了这个手势，它就会乖巧地回去趴着，可今天却不同于往常，她做了这个手势之后，摩卡蹲在原地，冲她叫了一声。

舒晏忽然明白过来，它应该是在家里闷久了，想出去溜达溜达。毕竟，上次带它出门已经是一个多星期前的事情了。

摩卡晃了晃尾巴，冲她“汪”了一声。

舒晏有些心软，想了一下，还是决定带它出门。

此时正好对面的门也开了，有人走了出来。

梁昱行穿着样式简单的白衬衫、黑色长裤，身后背着他的吉他，一副清爽明朗的模样，楼道的光线浅浅的，照亮了他那双漆黑静默的双眼。

梁昱行看到她之后浅浅笑了，嗓音平静而温和：“舒晏，早上好。”

舒晏一笑。

梁昱行微低了低头，看到她身旁的摩卡，询问道：“是要带它去咖啡店吗？”

舒晏点头。

梁昱行的目光温润沉静，与她对视，他说：“我正好也要去，一起走吧。”

他们到咖啡店的时候，小靖和阿响已经来了。还没到正式营业时间，店里还没有客人，小靖正在打扫着店面卫生，阿响在吧台后方挑选咖啡豆。

听到门口的风铃响了一声，两个人同时转过头来，小靖放下扫把走过来，跟舒晏打了声招呼，然后目光就落在梁昱行的身上，她笑道：“梁先生，今天这么早就过来啦。”

梁昱行对她微笑着颔首。

摩卡从他们的身后蹿出来，小靖眼睛一亮，惊喜道："啊！摩卡，你也来了。"她蹲下身，搂住了摩卡的脖子，揉了揉它身上的毛，"亲爱的摩卡，好久不见啊，我都快想死你了，来，姐姐抱一抱。"

阿响从吧台的小门走出来，对舒晏微微点了下头，目光扫过那温润如玉的男人，照旧对梁昱行视而不见。他跟许小靖对待这个男人的态度截然不同，小靖是看见帅哥就一头热，而他直觉地不是很喜欢这个来历不明的男人。

梁昱行察觉到他的视线，抬眼看过去，阿响却是瞥了他一眼之后就淡淡地挪开了目光，走到小靖身边逗狗去了。

梁昱行收回目光，就感觉手臂被人碰了一下，他转头就看见舒晏在手机上打的一行字："吃早餐了吗？"

"还没。"他摇头。

舒晏略微思考了一会儿，问他："一份芝士火腿吐司加一杯热咖啡，如何？"

梁昱行展眉一笑，道："多谢。"

回到吧台后，趁着没人，小靖就跑过来找舒晏，脸上带着显而易见的好奇和八卦："舒姐，你和梁先生是怎么回事啊，你们早上怎么一起过来了？"舒晏还没回答，小靖就抢着开口道，"你可别说是在门口遇到的啊，我才不信有这么凑巧的事呢，你们是不是……"说着，她朝舒晏暧昧地眨眨眼。

舒晏瞥了她一眼，打字说："我原本也不相信巧合。"

"啊？"看完她打的那行字之后，小靖一蒙。所以是……什么意思？

"他昨天搬来我对面住了。"

"真的？"小靖觉得难以置信，"这么巧！？"

舒晏扬眉，点了点头。

然后她就看见小靖说："这种好事怎么没降临在我的头上？！"

舒晏无语。

今天是星期一，工作日的时候，通常一到下午两三点，咖啡店里的人就会变少。此时，舒晏收拾着残留在桌面上的空盘子和空杯。到二楼的时候，她看见梁昱行坐在靠近栏杆的位置，吉他放在旁边，他的手里捧着一本书，骨节分明的修长手指翻动着书页，侧脸俊秀，他看上去就像个和煦守礼的谦谦君子。

他已经在这里连续待了几天了，基本上每次来都会待上一整天，舒晏有些好奇他的来历，但又不好多问。

舒晏没去打扰他，她走到他前面的一张桌子前，把托盘放在桌上，把桌上的残余物都收走。

隔天中午，舒晏约了房东谈咖啡店续租的事情，她们约了十二点在中餐馆碰面，她提前了十分钟到了这里。正值饭点，来这里吃饭的人很多，她来的时候饭店刚好满座，服务员帮她取了个号让她在门口排队。

不远处的收银台有几个男人吃完饭正在排队买单，他们喝了点酒，酒气弥漫。舒晏就站在他们附近，其中有个年轻男人见到她，眼睛微亮，踉跄着脚步走过来。他脸上带着轻佻的笑意，与她搭讪："美女，一个人吃饭啊？"

他身上的酒气浓郁，混合着烟草味，味道很难闻，舒晏皱了皱眉，想站到旁边去。

"美女别走啊，一个人吃饭多寂寞呀，要不要我陪你……"说着，男人还想上手去抓她的手臂。

突然，一个身材颀长的男人出现在眼前，喝醉酒的男人眯了眯眼，看着这个不知道从哪里冒出来的男人，怒道："你谁啊你！"

梁昱行的神情微淡，眼神清冽沉着地注视着他："先生，请注意你的言行。"

"你这玩意是从哪里冒出来的……"男人的话还没说完，就觉得胃部一痛，像被什么强烈撞击了一下，难受得他弯下腰，"哇"的一下就吐了出来。

梁昱行在他捂着胃的时候就带着舒晏往后退了几步，避开了那摊污秽物。舒晏脑袋有些蒙，她只看到他突然出现，可还没看清他做了些什么，就看见对面喝醉酒的男人吐了一地。

"嘿，都说别喝那么多了吧，你看，这小子又喝到吐了。"与他同行的几个男人都没注意到刚才发生的事。

梁昱行转过身，眼里的淡漠已完全被温和取代，他低头看着舒晏，问："你没事吧？”

舒晏微愣过后摇了摇头，问：“你怎么在这里？”

梁昱行：“我约了人。”

舒晏没多想，打字道：“好巧，我也约了人在这里吃饭。”

这时，二楼有个座位空出来了，服务生过来引她上楼。梁昱行也是在二楼订了包厢，两人便一起上去。

通往二楼的人有点多，梁昱行刚走几步便停了下来，他微转过身子，看了舒晏一眼，忽然红了脸颊。

舒晏不解地看着他，还不知道发生了什么事情，就看到他将手递了过来。

她看着这只骨节分明的手，愣了一下，倏地抬起头来看着他。

“人多，我牵着你。”梁昱行没有看她，白玉般的耳朵已经红透了。

舒晏没看清他说了什么，但也领会了他的意思，不想拒绝他的好意，她把手放在他的掌心里。

梁昱行回过头，牵着她带她上楼。

他的手温温凉凉的，指腹间有细微的薄茧，摸上去很舒服，他牵着她的手，力度不轻不重，让人很安心。

带她上了二楼，他立即就松开了手。这个严谨守礼的男人背对着她，舒晏只能看到他半截绯红的脖颈。

她笑了。

真是个善解人意又可爱的男人。

梁昱行订的包厢在靠里的位置，他等的人还没来，巧的是，舒晏约的人也还没到。她看着陪她走到位置边的男人，微微一笑，想起了什么，问对面的男人：“你有微信吗？”

梁昱行说：“没有。”

舒晏看到他摇头，越发觉得他像是个活在古代的人。

“下载一个吧，交流很方便。”

以前魏明好像说过让他下载，但他没下。他看着舒晏，沉吟片刻，点头道：“好。”然后他把手机解了锁递了过来，“可以麻烦你帮我下载吗？”

当然没问题。舒晏接过他的手机，找到应用商城，帮他下载了微信。注册账号的时候，她让他输入手机号码，填完验证码之后需要设置一个昵称，舒晏看到他输入了一个“梁”字，完成注册。

舒晏忽然想到自己的手机相册里有一张图片很适合给他当微信头像，把他添加为好友之后，她就把图发了过去。那是一张很漂亮的手绘吉他的图片，她在对话框里输入：“当头像吧，很适合你。”

梁昱行看着屏幕上的手绘图，温和地笑起来，回复她：“谢谢。”

舒晏发了个她觉得很萌的表情给他，屏幕上的肉团子正饿得打滚。她原本只是想逗逗他，没想到他放下手机，看着她，忽然神情认真地说了句：“饿了吗？你约的人到哪里了，需不需要先点餐？”

舒晏愣了。

舒晏约的人没多久就到了，梁昱行和她道别之后，就进了原先预定好的包厢。

在他进到包厢之后，舒晏好奇地往那边看了一眼。不知道他约了什么人，这么神秘。

跟房东谈完续租的事情之后，舒晏就回了咖啡店。小靖正懒洋洋地在收银台数钱，一看到舒晏推门进来了，她精神一振，立马放下手里的钞票去拿放在一旁的桔梗花束。在舒晏走过来的时候，小靖把粉色的花束凑到她面前：“当当当！舒姐，这是何先生专门从国外空运过来的桔梗花，请签收。”

舒晏刚走过来，就被那突然凑上来的花束弄得怔了一下，她好一会儿才反应过来。

她伸手把花推开，露出小靖那张兴奋又八卦的脸。

“在最美丽的时节，寻找最美的你，舒姐，这是桔梗的花语哦，嘿嘿。”小靖咧开嘴笑起来，突然想起了什么，她从收银台旁边拿了张卡片递给舒晏，“哦，对了，何先生还寄来了一张明信片，给你的。”

舒晏接过来，明信片正面是清晨迷雾未散时的伦敦，背面是男人漂亮的字迹：“舒晏，许久不见，别来无恙，下个月我将启程回国，期待与你的会面。——何。”

舒晏看完上面简短的留言，安静了几秒钟，随后拿起吧台旁边的便签纸和笔，在纸上写道："帮我找个花瓶，把花插起来。"她环顾了店内一圈，思考了一阵，继续写道，"在店里找个地方放着吧。"

小靖抱着这束花，朝她敬了个礼："遵命。"

因为这位何先生不定时会让人送一束花过来，遇到喜欢的，舒晏就会留下，所以店里专门备了几个花瓶。

"舒姐，何先生是不是对你有意思啊？"小靖没忍住好奇，问了一句。

舒晏抬头瞧了她一眼，写道："别胡说，干活去。"

小靖："哦。"

舒晏低头看了眼手中的卡片。寄花过来的何延问是她的大学校友，早几届毕业的学长，他们因为一次机缘认识，后来成了朋友，他毕业后没多久就出了国，这几年他们也一直保持着联系。

舒晏把卡片收好，到吧台后面帮忙去了。

夜深，入夜之后的南城是平静而安宁的。

这座节奏平缓的南方城市，就连入夜之后，也带着独有的祥和寂静，梁昱行站在窗前，俯瞰着这座城市的夜景，摆在身后桌面上的手机忽然响了。

魏明总是习惯一天一个电话地……骚扰他，除了汇报工作，还会跟他聊起身边的事情，梁昱行想不通，一个大男人为什么那么长舌和八卦，像个喜欢说家长里短的中年女人一样。

"哇，老大，你什么时候注册的微信？我怎么不知道。"魏明看到微信的好友提醒，八卦的心思一下就被勾起来了，忍不住打了通电话过来向他询问，"我之前让你下载你都不下……"

魏明在那端叽叽喳喳地说了一堆，说着说着，他兀自猜测道："老大，让我猜猜，是因为舒晏小姐对吗？"

"魏明，你打电话过来就是为了说这个？"梁昱行声音平静地反问他。

听到老大语气不对，魏明终止了话题："呃……不是。"然后，他匆匆找了个借口结束这通电话。

等对方挂了电话，梁昱行才将手机放下，他刚想按下锁屏键，指尖却顿了顿，他往左滑动了下屏幕，点开了微信。

今天刚下载微信，他的好友列表里只有舒晏一个人，他点开她的朋友圈，里面显示着几条动态，其中一条附上的是舒晏的照片。

他修长的手指挪过去，点开了大图。照片里，舒晏清丽的面容上带着淡淡的笑意，清秀的眉目舒展着，让她原本略显清冷的脸庞多了几分生动娇俏，像山涧的清泉缓缓淌入心里。她右手抬起，比着剪刀手，僵硬生涩的动作看上去……有点可爱。

梁昱行放下手机，走到窗前，将窗户敞开，双手搭在窗台上。外面的冷风很快便席卷进来，拂过他微烫的脸颊，他闭了闭眼睛，冷风带着丝萧索的味道，让他逐渐冷静下来，大脑重新恢复一片清明。

忽然，他听到一阵狗吠声。

“汪汪汪——”

梁昱行的的眼睛倏地睁开。

他辨别了下声音的来源，是从对门传来的！

他神情一凛，心想：难道是出了什么事情……

梁昱行出了门，站在舒晏家门口，隔着一扇门板，狗叫声更加清晰。他给舒晏发了条短信，问她发生什么事了。等了一会儿，见她没回，他立即给魏明打了通电话。

“上次你说，舒晏的钥匙放在鞋柜第几层？”电话一接通，他直接问道。

“啊？”魏明愣了一下，随即反应过来，迅速道，“第三层第四格。”

“老大，是不是出什么事了？”

第三层……第四格……

梁昱行从柜子的角落找到一把钥匙，答复道：“暂时无法确认，等会儿回复。”

结束通话后，他用钥匙打开门。室内一片明亮，那只大型阿拉斯加犬就蹲在一扇门前，对着那扇门狂吠，而门里的人一无所知。

摩卡听到开门声，竖起耳朵往这边看过来，见到梁昱行之后，它立马跑过来咬住他的裤脚，将他往那边拽。

“摩卡，发生什么事了？”

摩卡松开他的裤脚，朝他叫了两声，然后就跑到那扇门前。

那扇门里是浴室。

她在浴室里发生了什么事情……

梁昱行看着那扇门，忽然有些犹豫，不确定是否要将门撞开。

好在老天也没给他多久的犹豫时间，因为他面前的那扇门忽然被人从里面打开了。

舒晏单手按着身上的浴巾，另一只手用毛巾擦着头发，刚打开浴室门，就被面前的男人吓了一跳。她睁大眼睛往后退了一步，刚好浴室地面上淌着水，她踩着拖鞋脚底一滑，整个人就要往后摔倒。

梁昱行及时伸手搂住了她的后背，将她扶稳之后，舒晏又因为惯性跌进了他的怀里，她的鼻尖碰上了一具结实硬朗的身体，倏地一痛。她晕头转向的，刚站稳，扶在她背后的手迅速撤离，连带着她眼前的这副身躯也后退了几步，和她拉开了一段稍远的距离。

梁昱行迅速转过身，让自己背对着她。想起刚才看见的一幕，他的脸以肉眼可见的速度红了起来，连耳后和脖子都透着淡淡的红。他觉得掌心似乎还残留着那一片光滑细腻的触感和烫手的温度。

舒晏抬起头来，就看到他背对着自己站着，挺拔的背脊僵硬着，垂放在腿侧的双手微微蜷缩着。

她低下头看着自己的穿着。屋里其实开着暖气，再加上这间屋子只有她一个人住，所以她从浴室里随意拿了条浴巾裹在身上就出来了，只堪堪遮住她肩膀以下膝盖以上的部分，其余部分全都暴露在空气中。她脸一红，转身回浴室关上门。

梁昱行听着身后门“砰”的一声关上，一直僵硬着的身躯才稍稍放松了下来。

过了大概三四分钟，舒晏重新从浴室里出来，梁昱行还背对着她站着，保持着刚才的姿势，一动不动的，像尊雕塑。

看到他羞涩成这副模样，刚才被人撞见的窘迫和羞赧已经消散了，舒晏有些想笑。

她扬唇笑起来，上前拍了拍他的肩膀。

梁昱行身体一僵，缓慢地转过身来，见她已经穿戴整齐了，只有头发湿漉漉地披在身后。

舒晏左右环视想找自己的手机，梁昱行从口袋里摸出自己的手机，解锁后递给她，眼睛看向一旁，没敢直视她。

舒晏浅浅笑起来，点开备忘录打字。

“你怎么会出现在我家里？”

摩卡蹲在他们的脚边，轻轻地叫了一声。

察觉到动静，舒晏低头看了它一眼，摩卡又对她“汪”了一声，然后走过来蹭了蹭她的大腿。

梁昱行也低头看了摩卡一眼，脸上的红晕未褪，他目光闪躲着，没有直视她：“我听到它的叫声，以为你出了事……”

舒晏看清他的口型，仔细想一下就明白了。她今天进浴室的时间有点长，摩卡大概是担心她在里面出了什么事情，所以才会叫得那么厉害。因为她听不见声音，所以无论外面发生了什么事情她都不知道，反过来，她在里面出了什么事，外面的人也无从知晓。

舒晏揉了揉摩卡的脑袋。

她收回手，继续问他：“那你是怎么进来的？”

打完这行字，舒晏这才注意到他的手里拿着一把钥匙，看这样式……很眼熟，她当即就反应过来这是她家的钥匙。

“你怎么知道我把钥匙放在哪里的？”不等他回答，舒晏就想到了一种可能性，她问，“是小靖告诉你的？”

因为她自身情况特殊，所以她藏了把备用钥匙在门外的鞋柜里。为了以防万一，她只将这把钥匙的位置告诉过小靖和弟弟舒源。梁昱行不认识舒源，那么，就只会是小靖告诉他的了。

梁昱行看着她在手机上打下的话，没说“是”也没说“不是”，舒晏便当他默认了。

对于今晚的事情，舒晏挺抱歉的，让他担心一场。她打了行字给他看：“不好意思，今晚是我不好，让你担心了，我很抱歉。”

梁昱行轻轻地摇了下头：“你没事就好。”

平白无故闹了一场乌龙，加上刚才发生的事情，两人之间的氛围有些尴尬。梁昱行的视线挪过去，恰好对上她抬起的目光，他顿了下，又飞快地别过自己的脑袋，脸颊微微发红。

半晌，他转过头看向浴室，犹豫了几秒，问她："浴室水龙头没关？"

他听到浴室里传来了水声。

舒晏摇头，告诉他："不是，浴室的水龙头坏了。"

所以她今天才在里面待了那么久。她试图修好它，结果没想到越弄越糟。

"介意我进去帮你查看一下吗？"梁昱行问。

舒晏摇头。她当然不介意，她正苦恼着要不要去管理处找人上来修呢。可看这个时间点，估计工作人员都已经下班了。可浴室这水龙头不修好的话，估计她明早起来房子都要被水淹了。

梁昱行进到浴室里，弯腰查看了下连接水龙头的水管。舒晏站在他身后，见他直起身来，问："怎么样，能修好吗？"

梁昱行看着她，目光温和："可以帮我找个工具来吗？应该是下面的螺丝松了。"

舒晏点头，回卧室给他找了把扳手来。把扳手递给他后，她顺便指了指他的衣袖，示意他把袖子卷起来。

没等他说什么，舒晏已经上前一步，帮他把袖口的扣子解开。衣袖一点一点地挽上去，露出他白皙修长的手臂。

梁昱行从镜子里看到，她低着头，侧脸清秀温润，湿漉漉的发丝垂在她的脸颊旁，显得面容如白瓷般白皙。

只扫了一眼，梁昱行就很快别开了视线，过了一秒，目光却控制不住地往镜子滑去。

舒晏帮他挽好了袖子，抬起头来，梁昱行看了她一眼，微侧开视线："你先出去吧……把头发吹干。"

想到自己在这里也帮不上什么忙，舒晏点点头。

"那这里就麻烦你了。"

梁昱行缓缓一笑，眉目温和："不麻烦。"

舒晏坐在沙发上等了一会儿，梁昱行就从浴室里出来了，她走上前问：“修好了？”

梁昱行点头。

舒晏笑了，跟他道谢，同时递上一杯刚泡好的热茶。

“多谢。”梁昱行礼貌一笑。

舒晏指了指身后的沙发，询问他要不要留下来稍坐片刻。

“不了，时间有点晚，我要先回去了。”梁昱行沉默了几秒，徐徐开口。

“也好，那你早点回去休息。今天真的非常感谢你！”

“不必客气。”他顿了顿，将她的钥匙还给她，温声提示道，“你可能需要换个位置。”

走出舒晏的家门后，梁昱行将口袋里振动不止的手机拿了出来。

“哇！”电话刚接通，魏明就惊呼出声，声音里是掩饰不住的紧张焦急，“老大，你怎么不接电话啊？我给你打了十几通电话你一通都不接，你是要吓死我啊……到底出什么事了？”

“没事。”梁昱行敛起眼里的笑意，淡淡地说了句。

魏明悬着的心放下，问他：“没事你怎么不接电话？不方便？”

梁昱行想起刚才在舒晏家里发生的事情，脸一红，“嗯”了一声，没解释。

第三章

酒后失态

阿响今天上午请了半天假，店里就剩下舒晏和小靖两个人，还好今天的客人不算多，她们两个还能勉强应付。快中午的时候，店里接了几份外卖订单，做好之后原本想让同城跑腿来取送，但一直叫不到人，舒晏只好自己去送外卖，好在这些地方都隔得不远。

小靖担心她一个人不太方便，想代替她去，舒晏却让小靖留在店里。毕竟她沟通不便，店里只有她一个人的话可能会有点麻烦。

“舒姐，再找一个人陪你去吧。”小靖说。

找谁？舒晏还没反应过来，小靖就已经跑到窗边的位置，小声与男人打着商量：“梁昱行，可不可以麻烦你帮个忙？舒姐要去送外卖，她一个人我不太放心，可以拜托你跟她一起去吗？”

舒晏不知道小靖跟梁昱行说了些什么，就见他点了点头，然后起身往自己这边走来了。

“小靖说你要去送外卖，我和你一起去吧。”梁昱行走到她面前开口道。

客户的位置没多远，舒晏不想麻烦他，可她还没来得及打字，手里提着的外卖就已经被他接了过去。

梁昱行温和地望着她，示意她先行。

总共要送三家外卖，头两家在同一个小区里，隔得很近，舒晏便带他先去了这里。送完之后再去最后一家，这一家的位置隔得有些远，徒步过去走了十多分钟。这户人家住在平层八楼，没有电梯，梁昱行想让舒晏在楼下等他，但她哪里好意思，她还是跟他一同上去了。

送完外卖，舒晏和他并肩走下楼梯，刚准备拿手机跟他道谢，她就闻到了一阵浓郁刺鼻的酒味。

她身后有个胡子拉碴的中年男人脚步趔趄着正要下楼，梁昱行的手轻轻握住她的手臂，将她往他的方向带了一下，避开了这个喝得意识不清的男人。

男人经过他们时抬起头来看了一下，他的目光在舒晏的脸上一顿，整个人怔在原地。

对上他的目光之后舒晏只觉得毛骨悚然，赶紧别开视线看向梁昱行。

梁昱行安抚地看了她一眼，然后抬头看向身旁的醉汉。他牵着舒晏的手，不动声色地和她换了个位置，让她走在里侧下了楼。

他们回到咖啡店的时候，正好遇上人流高峰期。阿响已经来了，但他一个人显然忙不过来，舒晏就回吧台帮他做饮品去了，梁昱行回到自己原来的位置坐下。

晚上七点多的时候，小靖跑来找她："舒姐，你没忘记我们今天要去聚会吧？"

舒晏正在核对今天的账目，看完她说的话，舒晏微笑着摇头，打字告诉她："没忘，你去收拾东西吧。"

舒晏每个月都会抽一天带小靖和阿响去聚餐，算是店里的员工福利，聚餐的地址一般都是由小靖选的。

等小靖通知完剩余顾客离店之后，舒晏看到梁昱行从座位上走过来。她放下手里的账本，走到他面前，问他："今晚我们去聚餐，你要不要一起去？"

他是给她们店增加业绩的最大功臣，舒晏一直想请他吃顿饭，而且今天他还陪着她走了那么远送外卖。

梁昱行的视线从手机屏幕上移开，他看着她，眼底漫上柔和的笑意，然后他点头说："好。"

将咖啡店的闸门拉上，锁好门后，舒晏回过头就看见阿响正盯着她身旁的梁昱行。阿响皱起眉头，有点不满的模样："他怎么会在这里？"

"当然是舒姐请他来的呀，你干吗这副表情，不欢迎啊？"小靖瞪了他一眼。

阿响收回视线，瞥了她一眼，冷冷地从嘴里吐出两个字："没有。"话落，他转身走了。

"喂！李响，你等等我们啊，走那么快干什么！"小靖跟在他背后叫嚷着。

他们两个走远了，徒留舒晏和梁昱行在原地。气氛有些凝滞，舒晏有些抱歉地看着他，解释道："他……平时就是这副模样，没有恶意的。"

梁昱行眉目清朗，垂眸与她对视，缓缓开口："我知道。"

见他没有放在心上，舒晏才放下心。

这次的聚餐地点，小靖找的是一家韩式年糕火锅店，她提前一天就订好的位置。他们到店之后，小靖跟店员报上自己的手机号码，店员就领着他们去预留好的餐桌，拿了菜单给他们点单。

这家店的服务效率很高，下完单没多久，服务生就把火锅底料和餐具都端上来了，同时端来了四碗韩式紫菜拌饭。

“梁昱行，你打算在南城待多长时间呢？”小靖问道。

梁昱行沉默了几秒，答：“还没定。”

“你之前都去过哪些地方呢？”小靖来了兴趣，接着问道。

“青海，罗布泊……都曾经待过一段时间。”他说。

“罗布泊我知道，那里有个盐湖特别出名，据说很漂亮。”

梁昱行浅浅笑起来：“是的，非常美丽。”

舒晏一直在低头吃东西，没留意他们在说些什么，只是她在某一瞬间忽然若有所觉，抬起头来，就看到对面男人脸上浅浅的温和的笑容。面前的袅袅烟气在半空中蒸腾，白色的雾气衬得他的面容越发精致如玉，他的眼底泛着似是初雪融化时阳光照耀在雪地上的清澈的光。

他坐在位置上，背脊挺拔。袖口往上翻折着，折痕平整，一丝不苟得就像他这个人一般，让他看起来和这烟火气十足的地方有些格格不入。

察觉到她的注视，梁昱行将视线移过来。舒晏坦荡地与他对视，几秒后，从锅里捞了两三块年糕放进他的碗里。他碗里除了饭，什么也没有，吃了那么久，火锅里的东西他一块都没夹。舒晏以为他是不好意思动筷，所以趁着机会又给他多夹了几块海鲜。

“多谢。”看着碗里骤然多了几样东西，梁昱行愣了一下，笑了起来。

看到她的举动，小靖刚想开口打趣一下，可转眼，舒晏又一视同仁地捞了几块蛤蜊和鲜虾放进了她和阿响的碗里。

小靖刚准备脱口的话硬生生地卡在喉咙里，把自己呛着了。

阿响坐在她的对面，看到她别过头咳嗽起来，他推了杯水过去：“多吃点，就你话最多。”

小靖喝了口水，等气顺下去之后恶狠狠地瞪了他一眼。

舒晏放下勺子，继续低头吃饭。她吃东西的时候安安静静的，低垂着眉目，睫毛纤长卷翘，面容看上去恬静温雅。她纤细白皙的手握着筷子，正夹着豆皮放进嘴里，突然，面前的碗里多了只剥好的虾。

她抬起头来，梁昱行正好将手收回去。他拿起碟子里的第二只虾，骨节分明的手指将虾皮剥得干干净净后，继续把剥好的虾放进她的碗里。察觉到她的注视，梁昱行对她温和一笑："礼尚往来。"

舒晏朝他莞尔。

小靖在旁边见状，笑起来，起哄道："哇哦，我也想有人给我剥虾。"

闻言，梁昱行的脸忽然红了。

阿响淡淡地瞥了她一眼，用勺子在锅里捞了几块蛤蜊放进她的碗里："吃什么虾，麻烦。吃蛤蜊吧，最适合你，虽然模样丑了点，但胜在美味。"

小靖心想，她前辈子是和这玩意儿有仇吧！

吃完饭买完单后，一行人出了火锅店，天幕黑沉沉的，街道亮着灯，对面大厦顶层的 KTV 招牌闪着流光溢彩的灯。小靖伸展了一下胳膊，看到对面那栋大厦，情不自禁地开口道："突然好想去唱歌啊。"

话落，她的胳膊就被人扯了一下。小靖回头，看到扯她胳膊的人是李响，她瞪了他一眼，刚想问他扯她做什么，话还没脱口，就看见他往舒晏的方向看了一眼，然后朝她使了个眼色。

她忽然就反应过来，急忙捂住自己的嘴。她刚想打个哈哈掩饰自己刚才说过的话，舒晏已经把手机递了过来。

"那就去吧，我也可以跟着一起去吗？"

因为自身的缺憾，她长这么大从来没有进过 KTV，她对这个地方有那么一点好奇。

"舒姐，你也想去吗？"小靖迟疑地看着她，见舒晏点头，小靖立马咧开嘴笑了，上前挽住她的胳膊，"那我们走吧！"

"我带你去感受一下震耳欲聋的声响，你会感觉到地板都在震的！"小靖夸张地说。

两个女人走在前方，阿响看着停留在原地的身材颀长的男人，冷淡道："没你什么事，你可以回去了。”

说罢，他转身跟上前面两人的脚步。

半晌，他感觉到身后有人跟了上来，他回过头，看见梁昱行不远不近地跟在他的身后，眉目一如既往的沉静。

阿响冷了眉眼，轻嗤了一声，没有理会他，径直往前走。

小靖在前台订了间小包厢，舒晏跟在她身旁，好奇地打量着四周。为了营造出氛围，里面光线昏暗，头顶的吊灯五彩斑斓的，光打在墙面、地上，让人有些目眩神迷。

进了房间后，小靖就跑去显示屏前点歌了，舒晏坐在房间的皮沙发上，看着面前的显示屏上播放的画面和歌词。

没多久，房间门被人再次推开，她看到梁昱行跟在阿响的身后进来了。

舒晏朝他微微笑起来，等到他坐到自己身旁，她才把手机递过去：“我还以为你先走了。”

考虑到这里的光线昏暗，她可能看不清自己的口型，梁昱行在她的手机上输入：“还没跟你打过招呼。”

舒晏看到他打的字，笑了一下，问他：“既然来了，你要不要去点歌？”

梁昱行静默了一秒，摇了摇头。

舒晏随他。她转头看过去，见小靖已经握着话筒忘我地唱起了歌。下一秒，她的手机忽然轻轻地振动了起来。

有人发了短信过来。

看到发件人的名字，舒晏的目光一顿。

是她的妈妈发来的短信——“小晏，最近忙吗？”

舒晏的手机还保留着以前的短信，她习惯性地看了眼上条信息发送过来的时间，发现已经是半年前了。细数下来，她和家里人都已经有大半年没有联系了。

“嗯，最近很忙。”

母亲的下一条短信隔了一分钟之后又发了过来：“最近有跟你弟弟联系吗？我给他打了好几次电话他都没接，也不知道那小子在忙些什么。如果你有空的话就联系联系他，顺便给他打点钱过去吧，听那小子说最近手头有点紧，你也知道我们家的情况……”

舒晏目光微淡，眼里的情绪一下子就沉了下去，她的手指僵硬，隔了很久才打了一个字回道：“好。”

那端回复：“既然你忙的话，我就不打扰你了，等你什么时候有空再联系吧。”

舒晏没再回复。

其实她的这对父母并不是她的亲生父母，她出生之后就被亲生父母扔在福利院门口，后来她才遇到了现在这对养父母。他们是因为生不了小孩才想着去领养一个孩子，只是没想到没多久她的养母竟然怀上了。

他们领养了舒晏之后其实对她还不错，尽管知道她有先天性耳蜗闭塞，是个残疾人，也没有因此嫌弃她，反而对她悉心照料。只是母亲生了孩子之后，他们就将全部的注意力转移到这个孩子身上，对她日渐冷落。

舒晏从小跟着养父母在 B 市生活，直到大学之后她因为一些机缘来到南城。那时她的父母已经将全身心都放在了她的弟弟身上，知道她想去南城发展，也只是说了句“既然你决定了，那就在那边好好生活吧”。

她那时在南城举目无亲，靠着工作带来的一点小资产租了间小房子，开了家咖啡店。再加上她自身的生理缺陷，在很长的一段时间里，她生活得异常艰辛和困难。而她的父母却像是没有考虑到这一层，放任着她，已经到了不闻不问的地步。

后来，因为家里经济情况不景气，父母知道她在这边开咖啡店赚了钱之后就让她定期给弟弟打钱过去。

总以为自己已经习惯，不会在乎，可是今晚母亲的短信足够将她维持了一天的好心情拉入低谷。

察觉到身旁的人忽然陷入沉默，梁昱行转过视线，却突然被人点名了。

“梁昱行，你唱歌那么好听，来 KTV 怎么能干坐着，来，快去点歌。”小靖拿着话筒朝他招手。

梁昱行淡淡一笑，礼貌地摇头拒绝。

口袋里的手机恰好在此时响起来，梁昱行出了房间接电话去了。

小靖订的房间里送了一打酒水，阿响开了一瓶酒，坐在角落里默默喝着，深沉的目光落在屏幕前又唱又跳的女人身上。

舒晏坐了一会儿，忽然觉得口渴，她抬起头，视线停在桌面的酒瓶上。

电话是保险公司的人打来的，梁昱行刚接通，那端的保险推销人员已经准备好了一系列的措辞向他推销着近期优惠的平安保险，喋喋不休的。

等对方说完，梁昱行才十分礼貌地说："谢谢，我不需要。"

这通无关紧要的电话打了十几分钟，挂断电话之后，梁昱行给魏明发了条消息，让他帮自己屏蔽掉所有的推销电话。

他推开门，重新回到房间里。包厢里的几个人，一个还在唱歌，一个独自坐在角落里喝酒，梁昱行进门之后一眼就看到仍旧坐在原位的舒晏。在这嘈杂的氛围里，她安静乖巧地坐在那里，像隔绝了一方自己的小天地。他走过去，可刚走了几步，就发现了不对劲。

感觉到有人靠近，舒晏缓缓抬起头来。她酒量不佳，喝了几瓶酒，意识已经开始有点混沌了，看人有些许重影。

看到她面前的桌面上横七竖八摆放着的几个空酒瓶，梁昱行眉头微蹙。怎么他刚离开了一会儿，她就喝了那么多酒？

舒晏微眯着眼睛看着他，脸上带着甜美的笑容，眼里闪烁着细碎的光。

她身子前倾，伸手想要去够面前桌子上的酒瓶，酒瓶却被梁昱行先一步推开，他举止温柔地拦住了她。

"有觉得哪里不舒服吗？"梁昱行担心她喝了那么多酒胃会难受。

舒晏的手撑在他的手臂上，她有点喝醉了，完全没留意他说了什么。被人半路拦截，她有点不太爽快，往前倾着身子，还想去拿酒瓶。

梁昱行的手臂接触到她衣服柔软的布料，隔着那层布料，他能感受到她身体的温度，一张俊脸顿时红了。

他抽离自己的手，改为按住她的肩膀。舒晏被人阻止，微微挣扎了几下，才安静下来。

见她安分下来，梁昱行才红着脸收回手。

静静地在位置上坐了一会儿后，舒晏忽然站起身来。

“舒晏，去哪儿？”梁昱行抬头看着从座位上站起来的人。

舒晏听不见他说话，刚刚酒喝多了，她这会儿觉得肚子有些涨，想去下洗手间。

梁昱行不放心她，跟着她一块儿出去了。

小靖看着他们俩同时走出房门，随口问了句：“哎，你们去哪儿？”

梁昱行闻言转过身来，答：“我陪舒晏出去一会儿。”

说完，他走出去，顺手将房门带上了。

舒晏来的时候将这里的路都记熟了，她的脚步虽然有些不稳，但好在还是顺利地找到了洗手间。

看着她迈上女洗手间的台阶，梁昱行脚步一顿，红着脸站在靠近洗手间的墙面旁等她。

来往路过的几名女生看到他，皆投来好奇目光，梁昱行微微垂眸，脸都快红透了。

在门口等了很久都不见舒晏出来，梁昱行皱了皱眉，心里有些着急。就在他准备回去找小靖来看看时，舒晏从洗手间里出来了。

她扶着墙，脚步有些踉跄，刚好脚下就是台阶，她一脚踩空了，身体摇晃着就要往前倾倒。梁昱行及时上前扶住了她，舒晏撑着他的手半倚靠在他的怀里，眨了眨眼睛，雾气迷蒙的双眼盯着他看。

梁昱行低头看着她，保证她能清楚地看到自己的口型，他问：“能走路吗？”

舒晏没动静，纤长的眼睫毛一掀一掀的。她抿了抿唇，忽然抬起手来，碰了碰他红润的脸颊。

梁昱行一怔。

手心的触感温润细腻的，还有点烫，舒晏靠在他的怀里，好奇地看着他，微微歪了下脑袋。

梁昱行握住她的手腕，将她的手挪开。他脸颊通红，连脖子锁骨也晕上了一层红润。

被他扣住手的舒晏挣扎了两下，也不知道哪来的力气，一把将他推到了墙上。

后背猝不及防地抵住冰凉的大理石墙面，梁昱行微愣，怀里温软的人儿已经靠了上来，双手搂住了他的腰。

梁昱行倏地睁大双眼，身体猛地一僵。

舒晏醉得迷糊，也不知道自己此刻正在做些什么，更不会意识到自己此时的行为是在“非礼”这个羞涩到极点的男人。她只觉得面前的这具身体温温凉凉的，很舒服，而且他的身上带着干净清冽的味道，闻起来……有点香香的。

舒晏将脑袋靠在他的胸膛上，她听不见，没能感受到梁昱行此刻失去控制的心跳。

“砰砰、砰砰……”

心跳一下快过一下，梁昱行的喉结微微滚动，半晌都不敢动弹。他僵硬着身体，感受着自己怀里这具娇软柔弱的身躯，他连呼吸都控制不住地屏住了。

舒晏的脸颊在他的胸口轻轻蹭了蹭，舒服惬意地眯了眯眼。

梁昱行的身体越发僵硬，他抬起手按住了舒晏的肩膀，将她从自己的怀里拉开，红着脸不敢直视她。

他的声音带着点低沉的哑意：“舒晏……别这样。”

舒晏茫然地望着他，那双眼睛瞳仁漆黑，眸底亮着光，光芒熠熠。

被她这双眼睛看得心里痒痒的，梁昱行微微蜷缩了下手指，说：“你喝醉了，我带你回去。”

带着她回到房间后，梁昱行对房间里的两个人点头示意：“舒晏醉了，我先带她回去。”所幸房间里的光线昏暗，两人看不清他此刻红透的脸颊。

醉了？好端端的怎么就醉了？小靖疑惑，在看到桌面上歪倒的酒瓶后，略微一惊：天哪，舒姐是喝了多少酒？

打完招呼后，梁昱行就准备带人离开。

“等等。”阿响忽然开口叫住他。

梁昱行看过来。

阿响站起来，单手插在裤袋里：“人不用你送，我和小靖会负责送她回去。”

梁昱行与他对视，眉目不动，说：“我和她……住得近，顺路。”

阿响没说话，沉默地看着他，似乎不会让他就这样把人带走。

小靖走过去扯了他一下：“你干什么啊？人家就住在舒姐家对面，刚好顺路送她回去怎么了？你家住在相反方向，送完舒姐你自己还要兜一大圈，不累啊？”

“许小靖你能不能上点心？就这样把舒晏交给一个来路不明的男人，你放心吗？”

小靖：“我怎么就不上心了？梁昱行又不是什么坏人。我看你分明就是对人家有偏见！”

就在两人发生争执的时候，梁昱行忽然说了句：“我不是来路不明的人。”他眼神平静地看着两人，神色依旧温和，语气郑重认真，“我会将舒晏安全地送回家，请放心。”

今晚月色明亮，清风徐徐。

从 KTV 走出来之后，舒晏的脚步有点虚浮，梁昱行担心她会将自己绊倒。而这里又临近马路，偶尔有一两辆快速行驶的车经过，实在危险。犹豫再三，他决定背她回去。

在她又一次歪倒的时候，梁昱行拉住她，在她面前半蹲下身子。好在舒晏虽然喝醉了酒，但理解还是到位的，她从善如流地趴在了他的背上。

她很轻，比他想象中要轻上许多，梁昱行毫不费力地背着她，双手谨慎守礼地托着她的腿，脸颊绯红。

这段时间以来，梁昱行将自己许多的第一次都奉献给了她。也不知道是哪个环节出了差错，从来没有和女人有过任何亲密接触的他，在近期经常会和舒晏产生一些不可避免的身体触碰。一想到这里，他的俊脸便持续升温。

偏偏趴在他身上的人还不安分。舒晏的手搭在他的肩膀上，眼睛落在他藏在黑发间若隐若现的耳朵上。原本雪白的耳朵浮着红晕，红通通的，诱得人忍不住去触碰，舒晏也确实这么做了。

梁昱行的耳朵似乎异常敏感，被人轻轻碰一下，他的身体便陡然一僵。

他别过脑袋，将自己的耳朵从她的手里解救出来，搂着她双腿的手一紧，他哑着声音说：“舒晏，不要碰。”

舒晏没留意他说了什么，用手指点了点他红润的耳根，半晌，还轻轻捏了一下。

有点软，还很烫。

梁昱行脚步一顿，见她对自己的话恍若未闻，便将她从自己的背上放下来。他低头看着她：“舒晏，再不安分些，我就不带你回去了。”他神色认真，语气带着点正经的……威胁。

第一次威胁一个喝醉酒的女人，原谅他实在说不出什么狠话来。

舒晏似懂非懂地看着他。

梁昱行看了她几秒，重新将她背在背上。

也不知道是不是看懂了他的话，舒晏没再有任何动作。

正当他准备松一口气时，耳朵又被人碰了一下。

梁昱行平生从未有过一个时刻像现在这般煎熬，将她放在家门口时，他的后背已经被汗浸湿了。

天气不热，还有凉风袭过，梁昱行背着她也没用上什么力，他背后的汗全是被舒晏折腾出来的，以至于他在放下她之后，心里顿时松了口气。

舒晏被他放下来之后就倚着墙面站着，脑袋低垂，眼睛半合着，一副将要睡着的模样。

梁昱行的视线从紧锁的门移向她身上。

钥匙……应该在她的身上。

舒晏今天出门没有带包，梁昱行的视线移向她的口袋，半晌，他又红着脸将目光挪开。

他决定先赌一把，看钥匙是不是还被她放在原位。

走过去打开门口的鞋柜，他果然在原来的位置上发现了她家的钥匙，梁昱行的心里顿时产生了几分微妙的感觉。

这个女人，到底是戒备心太轻还是真的……有那么相信他？

门一打开，原本趴在自己窝里的摩卡就撑起四肢站起，甩了甩尾巴往他们这边走来。

梁昱行扶着她走向卧室，搂着她的肩膀小心翼翼地让她躺在床上。

喝多了酒，胃这会儿有点难受，舒晏皱起眉头。梁昱行从床侧拿了枕头让她靠在身后，扯了一旁的被子盖在她的身上。

他去厨房帮她倒了杯热水，再折返回卧室的时候，就看到她搂着不知何时跳上床的摩卡，已经睡着了。

眉目舒展，睡颜恬静。

窗外夜色寂寂，月色清朗，天空似乎被一片墨色铺陈。

梁昱行将杯子轻放在她床侧的柜子上，俯身帮她把被子掖好，眉梢眼角沾染上了些微的笑意。

“晚安，舒晏。”

舒晏这天晚上做了个香甜的美梦，梦里的她被一个庞然大物包裹着，她倚靠在它的身上，周身软绵绵的，很舒服，还有清风吹拂在脸上，淡淡的日光照耀，舒适惬意得她都不愿意清醒过来。

她在床上伸了个懒腰，本以为宿醉之后头会很痛，她清早起来却发现整个人很精神，也没觉得身体哪里不舒服。

舒晏侧过头，就看见摩卡躺在她的身旁，乌溜溜的眼睛看着她。见她醒来之后，它还用脑袋碰了碰她的脸颊。

舒晏被它的毛发弄得痒痒的，她笑起来，伸手将它推开。正打算掀开被子起床，她想到了一个很严肃的问题——昨晚她喝多了，是谁送她回来的？

这么一想，昨晚零散的场景和片段顿时涌入脑中。她不是那种酒后断片忘事的人，相反，她醉酒后的事还记得特别清晰。

昨晚发生的事情……

想起了其中某些场景，舒晏的脸忽地红了。

她捂了捂自己发热的脸颊，无法想象自己竟然……做了那么丢脸的事情。

舒晏转头看向摩卡，摩卡也看着她，一人一狗无辜茫然地对视着。

半晌，舒晏伸手扶着额，不知道今天要怎么面对那个被她那般对待过的男人。

为了避免在出门的时候碰见他，舒晏迅速起床洗漱，连早餐都没吃就出了门。她出门前还特地看了眼时间，心想，这个时间点梁昱行应该不会出门吧。只可惜不巧的是，她刚打开门，就看到了对面背对着她正在锁门的男人。

舒晏一愣，反应过来之后下意识地关上了门。

“砰”的一声。

关门之后舒晏才意识到自己此刻的行为有点欲盖弥彰，她又上前一步打开屋门。

对上梁昱行乌黑沉静的双眼，舒晏平静自然、镇定自若地朝他点了点头，然后回身关上门，率先一步走到电梯间。

没过多久，她感觉身后的男人也跟了上来。

电梯里，舒晏抬头看着不断减少的数字，忽然有一种今天的电梯降得异常缓慢的错觉。

她没动静，身旁的男人也沉默地伫立着。

舒晏感觉心跳有点加速，几秒后，她还是伸手掏出手机。

梁昱行目不斜视地看着前方，片刻后，感觉口袋里的手机微微振动，他低下头。

手机收到了一条新微信消息，是身旁的人发来的。梁昱行转头看了她一眼，舒晏侧对着他，已经放下了手机，垂放在身侧的手微微蜷缩。

梁昱行将视线收回，落在手机上，舒晏发了这么一行字给他——“昨晚谢谢你送我回来。”

梁昱行的目光一顿，不可控制地想起了昨晚在 KTV 发生的事情，他的脸倏地一烫。

舒晏垂眸握着手机，一会儿后，感觉身边的人有了动静，她侧头看过去。

面容俊秀清朗的男人白皙如玉的脸颊上浮着绯红，他转头看了她一眼，对上她的视线之后，又飞快地挪开了视线，看向一旁。脸颊红晕愈深，他轻咳一声：“不必客气。”

舒晏绝口不提昨晚发生的事情，就是避免他觉得尴尬，但此时看他这个反应，舒晏心里蓦地发虚：自己是不是还做了什么特别过分的事情？要不然眼前这个男人怎么脸红成这副样子……

前几次听小靖说他似乎从来没有交过女朋友，舒晏不禁想，是不是昨晚自己某些大胆的举动对眼前这个纯情的男人造成了一定程度的伤害。想到这里，她的心里顿时浮现出了一丝愧疚，她在手机上打字给他看：“以后我再喝醉酒，你就别管我了。”

看完这句话，梁昱行抬头看着她，脸还是红的，但是神色却陡然变得认真起来：“以后别再喝酒了。”

他的表情如此正经严肃，看来昨晚对他造成的伤害不止一星半点。舒晏深以为然地点了点头。

“叮”的一声，电梯到达楼层，门开了，舒晏走了出去。

看着她走在前方的身影，梁昱行忽然想起昨晚的事。不知道她以前喝醉酒的时候是否会对别的男人做同样的事情，一想到这儿，他的心里忽然生出了一丝微妙而异常的情绪，有点……闷闷的。

两人一路沉默着走向舒晏的咖啡店，路上，她想起了什么，打字跟他解释：“今天风很大，刚才屋门是被风吹得关上的。”

她指的是刚才她打开家门看见他之后立刻关门的事。

这么一解释，就有点此地无银三百两的感觉。梁昱行乌黑澄澈的眼底漫上些许无奈的笑意，他淡淡地“嗯”了一声。

两人到了咖啡店，小靖和阿响已经来上班了。

小靖分别跟他们打了声招呼，就将一大早签收的快递包裹拿了出来，递给舒晏：“舒姐，这是何先生寄来的包裹。”

里面是一包咖啡豆，男人照旧在一张明信片上留言：“偶然路过一家咖啡厅，尝到了当地特色咖啡，味道浓郁香醇，便厚着脸皮向店家询问了咖啡豆的品种。特地采购，希望能为你的新品带来灵感。”

落款人依旧是：“何”。

舒晏打开咖啡豆的包装袋，果然闻到了一阵非常纯正浓郁的香味，她眉目一弯，抱着咖啡豆到吧台后面研究去了。

看见她神情愉悦的模样，想起了刚才小靖说的话，梁昱行神情微淡。

这个何先生……是谁？

第四章

诡异的人

舒晏拿着咖啡豆在后方研究了一阵，试了好几种方法，都没能将它原本的香醇很好地体现出来，她决定先放一阵子，回去查点资料再来研究。她放下手里的活，转而忙起别的事情来。

小靖进来的时候舒晏正在为蛋糕裱花，小靖也没打扰她，拿了个东西之后就出去了。

等到舒晏将店里摆卖的甜点准备齐全，已经快中午了。

临近中午，店里的客人不多，舒晏刚走到前面，就被小靖拽住了手，小靖示意她看某个地方，说："舒姐，你看那个女生脸皮好厚啊，都缠着梁昱行好一会儿了。"

舒晏顺着她指的方向看过去，见梁昱行安静地坐在窗边的双人座上，吉他放在座位旁，他的面前摆放着一本摊开的书，左上角还摆着一杯咖啡，他的双手搭在桌面上。他对面坐着个二十岁出头的女生，正用手撑着下巴，看着对面俊朗的男人，嘴里絮絮叨叨地说着什么。

"我走过去，都听到梁昱行拒绝了好几回了，那个女生还在不停地讲讲讲。我的天，我都嫌烦了。"小靖没忍住吐槽道。

如果不是秉承着"顾客是上帝"的原则，小靖早就上前将那个女生赶走了。

舒晏做了个手势表示自己知道了。

礼貌温和的男人还坐在原位上，出于自身的涵养，他并没有打断对面女生说话。或许是吃准了他这一点，女生才肆无忌惮起来，她伸手去翻他面前的书。

"你在看什么书呀？《人间失格》，啊，我听过这本书，最近好像很流行的样子，好看吗？"说着，女生竟然还把书拿起来，在手里随意地翻了几页，然后才放回他的面前。

"喂，你今天怎么不弹吉他了？"嘴上说着话还不够，女生还伸出手去碰他。

梁昱行避开了她的触碰，神色微淡，他道："小姐，不好意思，我看书时不喜欢被人打扰。"

这话他已经说了不下三遍，可对面的女生恍若未闻般地说："没关系啊，你看你的书，我说我的话就好了。如果你嫌我烦的话，那要不这样，你把你的手机号和微信号给我，我就不打扰你了，怎么样？”

梁昱行抿起嘴角，眼神沉静，没说话。

女生觉得他的反应很可爱，她从第一天来到这个咖啡店的时候就被他迷住了。这么干净清雅的男人，弹吉他的时候，嗓音清澈，白皙俊秀的容颜加上磁性动听的歌喉，几乎完全符合她心目中对完美男友的想象，所以她才会主动上来搭讪，与他接触。梁昱行表现出的气度和涵养都让她心里好感顿生，第一次来找他的时候她就被拒绝了，这次是第二次，她无论如何都要拿到这个男人的联系方式。

就在她准备再说些什么的时候，舒晏走了过来，她将提前打好的话给女生看。

“小姐，你好，欢迎你光顾本店。但是不好意思，现在可以请你离开这里吗？你打扰到了这位先生，也打扰到其他客人了。”

女生皱起眉头看着她，语气不善：“你是谁啊？我在这里说话是我的自由，你管得着吗？”

舒晏告诉她：“我是这里的老板，现在可以请你出去了吗？”

“老板又怎么样，你还能赶客人走啊？‘顾客是上帝’没有听说过吗？我今天就要待在这里，你能把我怎么样？”

面对这样蛮横无理的客人，舒晏也不会给对方好脸色看，她快速地打下了一行字：“如果你再不离开，我就报警。”

女生似乎被“报警”两个字唬住了，到底是二十岁出头的小姑娘，也没想把事情闹得那么大。但她稍微一想，就觉得舒晏是在吓唬她，不敢真的报警，她说：“你有本事就报警啊。”

舒晏点了点头，真的就当着她的面按了110。

女生见她来真的，瞪大了眼睛，站起来放了句狠话：“你这么对待客人，我看以后还有谁敢进来这里消费！”

说完，她就拎起包匆匆离开了。

等人走了，舒晏这才转过身来，看着坐着的清朗挺拔的男人。从女生刚才的话里，梁昱行大致猜到了舒晏跟她说了什么，他抬起头来，朝舒晏温和一笑：“其实不必到报警这么严重的地步。”

“我只是想吓唬吓唬她，事实证明，很有效。人一心慌，就不擅长思考。她忘了，我说不了话，怎么通过电话报警？”

她对他笑了笑，笑容里还带着丝俏皮。

看着她这般满不在乎的态度，梁昱行却觉得心脏似乎被什么揪了一下。

“多谢。”他诚挚地向她道谢。

舒晏摇了摇头示意不必，看向他桌上似乎已经冷透了的咖啡，询问道：“是否要帮你换杯热咖啡？”

梁昱行微笑着婉拒了。

她点点头，转身离开，没走几步突然顿住脚步，回身问他：“我新研制了一款甜点，你愿意尝试下吗？”

梁昱行迟疑了会儿，在她清亮目光的注视下点了点头。

梁昱行用小勺子舀了一勺甜点放进嘴里，舒晏期待地看着他。

“怎么样？”

梁昱行点头：“很美味。”

舒晏弯眉笑了。

目光落在正弯着眼睛浅笑的人身上，梁昱行忽然想起了和她第一次见面时的场景。那时她的脸上也带着亲切友善的笑容，让人很安心，也让人十分乐意去亲近。不知从何时开始，每当自己看到这样的她，心脏总会不受控地一点点柔软下去。

这样的变化是他在来南城之前未曾预料过的。

他挪开视线，看向窗外。天空晴朗，白云纯净，蒙在云雾中的连绵山峰若隐若现，就像他此刻朦胧未知的心境。

“舒姐，三号桌客人的东西，麻烦你帮我送下，我去个洗手间，急！”

舒晏刚回到吧台，小靖就对她急急地说了一句，说完之后一溜烟地跑了。

舒晏端起准备好的托盘，去往三号桌。

三号桌在最角落的位置，桌旁坐着一个穿着灰色大衣的蓬头垢面的中年男人。舒晏走过去，忽然觉得这个男人有点眼熟。

好像在哪里见过。

舒晏一时想不起来在哪里碰到过他，也没多想，端着托盘到男人面前，将他点的东西一样样放在他的面前。

男人忽然抬起头来，他的脸有点邋遢，胡子看起来也已经很久没刮过了，在嘴唇周围长满了一圈。乍一看到男人的面容，舒晏有点惊讶，但她很快就反应过来，在手机上打字，对他道："先生您好，这是您点的东西，祝您用餐愉快。"

男人的头发也已经很久没有修剪了，长到都快遮挡住眼睛了。看见她之后，他的目光突然变得深沉起来，但很快就被他低下头掩饰过去，他的喉咙里骤然传出一声奇怪且压抑的声音。

舒晏没察觉到他的异常，微一点头就转身走了。

只是刚走没两步，她就想起在哪里见过这个男人了。那天和梁昱行一起去送外卖的时候，他们在楼道里遇到的那个醉汉，这个男人正是那个醉汉。

想着，舒晏回头看了眼角落里的男人，然后就看见他一直盯着自己，也不知道看了多久了，她心里有丝怪异的感觉划过。

男人看着她离开的身影，眼睛里闪过近似贪婪又渴望的光。

舒晏回到家后，到饭厅的橱柜里拿了摩卡的狗粮倒在它的盆里，摸了摸它的脑袋，这才进厨房准备自己的晚餐。她今天心情还不错，决定做顿好吃的犒劳下自己，可不太凑巧的是，她发现家里的盐没了。

这段时间她没怎么在家里做饭，也没发现盐已经用完了。

舒晏回房间披了件外套，拿起钥匙，打算去附近的超市里买包盐回来。她出门的时候摩卡也想跟着一块儿出去，想到它也有一段时间没出门溜达了，舒晏便带着它一起外出了。

在超市的调料区找到自己想买的盐后，舒晏想着既然出来了就顺便在超市里逛逛，看有没有什么需要买的东西。摩卡一直老老实实地跟在她身后。

在超市里逛了一圈后，舒晏去收银台结账买单，队伍不长，她排在最后一位。在某个瞬间，她忽然若有所觉，回过头看向后方。她的身后是超市的采购区，每个货架前都三三两两地站着人，并没有什么异常。

而就在刚才，舒晏有一种强烈的感觉，她觉得有人在盯着自己。

可身后并没有什么不对劲的地方。

难道是她的错觉？

无论刚才的感觉是不是真的，舒晏都不敢在外面继续停留，结完账之后，她带着摩卡匆匆往家里走。

最近白天和晚上温差极大，这会儿夜越深，温度越低，风越大，一阵寒风拂身而过，她的身上都被激起了冷意。

从超市返回小区会经过一条大马路，这里周围都开满了商铺，灯火通明的，可这会儿每间商铺里都空空荡荡的没什么人。那种被人在暗处盯着看的感觉在出了超市之后就消失了，可舒晏还是不敢放松警惕，她埋着头加快脚步往前走。

摩卡却在这时突然停了下来，不知道发现了什么，它突然对着某个方向叫了起来。舒晏一怔，停下脚步，摩卡却忽然挣脱了她手里的绳子，撒开四肢往一个方向跑去。

舒晏对这突如其来的状况没有防备，等到反应过来，摩卡已经从视野里消失了，心里猛地一慌，她往它消失的方向追了过去。

摩卡确实是发现了某些异常，或者说是感应到了某种危险的信号，只是等到它追过去的时候，那藏在暗处的人已经消失不见了。

与此同时，马路边的一家便利店里，看着突然出现在落地窗前的阿拉斯加犬，梁昱行愣了一下，随即眉目温和起来。他和身旁的人说了句什么，等人离开之后，梁昱行将桌面上残余的东西全部收进垃圾桶里，这才起身从座位上拿起自己的外套，推开便利店的玻璃门。

见他出来，摩卡从地上站起来，对他摇了摇尾巴，叫了两声。

梁昱行蹲下身来，摸了摸它的脑袋，问："你怎么在这里？舒晏呢？"

舒晏这会儿正在四处寻找着摩卡的踪影。每条小巷她都寻找过了，每家店铺也进去询问过了，都没有找到摩卡，也没人注意到一条大型的阿拉斯加犬，她都快急疯了。

舒晏被冷风吹得寒意遍生，她跑得太急了，这会儿气没喘顺过来，冷风灌入喉咙里，呛得她一直在咳嗽。

周围霓虹闪烁，舒晏独自一人孤零零地站在街头。她握了握拳头，冷静下来之后想到摩卡应该不会这样无缘无故地跑掉，一定是发生了什么事情，她猜想会不会是跟她在超市里感觉到的异常有关。

就算是这样，这会儿过了那么久了，它应该也会回来才对，可是到现在它都不见踪影，会不会是……

遭遇了什么不测？

一想到这里，舒晏原本就慌乱的心里又增添了几分恐惧，也不敢再有所耽搁，她继续往前寻找着。

忽然，她顿住了脚步。

在她不远处的前方站着一人一狗。挺拔俊秀的男人手里牵着一只大型的阿拉斯加犬，看到她之后，他也跟着停下了脚步。

悬着的心一下子放下了，舒晏捂着胸口，喘着气。一下子吸入了太多冷气，她控制不住地咳嗽起来。

梁昱行看着对面衣着单薄的人。应该是出来得匆忙，她只在家居服外面披了件外套，脚上穿着一双拖鞋。因为奔跑的关系，她披在身上的外套已经散开，脸颊被冻得苍白无比。

他带着摩卡走近，低头静静地看了她几秒，修长的手抬起，在她的身前顿了一下，然后帮她把衣服整理好。他将挽在手臂上的外套抖开披在她的身上，手放在她身后，一下一下轻轻地拍着她的背帮她顺气。

他的衣服带着他身上干净的气息，包裹着她，舒晏身体的寒意正一点点地消退下去，呼吸也慢慢地平缓下来。她感觉到脚正被一个毛茸茸的温热身躯轻轻蹭着，她低下头来，看到摩卡正在向她认错。

舒晏神色清冷，对它的认错行为无动于衷，半晌，她扯下身上的衣服还给梁昱行，转身就走。

她在生气。

担心和恐慌的情绪消散之后，她的胸腔内就腾起一阵无名的怒意。

摩卡“汪汪”叫了两声，跑到她面前，舒晏冷着脸和它对视，然后绕开它继续往前走。

可走着走着，她又觉得自己很可笑，无端跟一条狗置什么气？

这么一想，她又停住脚步，转过身。

梁昱行就站在她身后一步远的位置，半举着手，手里拿着被她扯下来的外套。见她回过身来，他又将手放下，神情有点无措。

刚才怒意横生，把他也迁怒上了，平静下来之后，舒晏心里有些歉意。

因为没带手机出来，舒晏看着他，示意他伸出手来。

梁昱行照做，舒晏在他的掌心里一笔一画地写下了“对不起”三个字。

她的指尖带着寒意，掠过他温热的手心时，梁昱行的心一颤。掌心痒痒的，他下意识地蜷缩起手指，刚好握住了她还没抽离的手。

两个人同时身体一震。

梁昱行几乎是立刻就红着脸松开了手，他将手迅速背在身后，握成了拳头。

舒晏的心漏跳了几拍，她收回自己的手，手指上仿佛还残留着他手心的温热。

两人在原地待了几分钟，还是舒晏先打破这一尴尬的局面，她指了指前方的道路，示意和他一起走。

走在路上，没多久，舒晏就感觉肩膀一重。身上多了件衣服，温暖地笼罩着她，她抬起头看向身旁目视前方的男人。

他的神情平淡，脸还红着，为了照顾她，脚步还特意放缓，与她并肩同行，只是眼睛始终害羞地看着前方。

舒晏的心，忽然不可抑制地加速跳动起来。

第五章

案件初始

为了惩罚摩卡，舒晏回到家后就把最近买的高级狗粮藏起来，近期内不让它吃，让它饿一饿，看它以后还敢不敢乱跑。

摩卡跟在她的身边，对她的举动不敢有任何异议，毕竟是它做错事情在先。

被它这么一闹，回到家时已经快八点了。舒晏还没吃晚餐，之前的心情已经没有了，她决定简单地做点东西填饱肚子就好了。

在厨房忙碌的间隙，舒晏忽然想到了今天这一天发生的事情，想到梁昱行坐在咖啡店里承受别人的烦扰时依然守礼的风度，想到他今晚牵着摩卡站在街头时温润的模样，还有他将外套披在自己身上时那温和又带着迟疑的动作……

最后，舒晏脑海里的画面忽然定格在他不经意间握住她的手时害羞的神情上。

她从未遇到过一个像他这般温和知礼、气质卓越的男人。

想到这里，她的心便不受控地柔软起来。

之后的几天都没有任何异样，也没有出现那天晚上那种仿佛被人盯着看的怪异感觉，于是舒晏越发肯定这种感觉应该是自己的错觉，过了几天，她也就渐渐将这件事淡忘了。

不过，她的咖啡店里最近倒是经常来一个人，是那天遇到的流浪汉。他还是穿着那件灰色大衣，一副邋里邋遢的模样。

小靖跟她抱怨过很多次，因为这位流浪汉，最近她们店里的生意好像没那么好了，虽然梁昱行偶尔会在这里弹吉他吸引客人，但客人明显没有之前多了。

舒晏也没有办法，这个流浪汉给得起钱在这里消费，又没有什么过分的举动，她总不能赶人家离开。

只是他每次都会点一份套餐，然后静静地坐在角落，一言不发，等到他们营业时间快结束了才离开。

这天早上，门口的风铃声响起来，咖啡店的门被人推开，那位流浪汉照旧点了份套餐，然后就在角落里坐着。

东西做好之后，舒晏给他送餐，她将咖啡和芝士面包一一放在他面前，流浪汉忽然抬起头来，漆黑的眼瞳盯着她，他开口道："你最近做的东西越来越好吃了。"

舒晏没留意他的嘴型，不知道他在说话，她将东西摆放好，端着托盘直起身，这才看见男人一直盯着自己。

她微愣，对他淡笑着点了点头。

“你要多笑，笑起来才好看。”男人忽然又说了句。

他的胡子长得遮住了嘴巴，舒晏看到他在说话，可是没能看清他的口型，她站在原地，想问他在说什么，手臂却被人握住了。

舒晏一愣，回过头就看见不知什么时候从二楼下来的梁昱行就站在她身后。他握着她的手臂带她离开，临走前，他淡淡地看了眼这个男人。

流浪汉一看到他就不说话了，重新低下了头。

舒晏重新回到吧台忙碌起来，过了一会儿，她无意间抬眼看向角落，忽然发现那个流浪汉的位置上空无一人。他不知道什么时候离开了，按照以往的话，他应该是会待到营业时间结束才离开的。

舒晏没太在意，直到外面来了两三个警察。他们出示了证件之后，就说：“你好，我们找舒晏舒小姐。”

舒晏彼时刚送完饮品回来，就看见小靖神情愣怔地开口问：“警察先生，你们找我们老板做什么？”

韩正坤从口袋里拿出张照片递给她们看，说：“我们于十号上午接到报案，有个叫赵茹娜的女生失踪了，我们查到她失踪前最后来的地方是你们这间咖啡店，所以要麻烦你们老板走一趟，跟我们回警局协助调查。”

照片上的女生，就是那天早上缠着梁昱行索要联系方式的女孩子。

舒晏抬起头，梁昱行正好走了过来。

韩正坤看到他，说：“正好，麻烦梁先生也跟我们走一趟吧。”

坐进警车里，舒晏看着窗外飞掠而过的景致，双手交叉着放在腿上，心情有点说不上来的压抑。前几天还活生生的人，怎么这会儿说失踪就失踪了呢？

手臂忽然被人握了一下，舒晏将视线从窗外收回。坐在她身旁的梁昱行见她看过来便收回了手，目光温和地看着她，说：“舒晏，别怕，就是普通的协助调查。”

舒晏点了点头。

坐在驾驶座的韩正坤抽空抬起头，透过后视镜看着坐在后排的两个人，恰好就对上后排的男人那双乌黑澄净的眸子，他顿了一下，收回视线，继续专注于前方的路况。

到了警局之后，赵茹娜的父母也来了，两位上了年纪的长辈正坐在椅子上啜泣着，一位女警官在旁边做安抚工作。

韩正坤见状，跟舒晏他们讲了下事情的来龙去脉。赵茹娜是南城大学文学院的一位大四学生，她在学校附近一所教育培训机构找了份实习工作，平时忙起来就会住在学校宿舍里，但就算工作再忙，她周末也会回家。九号她原本是要回家看望父母的，可两位长辈等了一天都没等到人，打电话也没人接，发信息也没人回。十号早上他们才找到学校去，赵茹娜的宿友却说她八号那天就没有回来了，还以为她是回家去了。赵茹娜的父母这才意识到事情的严重性，来警局里报案。

“事情就是这样，由于你们可能是赵茹娜失踪前最后接触到的人，所以才会请你们来协助调查。”韩正坤说。

舒晏和梁昱行是分开单独进行询问的，负责询问舒晏的是一名女警官，由于她的情况比较特殊，他们给她准备了纸和笔，先让她将遇见赵茹娜的全过程写下来，再由警官提问题，她如实写下回答就好。

“最后一次见到赵茹娜的时候，她正在做什么事情？”警官问。

舒晏沉思了一会儿，如实写下那天的情况。

“她离开之前有没有表现出什么异样？”

“没有，只是被我赶走了，她很生气。”

警官又问了几个问题后，说：“好的，大致的问题就这些，舒小姐，感谢你的配合。”

女警官带她出去，让她在窗边的椅子上稍坐片刻，赵茹娜的父母就坐在与她间隔几张椅子的位置上。安抚他们的警官去倒水了，赵母倚靠在赵父的肩膀上，伤心到了极点，正在掩面哭泣。

舒晏即使听不见声音，光看着这样一副场面，都能感受到他们的悲恸。

她静默地看着前方的地面，不知过了多久，赵茹娜的母亲忽然站起来走到她身前。视线被人一遮，她抬起头来。

“是不是你，是不是你最后看见我们茹娜的？”赵母脸上淌着泪，连声质问。

舒晏一怔，站了起来，赵茹娜的母亲猛地一把抓住她的衣领，声音有些歇斯底里：“你是那家咖啡店的老板吧？你知不知道她去你那里做什么了？你说啊！告诉我，我们茹娜到底去哪里了……”赵茹娜的母亲崩溃大哭，一直揪着舒晏的衣领，“你跟我们说说，她到底去哪了……你说话啊！你是哑巴了吗！”

舒晏被她牵制住，只看到她最后说的那句话——“你是哑巴了吗”。

突然，舒晏被一股温柔的力道搂进了来人的怀里，闻到那熟悉的气息，她的心跳骤然加快。

她抬起头来，看见梁昱行清冷坚毅的侧脸轮廓，她微愣……她从未见过这个表情的他。

感知到她的视线，梁昱行低下头，表情缓和下来，温声问她：“没事吧？”

舒晏轻轻地摇了摇头，脑袋靠在他温暖结实的胸膛上。

她感觉到他的身体一僵，随即，感受到他的手轻轻地落在她的后背，一下一下轻拍着，温柔地安抚她。

她一怔。

赵茹娜的母亲已经被警察拉开了，韩正坤站在她身旁，道：“文女士，请你冷静点，现在已经有了初步的线索，我们一定会尽全力找到你女儿的下落。”

闻言，赵茹娜的母亲像是抓住了一根救命稻草，她站起身抓住韩正坤的手臂：“拜托你了警察先生，请你一定要找到茹娜，我求求你了……求求你了……”

梁昱行沉默地看着这一幕，淡淡敛目，韩正坤在这时走过来，对他们说：“你们可以先回去了，今天谢谢你们的配合，有需要协助调查的地方我会再联系你们。”

梁昱行微微颔首，带着舒晏离开了警局。

舒晏的情绪已经恢复如初，她能理解刚才赵茹娜母亲的行为。丢失了女儿，最痛心的莫过于父母，换作是谁都无法做到冷静处之。

梁昱行见她一直毫无动静，以为她是因为刚才的事情情绪受到了波及，他出言安慰：“不必想太多，这件事情不是你的责任。”

“我只是在想，如果我那天不赶她离开，她是不是就不会失踪。”

“事情已经发生了，无论是不是这样做了，都不会改变注定的结果。”梁昱行神色平静道，“更何况，这是一场蓄谋已久的案件。”

舒晏讶异：“你怎么知道是蓄谋已久的？”

梁昱行沉默地稍移开视线，几秒后才说：“韩警官说的。”

舒晏的注意力在别的地方，并没有察觉到他的异样，想到什么，她接着问：“他们会不会怀疑到你的身上？”

梁昱行浅浅一笑，告诉她：“不会，我并没有作案动机。”

她这是关心则乱，他八号那一整天都跟她待在一起，之后的几天他也准时出现在咖啡店里，哪有时间去绑一个对他表露过仰慕之意的女孩儿？

舒晏忽视他唇边的笑意，低头往前走。

梁昱行还有些事，送她回咖啡店之后就在门口跟她道别。舒晏刚走进店里，小靖就紧张地凑上来：“舒姐，怎么样？警察怎么说？”

阿响也放下手里的活儿走了过来。

舒晏看了他们俩一眼，低头打字：“警察没怎么说，就是带我们去问了些问题而已，不过事情好像有点棘手。”

小靖看完她打的字，脸色不太好了，她压低了声音，小声道：“这么说，那个女孩子是真的失踪了啊？”

这种平时在电视新闻才会出现的事情竟然真实地发生在他们身边，这样的事光是想想，整个人就不太好了。

“在离开我们店之后失踪的？”阿响问。

舒晏点头：“警察是说有这个可能，但不能确定。”

小靖起了一身的鸡皮疙瘩，她伸手搓了搓自己的手臂。

“这个月提早一个小时结束营业，阿响，可能要麻烦你下班之后送一下小靖回家。”

小靖看完后抢先一步说：“舒姐，我才不要他送。”

舒晏神情严肃，打字道：“小靖，不要任性，这段时间是特殊时期。”

小靖看到她的神色，没再说什么。

阿响这次却没有故意跟小靖抬杠，他点头赞同舒晏的话，说：“先送完你，再送小靖。”

“我不用，路程太远，你送小靖就好。”

阿响皱了皱眉，还想说些什么，后腰就被小靖的胳膊肘撞了一下。小靖扭头对他使了个眼色，在舒晏看不见的地方说：“舒姐有人送，不用你瞎操心。”

阿响瞥了她一眼，转身回去工作前说了句：“许小靖，你迟早会在这上面吃亏。”

小靖朝他吐了吐舌头。

晚上八点半左右，梁昱行就来了咖啡店，像是早就知道他们要在这个时间点结束营业。

舒晏在收拾着桌面时看到出现在眼前的人，微愣了一下，问：“你怎么来了？”

站在灯光下的男人眸子乌黑沉静，脸却微微绯红起来。

“舒晏，我来接你回去。”他缓缓道。

舒晏早些时候跟阿响说不用麻烦他送自己回去，心里就是抱着一丝梁昱行会来店里找她一起回去的念头。

虽然有这样的念头，舒晏却也没抱太大的期待。但此时此刻看到他出现在这里，她的心头仿佛有一股暖流滑过。这个温润如玉的男人，果然如她想象中的一样，考虑得这般周全。

舒晏告诉他：“好，你等我一下，很快就关门了。”

梁昱行的嘴角浮现些微笑意，他点头道：“好。”

将咖啡店的门锁上后，舒晏在小靖暧昧的眼神中跟着梁昱行一起离开了。

身旁的男人原本白玉般的脸颊红扑扑的，舒晏猜他肯定是注意到了小靖的眼神，半晌，她打字跟他说：“小靖比较喜欢胡思乱想，你不用理她。”

梁昱行的视线从屏幕挪到她的脸上，再缓缓移开，他轻轻地“嗯”了一声。

赵茹娜失踪的事件两天之后就在新闻上报道了，关于这个事件的详情，新闻上并没有透露太多，警方只是表示该事件还在持续调查中，在末尾还提醒广大市民如果有任何关于当事人的线索，请尽快与警方取得联系。这样看来，应该是警方还没找到进一步的线索。

事后，韩正坤还带着两三位警察来舒晏店里前前后后走访了两三次，调取了他们店里的监控摄像，以便调查。

可能是知道店里最近出了这么一件事情，近期来光顾的客人少了许多。梁昱行最近这段时间不知道在忙些什么，白天极少看见他出现在咖啡店里，每次来的时候都已经是晚上营业时间结束之后，他总是准时来接舒晏回家。他每次出现的时候，清秀白皙的脸上都会带着少许疲倦，眼下还有淡淡的青色。

舒晏实在好奇他在忙些什么，有次问起，一向实诚的他却没有明说。她想，每个人都会有自己的秘密，既然他不愿意说，那她就不问。她只是告诉他要注意保重身体，如果实在忙得没空过来的话，晚上可以不用来接她。

梁昱行在这件事情上却有自己坚定的立场，在舒晏这么跟他说后，他的神情变得既认真又严肃："不行，舒晏，我每天都会来接你。"

他的话说得不容置喙，舒晏心里一阵温暖熨帖。

最近发生的这件事情，除了闹得店面业绩不好，还让每个人的心情或多或少有些沉闷和压抑，舒晏便决定周末给他们放两天假，让他们好好去轻松一下或者在家休息。小靖却提议道："难得有机会，要不我们去爬山吧？"

"我听人家说最近南峰山的梅花开得特别漂亮，我们不如趁着周末一起去看看吧？"小靖说，"舒姐，你觉得呢？"

这的确是个好提议。想到自己每天都是家和咖啡店两点一线，也已经许久没有出过远门了，舒晏便同意了小靖的建议。

阿响原本想趁着休息日宅在家里，但转眼看到小靖兴致勃勃的模样，想了想，还是点了头。

"舒姐，你可以叫上梁昱行啊。"小靖拉着她偷偷道。

舒晏愣了一下，没反应过来，半晌才问："叫上他干什么？"

小靖替她着急："哎哟我的舒姐，你这段时间表现得那么明显，还真以为我看不出来吗？"

舒晏今天的反应有点迟钝，她打字问："我表现什么了……"

"你这段时间经常邀请人家吃你做的饭，还有，每天晚上一收拾好东西就望着门口等他过来，每次一看到人来，脸上就带着那种温柔甜美的笑容……这些行为，不是喜欢人家是什么？”

看完她说的话，舒晏摸了摸自己微烫的脸颊，半晌，打字道：“有这么明显吗？”

“当然……”小靖话刚脱口，忽然意识到什么，她微微睁大眼睛，看着舒晏，“舒姐，你这是承认了？”

舒晏笑了，反问她：“你不都已经说我表现得很明显了？”

“我就知道我的直觉不会错的。”确认了这件事，小靖比她还兴奋，连忙道，“舒姐，快跟我说说，你什么时候喜欢上他的？”

舒晏无奈打字道：“我也不知道。”

可能是他以为她在家中遭遇危险，进入她家中撞见她从浴室出来的那一刻；也可能是在她醉酒后，他背着自己回家的时候；又或许是晚风凉寒时分，他将外套披到她身上的那一瞬间……

甚至，可能是初次见面时她就已经留了心，然后在相处的这些时日里，他谦逊有礼的举止、卓越的气质，都让她好感倍增，逐渐倾心。

这样一个温润绅士的青年，很难让人克制住情愫，不对他产生任何好感。

“舒姐，要不要试一试跟他表白啊？”小靖朝她挤了挤眼睛。

表白……

这一点舒晏倒是从未想过，她觉得保持现状已经很好了，没有想过再进一步的事情。

可小靖已经在为舒晏出谋划策了，她说：“舒姐，你可以借这次机会约他出来一块儿去爬山，等到上了山顶，对着满山盛开的梅花，天时地利人和的时候，跟他说出自己的心里话。”

“现在这个时机……合适吗？”

舒晏并不太确定现在是否是恰当的时机。

“怎么不合适了？舒姐你是担心会被拒绝吗？哎……你别担心，你看看你人长得那么漂亮，心地又好，知书达礼的，简直是人见人爱、花见花开啊。”

看着这个小马屁精，舒晏笑了笑。

“别那么夸张，我没你说的那么好。”

“怎么没有？在我心里，舒姐可是最好的。原本我还觉得谁都配不上你，直到梁昱行出现了，我现在觉得你们俩很登对。”小靖弯着眼睛笑起来，“舒姐，趁机约人家出来吧……”

舒晏还是有些犹豫。

小靖继续怂恿她：“舒姐，如果你实在担心的话，你可以不明说，先试一下他的态度，如果他对你也有同样的想法的话，那你们俩就可以互诉心意。但假如，我是说假如啊，他对你暂时没有那方面的想法，你就可以当作这是一次普通朋友之间的约会，不用有任何的心理负担，也不怕捅破窗户纸之后相处起来会很尴尬。”

小靖说得轻巧，但如果被拒绝，舒晏恐怕没办法当作什么都没发生过。她并不是个擅长主动的人，原先也没有过一丝这样的念头，可现在听小靖提起，这样的念头忽然就变得强烈起来。她是否可以去尝试一下？如果他对自己没有那方面的心思，那她还可以在内心深陷之前尽早清除一切情愫。

见她被自己说动摇了，小靖笑着拍了拍她的肩膀：“舒姐，别担心啦，我看梁昱行未必就对你没有这方面的意思。”

看她这么说，舒晏决定尝试一下，如果不行……就放弃。

晚上八点半的时候，舒晏边打扫着店面卫生边等着梁昱行过来，谁知一向准点的人今天不知为何却迟迟没有出现。

小靖和阿响还在陪着她等人，舒晏不想耽误他们的时间，让他们先离开。

“舒姐，我们还是陪你等一会儿吧。”小靖怕她一个人在店里不安全。

“没事，你们先走吧，我再等一会儿，如果人没来，我也要回去了。”舒晏打字跟她说。

其实现在回去也不算晚，而且不知道是不是因为出了赵茹娜那桩事，这一片区增加了许多治安巡逻，最近这段时间风平浪静的。

小靖他们家住得不算近，看到舒晏这么说，她就有点犹豫了，舒晏便让他们赶紧回去。

“那好吧，舒姐，我们先走了。”

小靖他们走后，舒晏大概又等了十多分钟。门外依然毫无动静，她迟疑了几秒钟，背起包，关掉电闸，锁门离开了。

咖啡店离她家近，周围又还有行人，其实一个人回去也谈不上什么危险。想起上次和梁昱行提及此事时他脸上坚决强硬的神情，她的嘴角便不由自主地弯起来。

路过小区拐角时，舒晏不经意间抬起头来看到拐角处的凸面镜，她的视线扫过去，忽然一怔。

因为有一处感官封闭，所以她的视力天生比普通人要好，在路灯不甚清晰的光线下，她看到身后有一道黑影一晃而过。

她不知道自己有没有看清楚，但她的心里忽然升起一种强烈的感觉——这次应该不会是错觉。

舒晏握紧了双手，觉得对方应该还不知道她已经发现了他，她强作镇定地继续往前走。

一想到背后有人跟着，舒晏就觉得头皮发麻，浑身发凉。

她加快了脚步，最后跑了起来，想赶紧到有人的地方求助，可下一秒，身后的人逼近，忽然一把拉住了她的手臂。

她的身体倏然一僵。

第六章

她的告白

被人抓住手臂的那一瞬间，舒晏感觉自己的心跳都快停止了。她甚至都不敢回头，也不敢动弹，僵硬在原地，大脑一片空白，完全不知道自己下一步应该怎么办。

难道自己就那么不幸，要成为下一个受害者了吗？

舒晏害怕地闭上眼睛，想着拼死一搏的成功概率有多大。

还未来得及深想，手臂就被人温柔地轻拍了一下，舒晏微微睁开眼睛，对上一双乌黑清澈的眼睛，只见梁昱行正疑惑地望着她。

看到牵住她手臂的人是梁昱行，舒晏顿时松了一口气，原本吊着的心倏地落回原地。但心头尚有余悸，她不由自主地伸出手抱住了面前的人，脑袋轻轻靠在他的怀里。感知着他身体的温暖，舒晏因为惊恐而毫无血色的脸颊逐渐恢复了些许。

而被她抱住的身体在那一瞬间微微僵住，梁昱行不知道发生什么事了，茫然无措地看着扑在怀里的人。

舒晏靠在他的怀中，身体一点点回温，心跳也慢慢平静了下来，随即她才察觉到自己此时的冒犯和失礼。她赶紧从他的怀里退出来，抬手搓了搓自己僵硬的脸颊，抬头看向他。梁昱行的脸上遍布红晕，却目光沉静地看着她。

“对不起，我刚才以为有人在后面跟着我，吓到了，抱歉。”

梁昱行看完她打下的话，缓缓道：“该是我说抱歉，舒晏，对不起，我没想到会吓到你。”

舒晏摇摇头，笑着把手机上的字给他看：“不关你的事，是我自己太大惊小怪了。”

已经是第二次错以为有人在跟踪她了，舒晏怀疑自己是不是因为最近事情太多，精神不足，有点神经质了。

“对了，你也是刚回来吗？”舒晏的手指顿了顿，补充道，“我以为你今天不来店里了，所以我就自己先走了。”

梁昱行看着她，带着些歉意道：“抱歉，舒晏，我今天临时有事……来晚了，到的时候你已经走了，我就一路跟了过来。”舒晏刚想跟他说没关系，就看见他神情郑重认真地对她道，“我以后一定准时，不让你再等了。”

“砰咚——”

见他说完这番话，舒晏的心倏地一动，随后飞快地跳动起来。

她移开视线，在手机上打字：“那……我们走吧。”

快走到家门口时，舒晏才想起要邀他周末出行的事情，她停了脚步，梁昱行也跟着停了下来，低头望向她。

“梁昱行，你周六有时间吗？”见梁昱行点头，她继续打字，“我和小靖他们约好周六要去南峰山看梅花，你有时间的话要一起来吗？”

梁昱行清亮如水的目光温和地看着她，脸颊微微红了：“舒晏你想约我一起去玩吗？”

舒晏被他盯得脸颊一热，轻轻地点了下头。

“周六几点？”他问。

“早上九点。”

“好。”

舒晏犹豫了几秒，最终还是决定告诉他。

“梁昱行，我那天……有很重要的话要跟你说，请你务必准时赴约。”

梁昱行与她对视，微微笑起来：“好。”

周六当天，舒晏出门的时候，梁昱行已经等在门口了。他今天换了件浅白色的外套，外套敞开，露出里面的黑色T恤，他下身穿着黑色长裤和运动鞋，整个人看上去清爽又明朗，像个年华正好的大学生一样。

舒晏在打量他的同时，梁昱行也在看着她。因为今天要去爬山，她穿了件白色的防风衣，里面套了件白色卫衣，卫衣上印着一只迷你的长颈鹿卡通图案，她下身穿着一条黑色运动裤，她今天的装扮配上她衣服上的图案，看上去……很可爱。

梁昱行悄悄红了耳根，轻咳一声，状似无意地别开脸去。

半晌，他回过头，伸出手来，说：“背包，我来拿吧。”

舒晏回头看了眼身后的背包，刚想说“不用”，可转过头就对上他诚挚的双眼，她浅浅一笑，将背包取下来放到他手上。

梁昱行把手一收，将背包稳稳地拿在手上。

舒晏和小靖他们约了九点钟在路口集合。南峰山在比较偏远的位置，交通不太方便，没有可以直达的公交或者地铁，于是阿响就跟他朋友借了辆车来，先去接小靖，再来接他们。

舒晏走到十字路口，就看见小靖等在一辆车旁。她看到舒晏他们，立马招起手来。

舒晏跟小靖他们打了声招呼，小靖说："走吧，我们先上车。"说完，她拉开后车座的门，让舒晏先进去。

她本来打算让梁昱行和舒晏一起坐在后面的，结果阿响却突然出声道："喂，那个谁，你坐前面吧。"

闻言，小靖回头瞪了他一眼，他尽会破坏好事。阿响的目光淡淡地从她身上掠过，看向她身后的梁昱行。

温润如玉的男人低下头来，静静地看了他一眼，然后点了下头，上前拉开副驾驶座的车门。

小靖没办法，只好钻进后座跟舒晏坐在一起。

坐进车里后，为了避免前面的两个男人听她们的对话，小靖干脆用手机跟舒晏打起字来："舒姐，一会儿我们到了山顶后，我会想办法支开阿响，然后你们两个就找个安静的地方好好聊聊。"

舒晏看到她的话，登时红了脸，点了点头。

小靖问道："舒姐，你想好要怎么说了吗？"

舒晏抿了抿唇，很诚实地摇了下头，小靖一副"我就知道"的表情，刚准备为舒晏献良策，舒晏就按住了她的手。

"小靖，现在先别说这些事，等会儿……我自己随机应变吧。"

这样也好。小靖点点头，收起手机。

舒晏转头看向窗外，今天天气很好，风和日丽的，天空蓝得很纯净，白云悠哉游哉地浮在空中。

她想到一会儿要做的事，心里突然紧张起来。

这也是她不让小靖现在说这件事的原因，她怕再讨论下去，等会儿下车之后自己没办法面对梁昱行。

这个时节南峰山顶的梅花开得正盛，红艳艳的一片，连绵在整座山头，形成一道别具一格的风景，每年这个时候总能吸引很多人前来游玩。今天正逢周末，来爬山的人是平日的好几倍，通往半山腰的车道已经被堵住了，阿响只好把车停在山脚下，他们徒步上山。小靖和阿响走在前面，舒晏和梁昱行跟在他们身后。

南峰山地势较高，沿途可以欣赏山林溪流等自然景观，草木葳蕤，溪水潺潺，也是极有意境的风景。可拍照的兴致在爬到半山腰的时候就被磨灭了，小靖叉着腰扶着一旁的树累得直喘气，舒晏的疲累情况跟她不相上下。两人都是平时不注意锻炼身体的人，一到这种时候，没走几步路就觉得累得要瘫倒了，就连阿响也靠在一棵树上喘气。

一行人中唯有梁昱行面色如常，他单手提着舒晏的包，神色镇定地站在他们面前，只是气息有点不稳。如果不是他脸上浮现的淡淡红晕，旁人完全看不出他是刚才爬过一千多级台阶的人。

舒晏看他气定神闲的模样，没想到他看上去清瘦，体力竟然这么好。

她正看着他，梁昱行若有所觉似的转了视线过来。静静看了她一秒后，他抬脚走了过来。舒晏抬起头来，就见他说："舒晏，还走得动吗？"

她可没他那么好的体力。舒晏摇了摇头，示意自己要稍微休息一会儿。

梁昱行目光微闪，脸颊泛红，道："后半段路需要我背你上去吗？"

舒晏一愣。后半段路可还有两千多级台阶。

"你不嫌累？"

"不会，你很轻。"梁昱行稍微挪开了视线，脸色红润。

舒晏笑了，打字道："不用，我没那么娇弱，我可以自己爬上去，谢谢你。"

梁昱行"嗯"了一声，说："好。"

小靖站在旁边，听到了梁昱行的话，不由得一阵羡慕："哇，真好，我也好希望有人能背我上去。"

阿响闻言，干笑了两声："呵呵。"

一行人走走停停，沿途又休息了好几次，吃了些面包和干粮补充体力，总算爬到了山顶。

树木的枝丫上开满了艳丽的冬梅，环绕着整座山头，像延绵不绝的花海，为这苍白的初冬点缀上了艳丽的颜色。

山顶已经聚集了不少游客，许多人在吐露芬芳的梅花枝丫前合影留念。小靖带着舒晏在梅花树旁换了好几个姿势拍照，舒晏本身不太热衷于照相，和小靖合了几张影之后，就帮她拍起照来。手机镜头一挪，舒晏就从屏幕里看到了站在小靖身后的人。

梁昱行站在一块微凸的大石块上，双手垂放在身侧，修长挺拔的身影被这满山瑰丽的红梅衬得越发俊秀。他望着云雾缭绕的景致，表情温和，只是站在那里，温润清朗的气质便已经显现出来了。

看舒晏许久没有按下快门，小靖注意到舒晏正盯着她的身后，她好奇地转过头去，看到了那个温润如玉的男人。

啊，她懂了。

小靖走到舒晏身边，拍了拍她的肩膀，见她转过头来才开口道："舒姐，我现在跟阿响去买点水和东西回来，你好好把握这次机会吧，找个人少的地方。祝你成功！"

这么快……

舒晏还没准备好要说些什么，正想拉住小靖让她再等一等，可是小靖已经转身找阿响去了。

见她拉着阿响走远了，舒晏在原地呆站了片刻。梁昱行已经走了过来，问："他们去哪里？"

"去买东西了。"舒晏如实告诉他，然后硬着头皮指着另一端人少的地方，"我们去那边走走吧。"

梁昱行自然不会有异议。

山顶上就像一处大型的花园，梅花开得稀疏的地方人也比较少。两人一路沉默着从这头走到那头，舒晏在想事情，有点心不在焉的，没有留意到身边的人停下了脚步，她又往前走了几步才反应过来，转头看他。

梁昱行看着前方被树木阻隔的道路，道："没路了。"

舒晏看了眼四周，在手机上打字：“那我们就待在这里吧，我有些话想对你说。”

梁昱行温声道：“好。”

两人站在用大理石围起来的栏杆前，眺望着远处被云雾环绕的南城。

见身边的人许久没有动静，梁昱行侧头看过去，舒晏正好也抬起头来。他眉目温和，率先开口道：“舒晏你想对我说什么？”

想到自己接下来要说的事情，舒晏的脸顿时一红，她别开脑袋，拿出自己的手机，在屏幕上删删改改，良久，才把手机递给他看。

“梁昱行，你……喜欢什么类型的女生呢？”

舒晏是第一次喜欢上一个人，之前从未有过类似的经历，所以她并不知道要如何切入话题，更不知道要怎么去试探他，她想来想去，还是觉得直接一点比较好。

梁昱行愣了一下，似乎没想到她会这么问。低头看见她温润的眉目，他的脸微微红了，过了半晌，他才道：“没有具体的类型。”

这样……

“那你有喜欢的女生吗？”

梁昱行一看到这个问题，脸上红晕更深，搭在大理石柱上的双手微微收紧。他稍稍别开视线，声音清冷又带着克制：“暂时……没有。”

得到他的回答，舒晏眼睛微亮。既然没有喜欢的人的话，那她是否有机会呢？

心跳怦怦跳动着，舒晏鼓起勇气打下一行字：“那……你觉得我怎么样？”

舒晏紧张得不敢去看他的反应，她觉得自己刚才的问题问得有点着急了。本来应该像小靖说的，以试探为主。但现在既然已经捅破这层窗户纸了，她觉得自己应该趁机表明一下心意。

她拿着手机，一字一句地写，微抿着唇，告诉他：“梁昱行，我好像有点喜欢上你了。”

山顶风声飒飒，云雾缭绕，让这一切变得似真似幻。

空气有片刻的凝滞，耳边的风声仿佛也静止了，在看清舒晏写的那行字之后，梁昱行的脸瞬间红透了，连带着耳朵脖子也是通红一片，寒凉的风拂过，他甚至能感受到脸颊的滚烫。

这并不是第一次有女生向他表白，实际上，在大学甚至是中学时期，他经常收到不少女孩子递来的情书，就连走在路上都被人拦下来告白过，只是那时候年少懵懂，遇见这样的事情虽然会害羞，但他从来都是礼貌地拒绝了那些女生。

他从没有产生过此刻的这番心情，有些意外，有些惊讶，还有些……按捺不住的喜悦。

这是否说明自己对她……有着同样的悸动和心情？

山顶的风陡然间就变得猛烈了起来，风声呼啸，吹散了他脸颊上滚烫的温度，也让他在这一瞬间猛然清醒过来。

现在……并不是一个恰当的时机。

而且她对很多事情还是未知的……

至少，不能是现在。

梁昱行正视着她，眼前的人低垂着眉目，双手紧张不安地放在身前，十指交叉地握在一起。凉风扬起她乌黑柔顺的发丝，掠过她白皙恬静的脸颊和小巧秀气的下颚，他的心脏一下子变得柔软起来，有些话却不知道该如何说出口。

这时，忽然有人高声喊道："那两位游客，那边的栏杆正在维护，别站在那里！"

这一声倏然打破了这一阵宁静。

梁昱行对舒晏说明了下情况，带着她离开了这里。

谈话被人打了岔，舒晏看着远方，心里有几分难以言喻的失落……

没多久，小靖和阿响买完水回来了。

小靖原本还想给舒晏再争取点时间，一直拖拖拉拉的，不肯回去，阿响瞥了她一眼，说："许小靖，你又在作什么妖？"

小靖瞪了他一眼，阿响不管她，径直往回走，她只好跟上去。

走到舒晏和梁昱行面前，阿响递给他们每人一瓶水，说："现在走吗？时间不早了，下山还要时间。"

没人察觉到他们两人之间的异常。

小靖看向舒晏，用眼神询问她有没有行动。舒晏看了她一眼，没回答，只是朝阿响点了点头。

下山的时候换成小靖和舒晏走在前面，两个男人跟在后头，小靖拉着她，用口型无声询问："舒姐，你说了没？"

舒晏点头。

"怎么样？"

"没有答复。"

小靖"啊"了一声，舒晏没再说什么。如果不是被打了岔，她现在应该已经知道答案了，可是被扰乱之后，现在的她不知道怎么再开口了。

下山的道路也很艰难，疲惫得连小靖都没有说话的心思了，他们一路沉默着走下山。回程还是阿晌开车，梁昱行坐在副驾驶，小靖和舒晏坐在后面。

回去的道路畅通无阻，很快就到了舒晏住的小区，舒晏和梁昱行下了车，跟他们道别。看着车驶出小区，她才转身往回走，梁昱行跟在她身后，两人一起搭乘电梯上了楼。舒晏走到家门前，低头掏钥匙，她抿了抿唇，把钥匙放下，拿出了手机。

片刻后，舒晏转身，把手机递给他。

"梁昱行，今天的事情你想好了，什么时候给我答复都可以，我等你。"

等他看完，舒晏将手机收回，转身拿钥匙开门，进屋，关门。

舒晏关上门之后就靠在门板上，摩卡跑过来蹭了蹭她的腿，她轻轻地呼了一口气，心脏紧张地剧烈跳动着，她蹲下来揉了揉摩卡的脑袋。

梁昱行看着面前紧闭的屋门，在寂静的走廊里，他听到了自己骤然加快的心跳声。半晌，他红着耳朵转身，拿出钥匙开门。

夜色渐浓，屋内一片漆黑，梁昱行伸手打开灯。他换了鞋之后去厨房倒了杯水，路过浴室的时候，从镜子里看到自己通红无比的脸颊，他一顿，羞赧地挪开目光。

他沉默地走到窗边，俯瞰着这座城市华灯初上的景象，脑海里浮现的却是今天舒晏跟他说那番话时的神情——清秀的小脸微红，眉目温和柔软，除了紧张，余下的全是认真坚定。

他静静地在窗前站立了一会儿，眉目微敛。

那天从南峰山回来之后，舒晏晚上和梁昱行一起回去的时候或多或少都有些尴尬，但好在两人都十分默契地没有提起那天的事情。有好几次，舒晏都想问问他的答复，但仔细一想，他如果想清楚了自然会跟她说，她也不必急于这一时。

最近这段时间风平浪静了不少，咖啡店恢复了正常营业时间，一切如常。

不过，之前几乎每天都来的那名流浪汉这段时间没来光顾了，小靖知道后开心得不得了。之前就是因为这个穿着邋遢的男人，他们店里损失了一部分顾客，而且他又长得怪模怪样、阴森森的，看上去实在是不讨喜，有好几次小靖路过这个男人身边，都听到他在自言自语，神经兮兮的。

舒晏虽然没有像小靖一样这么嫌恶他，但这个流浪汉确实给她带来了困扰，现在他走了也好。

不过她没想到的是，本以为不会再见到的人，在几天之后又遇到了，只是这次的地点不是在咖啡店里，而是在她家附近的超市里。她晚上去超市买了点生活用品，路过柜台的时候，看见穿着灰色大衣的男人站在冰柜前伸手拿了瓶啤酒。

舒晏有些诧异，但她没有多想，拿了东西就去收银台买单了。

在她没看见的地方，男人回过头来，看着她离开的身影，被胡子遮住的嘴一咧，忽然笑了起来。

隔天，舒晏和梁昱行晚上一起回去的时候，他在半路忽然接了通电话，电话那端的人匆匆和他说了句什么，他说了句“我知道了”就结束了通话。和舒晏一起走到小区门口时，他停下了脚步。

“我还有点事，先不上去了。”梁昱行对她道。

舒晏点头。

梁昱行微侧过身子，刚准备转身，他脚步一顿，回头嘱咐她：“你回家小心，如果遇到了什么事情……就给我打电话。”

舒晏笑了。

“我没办法打电话给你。”

“舒晏，你知道吗？古代的士兵一旦遇难，就会用火树银花当作信号请求支援。”

舒晏点头，眼神疑惑。

梁昱行眼神温柔，说：“舒晏，我们来约定个信号，只要接到你的电话，我就会第一时间赶到你身边，无论何时。”

和他道别之后，舒晏独自一人走进一楼大堂，脑海里不断回想着他刚才说的那段话，心里暖意浮升。她不禁想，他对她……是不是也有那么点好感呢？要不然也不会跟她说出这番话。舒晏有种感觉，自己应该在不久之后就会得到他的答复了。

搭电梯上楼时，舒晏在电梯内设的镜子里看到自己眉梢眼角都是笑意。

“叮”的一声，电梯到达她家所在楼层，她走了出去，廊道的感应灯自动亮了起来。舒晏在家门前准备掏钥匙，没留意到拐角旁安全楼梯口的门忽然拉开了，有人从里面走了出来。那人戴着鸭舌帽和口罩，手上戴着手套，眼睛盯着那抹清丽的身影。

一步、两步、三步……

那人缓缓靠近她。

舒晏刚拿起钥匙准备开门，见门上忽然多了道黑影，她心里“咯噔”一下，回过头，身后的男人已经扑了上来。

舒晏惊恐地睁大眼睛，在男人扑上来时下意识地闪到一边，匆忙往另一侧跑去。可是已经来不及了，距离太近，男人一把就抓住了她，用事先准备好的沾了迷药的手帕捂住她的口鼻。舒晏挣扎了几下，意识慢慢陷入模糊。

第七章

失踪

第二天一大早，阿响去到咖啡店，在后面的储物间只看到了小靖一个人。他走到自己的储物柜旁，拿出工作服，问道："舒晏呢？"

小靖将围裙套上，闻言回道："舒姐今天早上给我发信息，说她身体不舒服，今天来不了了。"

"昨天不是还好好的？"

小靖："对啊，我也觉得奇怪，怎么过了一晚上就生病了呢？我打算今天下班之后去看看她。"

阿响："我跟你一起去。"

晚上九点钟，营业时间结束，小靖正在打扫卫生，门口的风铃忽然传来清脆的声音，她边转身边说："不好意思，我们的营业时间已经结束……咦，梁昱行？你怎么过来了？"

梁昱行朝她颔首示意，随即看了眼四周，问："舒晏呢？"

"舒姐今天身体不舒服，没来店里。"小靖道，"她没跟你说？"

梁昱行皱眉摇头。

"奇怪了，我还以为她会跟你说一声，让你别白跑这一趟的。"小靖自言自语道。

舒晏既然不在，梁昱行朝他们点了下头准备离开，小靖叫住他："哎，梁昱行，我们打算去看看舒姐，一起走吧。"

小靖在舒晏家小区门口的水果店里买了篮水果，准备上去探望她。他们仨在等电梯的时候，旁边来了两位刚跳完广场舞回来的中年妇女，两人身上穿着练功服，手里拿着跳舞用的折扇，其中一人道："哎，我今天早上听楼上祥子说二十二楼昨晚闹鬼了。"

另一人搓了搓手臂："哎，你别提'鬼'这个字，我瘆得慌。"

小靖闻言抬起头来。二十二楼，不就是舒姐住的楼层吗？

她和身旁的两个男人对视一眼，上前道："大姐，你说昨晚这二十二楼闹鬼，是什么意思啊？"

女人转头看了她一眼。

小靖笑了笑："大姐，我朋友就住在二十二楼，可我没听她说起过什么闹鬼的，是发生了什么事情吗？”

“哎，这件事情说起来也是怪邪乎的，我也是听我邻居祥子说的。说是2208的住客昨天晚上听到外面好像闹出了很大的动静，以为是有人在打架闹事，可打开门出去一看，走廊是空的，什么也没有，就连走廊灯都是暗着的。然后还说啊，尽头的墙壁上闪着绿光。你说这大晚上的，诡不诡异？想想就觉得瘆人。”

这位大姐为了配合自己的话，到关键部分还刻意压低了声音，小靖听得浑身鸡皮疙瘩都起来了。

这么吓人，早知道就不问了。

“还有什么异常的地方吗？”梁昱行却忽然开口问道。

“没有了。人家住客也觉得诡异，哪里还去留意那么多。”大姐说。

梁昱行眉头微蹙：“几点的事情？”

“好像是晚上九点多快十点时的事情。”大姐如实道。

走进电梯里，小靖小声问梁昱行：“哎，你刚才问那么详细做什么？”

梁昱行还没开口，一旁的阿响脸色忽然一变，低声问他们：“你们有没有一种……不太好的预感。”

梁昱行面色沉静，小靖却被他压低的嗓音吓到了：“什么预感？”

“舒晏平时回到家是几点？”阿响看向眼前面容俊秀的男人。

“九点半。”梁昱行抬头看向不断上升的楼层数，眼底慢慢浮现出焦灼的情绪。

听到这个时间点，小靖的脸色顿时难看起来：“你的意思是……舒姐她……”

“不确定，去看看就知道了。”阿响皱着眉头说。

意识到舒晏可能遭遇不测，小靖连那点害怕的心思都没有了，出了电梯门，她就径直往舒晏家跑去，用力拍着门：“舒姐、舒姐……你在家吗？”

阿响拉住慌乱的小靖：“她就算在家也听不见。”

梁昱行从门边的鞋柜里翻出一把钥匙。看见他的举动，小靖拍了下自己的脑袋。真是傻了，舒晏之前跟她说过有把备用钥匙放在鞋柜里，她一时着急给忘了。

梁昱行用钥匙打开门，屋内是黑暗的，有道黑影很快扑了过来，小靖吓得尖叫了一声，梁昱行及时把灯打开。

扑过来的阿拉斯加犬被骤亮的灯光刺了下眼，它大声地“汪汪”叫起来。

“摩卡！”小靖叫了它一声。

摩卡停止吠叫，看到熟悉的人，它委屈地“嗷呜”了一声，上前几步，蹭了蹭梁昱行的腿。然后它转身跑到自己的窝旁，把平时用来装狗粮的盆叼了过来，放在地上之后，用前掌碰了碰狗粮盆。

看到它这样的举动，梁昱行内心的不安愈浓，他绕开摩卡，往舒晏的卧室走去。卧室的门是关着的，他心里焦急，也顾不上守礼，直接打开了她的房门。房间里是暗的，他打开灯，房间里空无一人，床铺平平整整的，根本就没有人睡过的痕迹。

他转身，阿响刚好走到门口，看到他脸上的神情，阿响一怔，问：“出事了？”

梁昱行神色凝重地点头。

“我马上报警。”阿响立马道，他拿出手机走到一旁。

梁昱行走到窗边，拿出手机拨通了一个号码，等到电话那端的人接起，他嗓音清冷克制地开口道：“舒晏失踪了。”

“什么！”电话那端的人被这突如其来的消息惊到，“什么时候的事情？”

“昨天晚上，我和她分别之后。”

昨晚，他还对她说——“我们来约定个信号，只要接到你的电话，我就会第一时间赶到你身边，无论何时。”

可是，他没接到电话，也没能第一时间赶过来。

“知道了，我现在马上过来。”

小靖听到他们这边的动静，帮摩卡倒好狗粮之后就走过来问：“怎么了？舒姐是不是真的不见了？”

“小靖，你是怎么知道舒晏今天身体不舒服的？”梁昱行打完电话走过来，神情镇静地问道。

小靖一愣，说：“我今天收到舒姐给我发的短信了。”说着，她从包里拿出手机，调出那条短信给他看。

看着他沉重的神情，小靖惊慌起来：“是有什么问题吗？”

梁昱行接过手机看了眼短信内容，很快便下了定论：“短信不是她本人发的。”

小靖被他的话惊到了，有些毛骨悚然：“那是谁发给我的？”

“不确定，应该是绑架她的人。”梁昱行把手机还给她，走到其他地方去找线索。

小靖重新接过手机，看到屏幕上并没有什么错漏的短信，疑惑道："你怎么知道短信不是舒姐发的？"

阿响凑过来，仔细看了几眼，指着她前几条信息说："时间点不对。如果她是昨晚就出了事，今早怎么给你发信息？"

阿响难得一连串说了这么多话，小靖愣了会儿才反应过来："舒姐好端端的怎么会被人绑架，那我们怎么办？"

"等。我已经报了警，警察很快就来了。"阿响说。

如果是昨晚就出了事，那就说明他们已经耽误了一天的时间，人早就不知道跑哪去了。

阿响猛地想起什么，他走到梁昱行跟前，冷声问："你昨晚和舒晏一起回来的，她怎么会出事？"

提起这件事，梁昱行眼神一黯："我昨晚临时有事，在小区门口和她分开了。"

"这只是你的一面之词，我怎么知道是真的还是假的？"阿响从认识他的第一天起就觉得他很不对劲，对他的话也半信半疑。

梁昱行垂眸，缓缓道："我没必要骗你。"

"好了，现在不是说这个的时候，想办法找人要紧啊。"小靖焦急道。都已经过了那么久了，不知道舒晏有没有事。

屋子里没有什么线索，如果刚才那个大姐的话可信，那么，舒晏应该在进门前就被掳走了。梁昱行走到屋子外面，用眼睛巡视着门口，没有发现什么异常，然后，他将目光挪向了走廊尽头。

"可打开门出去一看，走廊是空的，什么也没有，就连走廊灯都是暗着的。然后还说啊，尽头的墙壁上闪着绿光……"

尽头拐角是消防安全门，这道门常年是关闭着的，梁昱行站在这扇门前，几秒后，抬手握住了门把，将门拉开。

门后是一小块空地和楼梯，梁昱行刚往前走了一步，脚就碰到了什么，他低下头，看到地上躺着块红砖，除此之外，他还注意到了墙壁上有一个安全出口的标识，正亮着绿光。

他蹲下来，用红砖抵着门，然后站起身，后撤一步，回头看向身旁的那面映着绿光的墙。

“这就是他们说的绿光？”阿响不知何时走到了他的身后。

梁昱行淡淡地“嗯”了一声。

他走进消防楼道里，感应灯自动亮起，他沿着楼梯走下去，阿响跟在他身后，他们沿着楼梯走到下一层。

阿响看到他在拐角处的监控摄像头前静静地站立了一会儿，沉默着不知道在想些什么。

二十一楼的拐角处有一堆废弃的家具和杂物，梁昱行从口袋里取出了一双干净的白手套戴在手上，蹲下身去翻那堆杂物。

阿响看着他怪异的举动，脚步一顿。

他盯着男人的身影，忽然警惕起来，片刻后，他开口喊对方的名字：“梁昱行。”

闻言，梁昱行背脊一僵，微侧过脸。

阿响眼睛一眯，问：“你到底是什么人？”

舒晏醒过来的时候发现自己正躺在一张床上，她睁开眼之后，迅速从床上坐起来，第一反应先是去看自己身上的衣服，看到还是完好无损的，没被动过，舒晏心里松了一口气。

她现在在一间陌生的卧室里，这间卧室里唯一的窗户都被人封死了，四面墙上都挂满了用画框裱起来的插画，全是手绘风景画。房间里除了一张床，还有一张桌子和一个衣柜，除此之外就没有其他东西了。

到底是谁把她绑来了这里？有什么目的……墙上这些画又是什么意思呢……

舒晏下了床，走到门边，伸手握住门把，她拧了下，没打开，门被人从外面反锁住了。

她身上没有其他物品，手机也被收走了，从房间里也看不见外面。舒晏不知道现在是什么时候了，不知道小靖他们有没有发现自己不见，有没有报警。

梁昱行呢……他知道她失踪之后，会不会很焦急……如果知道她是在跟他分开之后才出的事，他会不会很自责……

突然间，舒晏觉得绑架她的这个人是早有预谋的，要不然怎么会那么刚好，在她独自一人的时候就把她掳走了。

可是，为什么呢？

如果是为了钱财的话，那他大可以把自己打晕之后进屋把她家里值钱的东西全带走，并不需要刻意把她带到这里；劫色的话，舒晏直觉性地认为也不太可能，否则她现在也不可能完好无损……排除了众多可能性之后，舒晏忽然想到，自己会不会是遇到变态了。除此之外，她也想不到别的可能了。

舒晏看着这间全封闭的卧室，一阵毛骨悚然。

如果真的像她想的那样，那她该怎么办才好……

舒晏心里一阵慌乱无措，而就在这时，她眼前的门锁忽然被人从外面拧动了起来。

她吓得往后退了一步，当机立断，趁人还没进来之前，赶紧走回床边躺上床去，装作还没清醒的模样。

舒晏紧闭着眼睛，手牢牢抓住底下的床单，脑袋里一片空白。

她听不到声音，但能感觉到有人正在慢慢地靠近自己，舒晏心脏狂跳，既紧张又害怕。忽然，有一只粗糙的手落在了她的脸颊上，舒晏浑身一抖，控制不住地轻颤起来，她贴在身侧的手紧紧握成拳头，极力控制着自己的身躯，生怕那人发现她其实是醒着的。

那只厚实的手布满了茧子，在她的脸颊上轻轻抚摸了两下，又将她脸侧的发丝撩到耳后。

舒晏觉得心都快跳到嗓子眼了，死死闭着眼睛，不敢睁开。

半晌，那只手终于撤开了，舒晏心一沉，确定自己是遇到变态了。

突然，她身上一重，似乎有什么东西盖了上来。舒晏的手背接触到柔软的面料，随即，肩膀以下的位置都被一张被子盖住了。

她一怔。

这个人……给她盖了被子？

那人帮她把被子掖好之后，手隔着棉被轻轻地拍了她几下，舒晏起初不明白他是在做什么，但过了一会儿，她明白过来，他这样的举动似乎是在哄她入睡？

为什么这个人要对她做这样匪夷所思的事情？

舒晏想不通，而那人随即也收回了手，没有任何动静了。舒晏不确定他是否离开了，过了好一会儿，她才悄悄睁开眼睛。站在她床侧的男人正好转身往门边走，舒晏盯着他的背影，猛地一怔。

是他！

“你到底是什么人？”

阿响的话刚脱口，梁昱行的身体微微一僵。

几秒后，他缓缓站起来，修长的双手垂放在腿侧，他抬起头来，视线落在阿响的身上。

阿响与他对视，眼睛里满是质疑和困惑。

梁昱行眉目不动，道：“以后有机会告诉你们，现在找人要紧。”

阿响不为所动，冷着声音道：“不交代清楚，我们凭什么相信你？还有，你接近我们到底有什么目的？”

梁昱行沉默着，静静垂下眼帘，半晌才道：“抱歉，恕我无法告知。”

阿响冷笑了一声：“呵……无法告知，那就是说我猜得没错，你果然是带着目的接近我们的。”

梁昱行没说话，神情淡然，看样子竟是默认了。

“舒晏昨晚失踪是不是跟你有关？”

闻言，梁昱行抬起眼来，眉头微微蹙起。

“不说话那就是默认了？”阿响轻嘲道。

梁昱行眼瞳乌黑，与阿响对视。他没说话，小靖的声音忽然在他们上方响起。

“你们两个怎么跑这里来了？警察来了，你们快点上来。”

梁昱行将手上的白手套摘下，迈上了台阶，在经过阿响身边时，听到他说了句：“梁昱行，你等着，我迟早会弄清楚你究竟在隐瞒些什么。”

梁昱行转头看了他几秒，收回视线，片刻后，继续往上走，丢下一句：“好，我等着。”

韩正坤带着几名下属来到舒晏家中，已经在现场勘查起来了，他让几名下属先去附近找住户调查询问，其余的人跟着自己进屋搜查。小靖和阿响进门之后，就被警察带去一旁审问了，韩正坤回头，就和刚进门的梁昱行对上了眼。

两人找了处没人的地方，韩正坤靠着窗台，从口袋里摸出了打火机，凑到了嘴边点燃了一根烟。他轻轻吸了一口，从嘴里吐出烟雾，这才看向站在自己身旁的男人："这次绑舒晏的人跟他们是一伙儿的？"

梁昱行看着窗外如墨的夜空，淡淡道："我有预感，不是。"

韩正坤吸了一口烟，问："那你有什么发现没有？"

梁昱行摇了摇头，说："除了这一层的监控摄像，从咖啡店到这里所有十字路口的监控全部调出来，我需要一一查看。"

"我马上让人去安排。"韩正坤拿着烟猛吸了几口，随即捻灭了手里的烟，让人找管理处调监控去了。

监控视频很快就要到了，韩正坤同步传输了一份给梁昱行。梁昱行坐在电脑前，看着在晚上九点四十五分的时候，有个戴着帽子口罩、全身包裹得严严实实的人从楼梯口走出来，一步一步缓缓走向毫无防备的舒晏。在看到舒晏被那人捂着口鼻弄晕过去时，梁昱行呼吸一滞，心脏似乎被什么东西掐住了，一阵抽痛。

韩正坤带着几名下属也在重复看着这几个视频找线索，其中有一位叫小兵的年轻警察说："韩老大，这视频里黑灯瞎火的，什么也看不清啊。"

韩正坤拍了他一下，说："别废话，赶紧给我找线索。"刚说完，手机就响了，看到来电显示，他立马走到一旁接听。

"昱行，怎么了？"他压低声音问。

"八号晚上舒晏小区附近超市八点到十点这段时间的监控视频麻烦帮我调取一份。"

"你发现了什么？"

"这个人，对我们的行踪很了解，才会在我不在的时候对舒晏下手，应该是进行了一段长期的潜伏、准备和跟踪。我记得八号那天晚上，舒晏在回家之后又去了一趟超市，我想，这个人如果潜伏在附近，一定会跟着她一同进入超市。"

"这个时间点超市人流量最多，我们怎么知道谁是那个人呢？"韩正坤问。

"我已经有了初步怀疑对象，但需要一些更确切的证据证实我的推断。"梁昱行的声音冷静又清晰，从听筒里传来，“另外，我需要你帮我调查一个人。”

韩正坤惊讶于他在那么短时间内已经有了初步猜测，问：“谁？”

“一年前诱拐案中遇难的受害者林欣雅的父亲，林志平。”

“林志平？他和这起案件有什么关系吗？”

“我和舒晏上个月外出时，曾在某处小区的楼道里撞见过一名醉汉，这个人在那天之后每天都会来光顾舒晏的咖啡店。我认为这不是巧合，所以让魏明调查了那幢居民楼的住户名单，林志平也在其中。”

梁昱行说：“我记得你曾说过，他在女儿出事之后，行为举止变得十分异常，喜欢酗酒，还因此闹事进过派出所。”

“所以你怀疑那名醉汉就是林志平？”韩正坤问。

“嗯。”

“好，我马上让人去查。”

“麻烦你了。”梁昱行抬头看向墙上的挂钟，声音缓慢而坚定，“我要争取在最短的时间内找到舒晏，确保她平安无事。”

深夜时分，所有一切归于平静，外面的夜色深浓，空旷的屋内没有一丝声响，直到一阵突兀的敲门声传来，打破了这阵寂静。

梁昱行走过去开门，见韩正坤站在门外，急匆匆的模样。他单手叉着腰，喘着气，另一只手里拿着刚刚调查到的结果，显然是刚拿到结果就匆忙赶过来了。等梁昱行一开门，韩正坤就对他说：“昱行，你猜我发现了什么？！”

“进来说。”梁昱行把门敞开，让他进屋。

他进门后，梁昱行去厨房里给他倒了杯水，韩正坤接过一饮而尽，等气平顺了下去，这才把他调查到的资料拿出来。他先拿出了两张照片，对梁昱行道：“你先看看这个。”

梁昱行接过来，看到照片上的人之后，神情微怔。

“像吧？”韩正坤看到他的反应，开口道，“你左边那张是林欣雅的照片，右边那张是舒晏上大学时候的学生照，两个人是不是长得很相似？特别是眉眼这块，少说也有五六分相像。”

韩正坤从文件袋里又掏出了一份文件，递给他：“然后你再看看这个，林志平的精神状态报告。”

林志平在女儿出事之后因为受到的打击太大，精神有些失常，因为一直没接受治疗，后期他产生了妄想症。在这一年多的时间里，无论别人怎么劝他，他都始终坚信自己的女儿没有出事，还在这人世间活得好好的。

梁昱行看完这份资料后，静默不语。

“精神失常，重度妄想，再加上遇到一个和自己女儿长得那么像的人。我们几乎可以确定，他是把舒晏当成他的女儿了。”说完，韩正坤看向面前的男人。

半晌，梁昱行微抬起眸，看了他一眼，将手里的资料一收，抬脚走进自己的卧室里。

韩正坤不明所以地挠了挠头，跟在他身后一起进了房间。

梁昱行的房间整洁利落，东西摆放得很整齐。他走到书柜前，手放在书柜第三层左侧，白皙修长的手指从卷宗标注的日期上一一掠过，最后停在了其中一份上卷宗，他把文件抽了出来。

“这是什么？”韩正坤好奇地凑上去，他把卷宗打开，里面全是一些资料的复印件。

“林欣雅案件的全部资料。”

等人离开了之后，舒晏才从床上起来，身上的被子也随着她起身的动作滑落在腰侧。她看着身上盖着的被子，神情复杂，心里有些疑惑。她掀开被子下床，视线停在了桌上摆放的碗筷上。

他刚刚……端了一碗饭进来？

那个人到底是什么意思？

舒晏怎么也没想到，把她绑到这里来的人竟然就是一直光顾她店里的流浪汉。虽然他的举止异常，但舒晏能感觉到他没有半点要伤害她的意思，那他到底有什么目的……绑她来这里又是为了什么呢？

还有，这里到底是哪里？

许多疑问充盈在舒晏心里，她的目光从桌面上的碗筷掠过，停在了挂在墙壁的画上。她走过去，视线一顿，注意到画作的右下角有个签名和日期——

“雅，创作于 2016 年 1 月 7 日。”

字迹娟秀，舒晏猜测创作这些作品的人应该是个女生。

这个叫“雅”的人，和绑她来这里的流浪汉之间是什么关系？

舒晏沿着面前这幅画往右挪动，看到每幅画的右下角都标注着签名和日期，从二〇一六年一月到六月，创作的频率是每周一幅。舒晏围着这四面墙绕了一圈，最后停在了这幅日期标注着“2016 年 6 月 7 日”的画前，发现往后就没有画了。

之后的作品呢？是没有继续创作了，还是没有挂在这里？

舒晏盯着这些画，实在没看出什么端倪来，她又将目光移到了房间唯一的衣柜上。

她打开柜门，看到里面挂满了女生的衣服，舒晏把这些衣服推开，看到底下放着一个四四方方的小铁盒，她目光一顿，将铁盒拿起来。

铁盒很轻，盖子的边缘已经有了点锈迹，摸上去有一层灰，看起来应该是放了很久了。盖子生锈了，舒晏用了点力气才把铁盒打开，她没控制好力道，盒子打开后掉在地上，里面的东西全都撒了出来。

舒晏心里“咯噔”一声，害怕外面的人会听到房间里的动静，她抓紧时间将地上的东西捡起来。地上全是些零碎的报纸，她粗略地扫了眼上面的内容，忽然视线一顿，停在了加粗的黑体大标题上——女大学生失踪：消失月余后尸体惊现于花坛！

报道发布的时间是去年七月，新闻中，一位姓林、化名小雅的二十岁女大学生在六月于学校附近失踪，家人报案后警方迅速展开调查，可是一直没有线索，这个女孩就像是人间蒸发了一样，无迹可寻。直到一个月后，某处花园的清洁工在清理花坛时，忽然发现了一具女性尸体。经调查验证，这具尸体与林小雅的 DNA 吻合，证实了该具尸体就是林小雅本人。

她的死状极其惨烈，身上有多处骨折，生前还多次被人性侵。据警方调查显示，该犯罪嫌疑人属于某犯罪集团核心成员之一，这已经不是他们第一次作案了。分析表明，这是一起连环案件，在林小雅之前，已经有许多同样年纪的女性无故失踪，被害人当中，年龄最小的仅有十七岁。

剩下的几张报纸全是关于这起案件的报道，舒晏翻到最后，看到了林小雅的照片。看到照片上的人之后，她猛地一怔。

与此同时，她的面前忽然伸来了一只手。舒晏被突如其来的手吓得浑身剧烈一颤，“哐当”一声，手里的东西全都掉落在地板上。她抬起头来，惊惶地看着突然出现的男人。

男人神情严肃地盯着她，眼睛黑沉沉的。半晌，他伸出手来。

舒晏害怕地往后退了几步，浑身血液仿佛逆流，她在心里一直告诉自己：不要害怕，不要害怕……可身体一直颤抖不止，浑身冰凉，像坠入了冰窖。

林志平伸出手，在舒晏惊慌的眼神中弯下腰，将地上的报纸一张一张地捡起来，放入铁盒里，再将铁盒重新盖好。他拿着铁盒站起来，当着她的面，将盒子整个扔进了旁边的垃圾桶中。

舒晏以为是自己的行为惹恼了他，她往后退了一步，然后就看见他说：“小雅，爸爸不是告诉过你不要乱翻东西吗？你怎么不听话呢？”

小雅？爸爸？

小雅指的是……她吗？

小雅不是报纸上那个一年前失踪后遇害的女生吗？

舒晏愣了一下，目光挪向他脚边的垃圾桶，想起了刚才看到的那张照片。那位在一年前遇害的女大学生林小雅，长着一张和她有五六分像的面孔。

她忽而全身冰凉。

一瞬间，一个念头在她的脑海里成形了——因为她和林小雅长得像，眼前这个男人……是将她当成了他已经亡故的女儿了吗？

所以才会将她掳到这里来。

“小雅，你不是饿了吗？爸爸端给你的饭你怎么不吃呢？”林志平往她的方向靠近了一步，随即顿住脚步，自言自语道，“是爸爸做的饭菜不合你的胃口吗？哦，对了，我忘了你最爱吃海鲜炒饭了，你等着啊，爸爸马上去厨房帮你重做。”

他自顾自地说完，就将桌面上的碗筷收走，关门出去了。

见他出去，舒晏紧绷的身躯才松懈下来。她看向墙面上挂着的画，心情有几分微妙。如果没猜错，这些画应该都是林小雅生前创作的，至于为什么日期停留在去年六月，舒晏想，刚才那份报纸已经给了她答案。

创作这些色彩明丽的画作的应该是个年华正好的女生，究竟是什么人对她下了这样的毒手？何其残忍。

“你说林志平将舒晏藏在靠近山又临近海，让人找不到的地方？”韩正坤惊讶地看着梁昱行。

梁昱行微微点了点头，神情严肃道：“林欣雅在生前曾和自己的室友提起过，很希望能够住在依山傍水的地方，安静地享受每一天的日出日落，不被任何人打扰。林志平极爱自己这个女儿，平生所愿便是能达成她的愿望。”

“你这么分析没错，可是南城哪里有依山傍水又不被人发现的地方啊？”韩正坤问。

“不在南城。”梁昱行说。

他从书柜里找出一张地图，铺在桌面上，手里拿着一支笔，将南城单独圈出来，眼睛在地图上搜索，边找边说：“女儿在南城遇害，这里对他来说是个伤心地，如果以后要跟女儿定居在某处，南城将会是他第一个排除的。”梁昱行的目光一顿，将靠近南城又邻海的区域圈了出来，“一天的时间里，带着一个昏迷的人，走不了太远，重点搜索这一片区域。”

韩正坤将桌上的地图收起来，拍了下他的肩膀，说：“行，辛苦你了，剩下的事情交给我们，我会负责把人安全带回来的。”

言下之意是，剩下的行动他不用再参与了。

梁昱行放下手中的笔，缓缓抬起头来，眼神坚定，他道：“请让我也参与这次行动。”

第八章

真实身份

过了一段时间，林志平回来了，他手里端着碗热气腾腾的海鲜炒饭，走过来对舒晏道：“来，小雅，趁热吃。”

舒晏站着没动。知道他是将自己当成他的女儿，现阶段暂时不会伤害自己之后，她面对他时就没那么害怕了。

只是，舒晏对这个人仍然抱有警惕心。

“小雅，怎么了？”林志平看着她。

他将自己当成小雅，舒晏为了避免刺激他，并没有否认，她只是淡淡地摇了摇头。

“你不饿吗？没关系，爸爸把饭放在桌子上，等你想吃的时候再吃吧。”林志平说。

“对了，你看看这间卧室你喜欢吗？这是爸爸特意为你挑的房间，晚点我再带你出去看看外面。以后我们父女俩就定居在这里了，你看看还缺什么，尽管跟爸爸说，爸爸都会尽全力满足你的。”林志平说着，上前一步，似是要握住她的手。舒晏一怔，避开了他的触碰。

林志平一顿，眼神里流露出些许失落：“小雅，你是还在怪爸爸吗？”

他低着头，神情落寞，兀自道：“你是在怪爸爸当初不让你跟那个男人来往吗？”话落，他抬起头来，抓住舒晏的胳膊，忽然变得激动起来，“小雅，你相信我，那个男人真的不是什么好人！爸爸也是为了你好，才不让你和他见面的……”

他的语速很快，舒晏看不太清他的口型，有点没明白他话里的意思。

他说的那个男人……是谁？

林志平力气很大，抓得舒晏的胳膊很痛，她皱起眉来，稍稍挣扎了几下。

林志平这才意识到自己弄疼她了，他连忙松开手，颤着双手道：“小雅，对不起，爸爸不是故意的，不是故意的……”

舒晏揉了揉自己的胳膊，看着忽然情绪失控的人。他的情绪波动很大，精神似乎有点问题。

林志平哆嗦着双手，神情纠结又痛苦，他往后连退了几步，似乎陷入了什么恐慌的情绪当中，不断喃喃道：“都怪我，都怪我，都怪我……”他伸手捶着自己的胸膛，一下一下的，动作僵硬，捶得很用力。

他慢慢往后退，后背触碰到墙壁，不小心将挂在上方的画撞得掉了下来，“砰”的一声，画掉落在地上。林志平的神情呆怔了一下，他赶紧蹲下身将画捡起来，抱在怀里，用衣袖轻轻擦拭着上面沾到的灰尘，小心翼翼的，像在呵护极其珍贵的宝贝。

他低头默默盯着手里的画，半晌，忽然流下了眼泪……

看着这一幕，舒晏怔住了，有种无声的悲恸和哀伤涌上心头。

眼前这个男人，其实只是个痛失爱女的可怜父亲，而在往后的人生中，他也只能以这样的方式来缅怀与祭奠自己的女儿。

人生还有几十载，可他已经与这个世界上最亲近的家人生死相隔，那剩下的漫漫余生，要一个人永远徘徊在失去爱女的痛苦当中。

何其可悲。

舒晏的目光从他身上挪开，移向桌上摆放的碗筷。终究是于心不忍，也不舍得浪费他对“女儿”的一番好意，她走过去端起那碗饭，拿起筷子，坐在床沿，一口接一口地吃了起来。

林志平听到动静，抬起头来，就看到她正在吃自己做的饭，他的眼睛霎时一亮。他站起来，踉跄了几下走过去，坐在了舒晏身旁，问：“小雅，好吃吗？”

感觉到他正在注视着自己，舒晏的心情有点微妙，她没有最初那么排斥他了，转头看了他一眼。

林志平对她说：“快吃吧，别饿坏了，不够的话厨房还有，爸爸再帮你装些过来。”

舒晏抿了抿唇，在他的注视下，朝他淡淡一笑。

虽然知道他对自己并没有恶意，可看他的意思，似乎并不想放她离开这里。对他而言，她是他好不容易找到的女儿，又怎么会随便放她离开呢？

舒晏觉得这个男人其实也不傻，要不然也不至于把房间里唯一的窗户封起来，留她一人在房里的时候还要把房门也锁上，估计是害怕她逃跑。

可这样长远下去也不是办法，也不知道小靖他们找不到自己后报警了没有，警察能不能找到这里，如果时间太长，她是不是要自己想想办法。

把碗放下后，舒晏做了个手势跟他示意自己要纸和笔，林志平从外面给她找了过来，舒晏在纸上写：“我能出去外面看看吗？”

看完她写的话，林志平神色一变。

舒晏继续写：“不可以吗？”

林志平摇摇头，神情变得温柔，他说：“小雅，过段时间好吗？这段时间外面不太安全了，等过一阵子我再带你出去。”

“那你可以把手机借我一下吗？”舒晏顿了一下，接着写，“我这两天约了朋友，既然不能出门的话，我得先和他们说一声。”

林志平犹豫了半晌，道：“小雅，是哪几个朋友呢？你把姓名和电话号码跟我说一下，爸爸帮你联系。”

舒晏目光微敛，放下笔，没再写什么了，看来他是铁了心要让她和外界隔断联系了。

“小雅，还有什么需要的吗？你可以和爸爸说。”

舒晏摇了摇头，想起什么，问他：“今天是几号？”

“小雅，你忘了吗？今天是七号呀。”林志平说。

七号？

她记得自己被掳走的那天应该是十九号了，怎么会是七号呢？舒晏觉得奇怪，但忽然间想起林小雅在去年六月七号创作的最后一幅画。那幅画就证明她是在七号之后遇害的，而林志平说的七号……

越想越觉得毛骨悚然，舒晏感觉自己浑身起了层鸡皮疙瘩，她不想和这个男人继续独处下去了，写道：“抱歉，我有点累，想休息了。”

“那你休息吧，爸爸在这里陪你。”林志平显然没有领会到她话里的意思，执意要留在这里陪她。

舒晏实在不想和他待在同一个房间里，但又害怕自己的话会刺激到他。虽然能认定他是深爱着自己的女儿的，但她不能确定他精神失控起来会做出什么事情。

想了想，舒晏还是决定赌一把。

“能不能请你出去？你在这里我睡不着。”

林志平眼神一黯，起身道：“那好吧，小雅，你好好休息，爸爸出去了。”

舒晏松了一口气，等他出去之后才开始想接下来的对策。她环顾四周，窗户被封死，门也被锁了，又没有任何通信工具，她要怎么才能出去呢？难道她接下来的日子都要待在这间封闭式的房间里吗？

舒晏想，自己还是得找个机会，至少要先从这间房里出去。

晚上，林志平来送晚餐的时候，舒晏跟他提了个要求：“我能到饭厅去吃吗？”

林志平没回答。

舒晏连忙补了句：“我想和你一起吃饭，在饭厅吃。”

林志平眉目一松，神情都变得柔和了：“好，那我们去饭厅吃吧。”

出了房间后，舒晏发现，这间屋子不算大，只有六七十平方米，但家具一应俱全，看着就像个普通的温馨家庭。舒晏瞥了眼客厅的窗外，看到一座树木葱郁的高山，她心想：南城除了南峰山之外好像就没有海拔这么高的山了，这里是哪里？

为了不让他起疑心，舒晏看了一眼之后就收回了视线，跟他一起坐在饭桌前。他们面对面坐着，林志平时不时会给她夹几道菜，聊一些平日里发生的事情。舒晏边吃边留意着他在说些什么，可发现他说的都是一些平时生活里发生的琐事，大部分都跟他的女儿有关。

突然，他话说到一半停止了，几秒后，舒晏就看见他站了起来，她一愣。

林志平是听到敲门声了。他心一沉，站起身走到门边，透过猫眼看了眼门外。他没有立即开门，而是走回来对舒晏说让她先回房间去。

看到他的举动，舒晏也知道是门外有人，她心里一喜：是警察吗？

有了这一猜测，舒晏表面上听了他的话走进了房间，但下一秒等他转过身去的时候，她又从房间里出来了。

“哎，我说老哥，我敲了那么久的门你怎么才开啊？”门外站着一个陌生男子，光头，身材微胖，看上去有些壮实。

“你来干什么？”林志平脸色微沉。

刘武摸着肚子，咧嘴笑了：“我来看看你啊。怎么样，我找的这处房子你还满意吧？”说着，他探头往屋里看了眼，正好和舒晏的视线对上了，他眼睛登时一亮，绕过了林志平走进来，搓了搓手，双眼放光，“哇，老哥，你是从哪里找来的小美妞啊？这么漂亮。”

林志平的神色顿时难看起来，他走到刘武面前想拦住他：“出去。”

刘武不乐意了：“老哥，这你就不够意思了吧？我帮你找了处这么好的房子，不收你半分钱，你有好东西也不跟我分享一下，这也太不够兄弟了吧？”

“你胡说什么？她是我女儿！”

刘武奇怪地看了他一眼：“老哥，你别又是发病了吧？你女儿不是一年前早死了吗？哪里又蹦跶出这么个貌美如花的女儿啊？”说着，他好像明白了什么，神情变得暧昧起来，朝他笑了笑，“哥，我懂了，你有那种癖好是不是？难怪你让我找一处没人的地方。好巧呀，我也喜欢，要不我们一块玩？”

林志平脸色阴沉，想推他出去：“你给我出去，滚！”

刘武的力气比林志平大，一把就将林志平推开了，他理了理衣服，怒道：“林志平你是什么意思？忘恩负义是不是？老子当你是兄弟，你当老子是条狗，想过河拆桥，没门！”

说完，他大步往舒晏的方向走过来，脸上带着淫邪的笑容：“来，小美女，要不要跟哥哥一起玩？”

舒晏怔在原地，心陡然一沉。原本以为来的是警察，没想到来的是一个陌生男人。她没看清他们的对话，但看到林志平和他发生争执，还有他这会儿脸上的笑容，也知道他一定不是什么好人。

她在男人扑过来的时候及时闪到一边，看到敞开的门，她想到自己可以趁着这次机会跑出去。

可是刘武没给她逃跑的机会，他扑过去拽住了她的手臂：“小美女，跑什么呀？来，跟哥哥回家。”

舒晏挣扎着，可他的力气很大，她根本挣脱不开。眼看着舒晏就要被他拖往门口，林志平忽然拿了把刀从厨房里冲了出来。

“你别想伤害我女儿！”

林志平神色狰狞，拿着刀扑上来，刘武猝不及防，手臂被他划了一刀。刘武吃痛地叫了一声，捂着手臂骂了句脏话：“你个老不死的东西！”

刘武避开他的攻击之后抬手挡住他握着刀的手，用力地踢了他一脚。

林志平被他踢得摔倒在地上，额头磕到了桌角，刀从他手里滑到地板上。刘武弯腰捡起他身旁的刀，狞笑了两声，林志平却在这时从地上猛地坐起来，一把抱住刘武的双腿，牢牢地禁锢着他，然后对舒旻大喊道："小雅，快跑！"

看清他的话之后，舒旻一怔，然后就看到刘武狠狠地踹了他几脚，每一脚都用了狠劲。林志平还是紧紧地抱着刘武的腿，嘴里一直在重复着："小雅，快跑，快跑……"

舒旻在前一刻是很想逃跑的，可看到林志平这副模样，她无论如何都迈不开腿，就在这时，刘武忽然抬起了手里的刀——

她脸色一白，脑袋空空的，还没反应过来自己做了什么，就已经冲了上去，一把抱住了那人的手臂。

舒旻用力地摇着头，想说些什么，可是她什么话也说不了，只能拼命摇着头。

刘武挑了挑眉，另一只手捏住了舒旻的下巴，抬起她的脸，他微讶道："哦？原来是个哑巴，这有意思啊……"

他脚上用力，一脚踹开了林志平，拽着舒旻的胳膊就带她往门外走。她用手撑着门框，拼命地摇着头挣扎着。

"哟，脾气还挺倔啊。"刘武猛地一把拽住她，把她拖着带下楼。忽然，他手臂一痛。舒旻对着他的伤口狠狠地打了一拳，趁着他吃痛松开自己的间隙，赶紧往楼下跑。

舒旻不知道身后的人有没有追上来，她一直往前跑，没有回头。然后，在某个瞬间，她觉得脑袋被什么东西用力地砸了一下，她眼前一黑，整个人踉跄着往前摔去。

"昱行，我们找到了！"韩正坤打电话对梁昱行说，"我们按你说的在那片区域仔细搜寻了一下，有人看到林志平在晚上背着一个女人走进了一栋小楼里。我们搜查了一下那栋楼的住户，有一个叫刘武的户主曾经和林志平有多次联系，我们怀疑林志平把人藏在了那里。事不宜迟，我们现在马上行动。"

"好。"梁昱行拿起桌面上的车钥匙，搭电梯去到负一楼停车库。韩正坤知道他要一起行动之后就帮他借了辆车来。

他坐进车里，戴上了无线耳机，导航了目的地之后，就将车开出了停车场。

“昱行，为了避免你暴露身份，我们需要分开行动，到达目的地之后，我们负责正面突袭，你负责在暗中观察，处理特殊情况，如非必要，千万谨记不能出面。”韩正坤的声音从耳机里传来。

梁昱行目视前方，神情清冷严肃地说：“好。”

“先这样，有什么紧急情况我们再联络。”韩正坤说，“你万事小心。”

“你也是。”

车辆驶离了小区门口，疾驰而去。

韩正坤先一步到达了目的地，像计划好的那样，他带领着自己的下属潜入林志平所在的那栋楼。他们一左一右包围在门口，韩正坤伸手往后摸到后腰的枪，朝对面的下属使了个眼色，然后他们就一起破门而入。

门内，地上趴着一个男人，韩正坤带着人一步一步地靠近那人，他蹲下来，将趴着的那人翻过来，是林志平。

韩正坤使了个手势，示意其他人四处搜寻，他伸手碰了碰躺在地上的男人：“林志平……”

林志平缓慢地睁开眼睛，一看到韩正坤，就伸手揪住他的领子，焦急道：“救救小雅……快……救救小雅……”

小雅？舒晏？

韩正坤反应过来，问：“她怎么了？”

梁昱行将车停在这栋楼前的空地上，挂了停车挡，目光沉静地看着面前这栋只有几层楼高的楼房，忽然，耳机里传来韩正坤的声音：“找到林志平了，可舒晏不见了。”

梁昱行眉头微蹙。

“我们进门之后林志平是趴在地上的，身上有多处被人殴打的痕迹，应该是在我们来之前跟人起了争执。还有，林志平一直在重复地说‘救救小雅’，所以，舒晏应该是被另外一个人带走了，你有什么怀疑的人选吗？”

梁昱行脸色一沉，声音冷淡："刘武。"

资料显示，林志平所在的这套房子，户主是刘武，也只有他才知道林志平把人带来了这里。

"刘武？"韩正坤道，"我马上让人去查。"

如果舒晏真的被刘武带走了，那她的处境就危险了。

梁昱行放在腿上的手收紧，正在脑海里过滤着这几个小时看到的资料，想知道自己是否遗漏了什么信息，突然，放在中控台的手机响了，来电显示是一个陌生号码。他上次已经让魏明帮他过滤掉了所有推销电话，所以这个电话是……

梁昱行接起电话，放到耳边，轻声说了句："你好。"

电话那头没人说话，只有轻轻的敲击声传来。

梁昱行忽然有一种很强烈的感觉，急切地问："舒晏，是你吗？"

那边依旧无人应答，对方很快就把电话挂断了，梁昱行立马拨通了魏明的电话，让他追踪这个号码的来源地。

"老大，找到了，离你现在的位置不远，我马上给你发个地址。"

舒晏醒来之后觉得脑袋很痛，特别是后脑勺的位置，似乎被什么重击了一下，脑袋昏昏沉沉的。她刚一动，就感觉双手被人用绳子捆绑住了，她撑着墙从地上坐起来，发现自己被关在一个房间里。

这次的处境和在林志平那里可不一样，掳走她的这个男人，看他的举动和神情，就知道他对自己产生了些不轨的念头，如果不能从这里逃出去或者有人来救自己……舒晏闭了闭眼睛，不敢想那个后果。

下一秒，房间门就被人打开了，刘武从门外走了进来。

门打开的一瞬间，舒晏的心陡然一寒。

刘武走进来看了她一眼，将手机放在桌面上，然后蹲在她面前，伸手拍了拍她的脸："不就是长得漂亮了点嘛，值得林志平那老家伙豁出性命啊？啧，真的是……"

他手臂的伤口还没处理，现在还淌着血。

他摸了把舒晏的脸，狞笑着说："等老子处理完伤口，再来陪你好好玩啊。"

舒晏脸一侧，避开他的触碰，刘武握着她的下巴将她的脸转过来，舒晏瞪了他一眼。

“哟，敢嫌弃老子，等会有你好受的！”话落，他甩开她的下巴站起来，然后从房间的抽屉里翻出了一堆消毒药水还有纱布，就走到外面去了。

门被人重新锁上，舒晏的目光落在了他放在桌面的手机上。

“舒晏，我们来约定个信号，只要接到你的电话，我就会第一时间赶到你身边，无论何时。”

事到如今，她也只能赌一把了。

舒晏背着身子，用捆绑在一起的双手去触碰桌面上的手机。好在刘武没有设置密码，舒晏找到拨号，在脑海里回忆了下梁昱行的手机号码，一个数字一个数字地输入进去，按下了拨通键……

“嘟……嘟……”

一定要接通啊。

舒晏紧张地盯着手机屏幕，看到屏幕上显示了对方已接通之后，她心里一喜，用手轻轻敲打着桌面。

拜托……一定要知道是她……

她害怕被刘武发现，通话持续了十几秒就被她挂断了。

她现在什么也做不了，就只能等了，希望梁昱行能够明白她的意思，然后告诉警察，带人来找她。

刘武包扎完伤口之后就很快回来了，门重新被推开的一瞬间，舒晏心脏一紧。

“小美女，我来啦。”刘武“嘿嘿”地笑了两声。

他一步步靠近，舒晏一步步往后退，直到后背贴到墙面上。她浑身一颤，刘武靠过来解开她手上的绳子。舒晏看到他身后的门，等他解开了绳子之后找准了机会一把推开他，就想越过他跑出去。刘武哪里会给她逃跑的机会，他一把抓住了舒晏的胳膊，将她扯过来：“想跑，没门！”

舒晏没站稳，摔倒在地上，身体顿时传来一阵疼痛，她用眼角的余光看到男人蹲在自己身边。

刘武说：“跑啊，你倒是跑啊。”

舒晏不想就这样屈服，她想尽量拖点时间，等人来救她。她眼睛一睁，撑着地板站起来，脸色苍白地看着面前的男人，比画了个手势，示意自己有话想说。

刘武挑起眉："有话想说？"

舒晏点头。

刘武扬起唇，看穿了她想拖延时间的意图，拽着她的胳膊拉近距离，盯着她的眼睛，奸笑了一声，道："你有话想说是吗？好啊，我们去床上说吧。"

舒晏摇头，想挣开他的手。

刘武将她的两只手都抓起来，一把将她按在墙上："想拖延时间？我告诉你，这个地方可隐秘了，没有人会知道我们在这里，就连警察也找不到，我劝你死了这条心吧。"

说完，他正准备上手，然而此时身后的门"砰"的一声被人踢开了。

房间昏暗，衬得外面的光线异常刺眼，舒晏看到站在门口的身影，眼睛在那一瞬间闪现了泪光。

"只要接到你的电话，我就会第一时间赶到你身边，无论何时。"

不同于往日的装束，眼前的梁昱行穿了件纯黑色的外套，头顶还戴着一顶黑色帽子，帽檐微抬，露出他温润的面容。

看清了房间内的情形，他漆黑的眼底一片清冷。

刘武站在舒晏身前，听到门被人打开的声音，他顿时一愣，还没做任何反应，甚至连头都还没来得及回，身体就突然剧烈一痛。他惨叫一声，捂着自己的肚子，蜷缩起身体，下一秒，就感觉一股强大的力量将自己整个人提起来往地面摔去。

梁昱行的动作很快，下手快准狠，很快就将刘武打得抱着自己的身躯连连求饶了。

解决完这个人，梁昱行才转身靠近舒晏。他出现了之后，舒晏只觉浑身的力气都被人抽走了，脚一软，沿着墙面滑落到地板上。

梁昱行走过去接住她。闻到他身上干净清冽的气息，舒晏心里一松，笑了笑，眼泪却控制不住地掉了下来。

梁昱行将她搂在怀里，感受到她的身躯正在微微颤抖，他的心底顿时涌现了一阵心疼，他眼底的清冷漠然全部被温和的光泽替代，自责和愧疚的情绪涌上心头，他说："对不起，舒晏，我没能及时赶过来。"

舒晏靠在他的怀里，能感受到他的胸膛在微微震动。知道他在说话，她抬起头来，想看他说了些什么。

她的泪水模糊了视线，刚抬起头，她就感觉到有只手正在温柔地擦拭着自己的眼泪。等视线慢慢恢复清明，她才看清了他温和的面容，还有眼底潜藏的深深的自责和内疚。

舒晏抬起手来，轻轻碰了碰他的眼皮，梁昱行的身体微微一僵。她刚要收回手，手却突然被他握住，舒晏一愣。

梁昱行的眼里泛着温柔的光泽，手微微收紧，握住了她的手，他一字一顿地开口道："舒晏，我带你回家。"

她一顿，心脏被暖意填满，眼眶又是一阵湿热，她浅浅地笑起来，点了点头。

梁昱行带着她转过身，刘武已经从地上站起来了，他捂着自己的肚子，眼神发狠地看着面前的男人："你是什么人？！"

梁昱行还没回答，就感觉手被人握紧了，他低头看着自己牵着的那只手，微侧过头，看到舒晏的眼底浮现了些许担忧。他眉目平和，浅浅一笑，用眼神安抚她。

他回过头时，眼底的平和尽数敛去，散去笑意的面容一下子变得严肃起来，他眼神清冷地看着面前的人。

刘武被他的眼神和浑身散发的气场吓得后退了一步，眯起眼，手悄悄伸进自己的上衣外套里。

梁昱行握了握舒晏的手，然后松开，低头看着她道："去外面等我。"

舒晏抓住他的衣袖，眼里写满了忧虑。

"没关系，我尽快解决了，然后就回家。"梁昱行说。

看着他镇定平静的眼神，舒晏的心稍稍安定。虽然还是不太放心，但现在也别无他法，她只好点了点头，松开了自己的手。

看到她走到外面，离开了自己的视野中，梁昱行才上前一步。就在这时，刘武突然从上衣口袋里掏出一柄枪来，对着他道："你给我站住！"

走到门外的舒晏不太放心，又折返回来，刚好看见这一幕。她一怔，浑身僵住，忽地睁大眼睛。没想到刘武还非法携带枪械，这下他们怎么能逃得出去……

那道挺拔的身影依旧显得沉着冷静，见男人掏出枪来，梁昱行不慌不忙，双手垂放在身侧，嗓音清冷：“放下枪，你已经无路可逃了。”

刘武晃了晃手里的枪，“呸”了一声，说：“你小子还真敢说大话，老子有枪，一下就可以解决你们，我看是谁无路可逃了！”

梁昱行眉目不动，重复了一遍，道：“警察很快会包围这里，放下枪，束手就擒。”

刘武横眉怒目：“废话别那么多，我看是警察先把我抓起来还是我先解决了你！”

接下来的一切仿佛就是在瞬息之间发生的事情。

“砰——”

刘武朝梁昱行站立的方向开了一枪，梁昱行避开这一枪之后忽然飞快地冲向男人。刘武见他竟然连枪都不怕，自己倒是先慌了，扣着扳机对着那道身影又开了一枪，梁昱行眼神一凛，动作敏捷地闪开了。

刘武见梁昱行避开了，又对着梁昱行的身影连续开了好几枪。忽然间，刘武停下来，因为他发现面前的人不见了，只余下一顶黑色帽子在地上。他惊慌地左顾右盼，后腰突然一痛，一股大力迫使他整个人摔倒在地板上，身后的人轻而易举地就将他制住了。

三番两次被人制住，刘武狠狠地咬咬牙，心有不甘，他猛地握住手里的枪，就要往身后扣动扳机，可就在这时，他感觉到后脑勺被什么冰冷坚硬的东西抵住了。

意识到身后人的手里握着什么，他猛地一震。

舒晏看到这一幕，也是当场怔住，她看着男人冷冽决绝的神情，感觉浑身的血液都在逆流。

梁昱行单手压制住男人，另一只手握着枪，黑黝黝的枪口正对着刘武的脑袋。他的侧脸清冷刚毅，漆黑的眸深邃漠然，神色是舒晏从未见过的冷酷。

这个人……是谁……

舒晏觉得自己的心脏正一阵一阵地发凉，眼前的人像是平时温润如玉的他，又像是另一个陌生的男人。

还有他手里的枪……是怎么来的……

“舒姐，他说他是流浪歌手哦……

“不仅人长得帅，歌唱得也是真好听，我觉得啊，他这样的人窝在我们这家咖啡厅里实在是太浪费人才了……”

舒晏突然发现，自己竟然从未了解过眼前这个男人。

梁昱行用绳子将刘武绑起来，转过身，深黑的眸对上了舒晏的视线，他忽地愣住了。

舒晏的视线从他手里握着的枪转移到他俊秀的脸上。

梁昱行在原地沉默了几秒，把枪收起来，走了过来。

舒晏心里渗入丝丝凉意，在他靠近的时候忽然下意识地后退了一步。

梁昱行脚步微顿。

看着眼前这个骤然变得陌生的男人，舒晏握了握拳，抿起了唇。

梁昱行沉默地看着她，耳中的无线耳机传来丝丝电流声，韩正坤的声音传来：“昱行，我们快到了，犯人交给我们，你找个地方撤退，当心暴露身份。”

梁昱行缓缓垂下眼帘，声音平静地“嗯”了一声。

关掉无线电，他上前几步走到舒晏跟前：“抱歉，舒晏，我不便留在这里，警察很快就来了，你可能得跟他们一起走……”

韩正坤他们很快就来了，他不便久留，必须马上离开。说完这番话，他转身就走。

然而，他的手臂却突然被人拉住，梁昱行微愣。

见他回头，舒晏才松开手，她指了指他，在空中画了个问号——

你，到底是什么人？

梁昱行目光沉静地看着她，正准备开口，却听到门外传来了脚步声，他心里一紧，匆忙对舒晏说了句“抱歉”，然后就走到房间的窗户边，双手撑着窗沿，身手利落地跃了出去。

舒晏愣了愣，跑过去，只看到他几下跳到了底下的平台，然后就从她的视野里消失了。

与此同时，外面的屋门也被人破开了，舒晏看到警察闯进来了，为首的正是调查赵茹娜事件的韩警官。

韩正坤冲进房间，看到房里只有刘武和舒晏两个人，顿时松了一口气，心想，还好梁昱行走得及时。他吩咐了两个下属去逮捕犯人，然后才看向站在一旁的舒晏，他走到她跟前，说："要麻烦舒小姐跟我们去警局里走一趟。"

坐进了警车里，舒晏这才知道现在已经是二十号晚上了。这短短一天多的时间里经历的事情，让她觉得仿佛是在做梦一般，直到现在，她也依然感觉自己身处梦境，好像一切都是自己幻想出来的。也许一觉睡醒之后她还在家里，没有经历过这么多令人恐慌的事情，而梁昱行……也依然还是她所认识的那个温润如玉的梁昱行。

舒晏的脑袋靠着车窗，已经累到没有多余的精力可以去梳理别的事情了，她疲惫地闭上了眼睛。

回到南城的警局已经是凌晨了，林志平和刘武同时被警察逮捕。舒晏他们到达警局的时候，林志平刚好录完口供出来，一看到舒晏，他立马就想扑上来，眼神里写满了关切："小雅、小雅……你没事吧，那个浑蛋有没有伤害你？"

他的情绪突然变得激动起来，站在他身旁的两个警察连忙拦住了他。

看到他眼中的担忧和关怀，想到她被刘武抓走时他的拼死抵抗，舒晏的心忽然就软了下来。她对他摇了摇头，然后看向一旁的韩正坤，跟身边的人借了部手机，打字问道："他会被关进监狱吗？"

韩正坤说："这个问题我暂时无法回答你，要看法庭到时候给他的判决，但基本上证据确凿，绑架罪名已经落实。"

舒晏垂下眼帘没说话，韩正坤带她到审讯室里录口供。像前两次一样，她将事情的经过完整地在纸上复述一遍，之后再回答问题。

录完口供之后，韩正坤整理着资料，正准备带她出去，舒晏忽然递过来一张纸，上面写着："韩警官，你是否知道梁昱行的真实身份？"

其实冷静下来，仔细回想一下，就能发现很多蛛丝马迹，例如在赵茹娜事件发生后他突然反常地忙碌起来……

看完她的话，韩正坤忽地一怔，抬头看向对面眉目清雅的人。

她已经知道了？

沉吟半晌，他不答反问："你觉得他会是什么身份？"

答案其实已经呼之欲出了，他为人正直，见义勇为，有强烈的责任感和使命感，加上身手矫健又能携带枪支。

"警察。"舒晏握着笔写下这两个字。

既然她已经猜到了，那就没有再隐瞒的必要了。

韩正坤点头道："他是B市公安局刑警支队副队长，梁昱行警长。"

第九章

刻意疏离

他原来并不是流浪歌手。

他是个警察，来自 B 市。

知道他的真实身份之后，舒晏的心情有些复杂，原来他一直展现的并不是他最真实的那一面，舒晏不知该如何形容此刻内心的感受……

“他是 B 市的警察，为什么要隐瞒身份来到南城呢？”

舒晏不解。

韩正坤：“这个问题恕我无法回答你。在南城，除了我知道昱行的身份，并没有第二个人知道，既然你已经发现了他的真实身份，那我们需要和你签署一份保密协议，现阶段我们要确保他的真实身份不会泄露出去。”

过了半晌，舒晏点头。

“好，那具体的事去我的办公室详谈吧。”韩正坤道。

舒晏跟随韩正坤去他的办公室，刚打开门，就看到有一人背对着他们站在窗户边，舒晏倏地停住脚步。

梁昱行站在窗户前眺望着远处的景色，突然传来了开门的声音，他一顿，缓缓回过身来。

知道了他的真实身份之后，再次相见，眼前这个依旧清雅俊秀的男人给舒晏的感觉忽然变得陌生了起来。

韩正坤走进办公室，把门关上，将资料放在桌面上，拍了拍梁昱行的肩膀，说：“她已经知道你的真实身份了。”

闻言，梁昱行看向站在不远处脸色苍白的舒晏，两人的目光在空中相会。

舒晏目光平静，片刻后，她错开了视线，没再看他。

“都站着干什么？坐啊。”韩正坤没察觉到他们之间微妙的氛围，他看着两个还呆站在原地的人，奇怪道。

两个人依旧站着没动，韩正坤拿了一份文件走过来，奇怪地看了两人一眼，对舒晏做了个手势，示意她过来。

舒晏这才走过去。

韩正坤对她道：“舒小姐，这次的事情多亏了昱行，你得感谢他，全靠他我们才能那么快找到你。”

直到他提起这件事，舒晏才意识到自己一直没跟梁昱行道谢，等梁昱行走过来，她朝他点了点头。

梁昱行静静地看着她，能感受到她眉目间的冷淡疏离，他淡淡垂眸：“职责所在，不必言谢。”

看清了他的话后，舒晏神色一淡。

原来自己对他而言只是职责而已。

韩正坤把文件打开放在她面前，对她道：“舒小姐，你看一下，这是保密协议的条款，如果什么没问题的话，就在末尾签字、写上日期就好了。还有，这段时间比较特殊，昱行还需要在你的咖啡店里待上一段时间，你们按照以前的模式相处就好。”

舒晏沉默了几秒，点头表示她明白了。

她坐在沙发上，拿起文件看着上面的内容。韩正坤朝梁昱行使了个眼色，让他借一步说话。

舒晏将内容大致浏览完，在末尾签上了自己的名字，她将文件放在桌面上，转头就看见韩正坤正在窗边和梁昱行谈话。

梁昱行背对着她，舒晏只能看到韩正坤的口型，他在说：“赵茹娜的事情我们按照你说的搜查到了些蛛丝马迹，暂时锁定了几名嫌疑人，稍后我把资料发给你，需要你帮忙留意一下。只要这个案件能顺利告破，你就可以功成身退回 B 市去了。你走了也有一段日子了，你的队员们应该都挺想你的吧。”

梁昱行不知道说了些什么，韩正坤开玩笑道：“喂，你小子可千万别假戏真做了啊，B 市那群人可都离不开你，你早晚都要回去的。”

舒晏看完他的话，感觉仿佛被泼了盆冷水。梁昱行在 B 市也有自己的生活和朋友，来这边只是为了执行公事，迟早有一天也会回到属于他的地方。在南城的这段经历，甚至包括她，都只会作为他人生当中的一段小插曲。

舒晏握紧了自己手，想到不久前在南峰山顶跟他告白的自己，感觉自己就像个傻子一样，她的心情忽然酸涩起来。

他接近她、帮助她，都只是执行任务的一部分，她甚至还一厢情愿地认为他也有着和自己同样的心情。直到现在，真相全部铺开来之后，她才知道原来所有的一切都是安排好的。

舒晏的内心翻涌了一阵，才慢慢地平复了下来，在梁昱行和韩正坤谈话结束之后，她的神色平静，已经跟之前无异了。

韩正坤拿起文件，看到末尾的签名和日期后，朝舒晏点了点头："辛苦你了，回去休息吧。"

舒晏微微颔首。

"发生了这么大件事，需要通知你的家人来接你吗？"韩正坤问。

家人。

是了，发生了这么大的事情，她的家人们却一无所知。

舒晏抿起唇，摇了摇头，她看都没看身边的人，转身走了。

出了韩正坤的办公室，舒晏用眼角的余光瞥见梁昱行跟在自己身旁，她没去理会，埋头径直往前走。

现在正是早上五点多，天空灰蒙蒙的。

外面风很大，温度一下子降了下来，舒晏将外套拉链拉到最上面，手伸进上衣口袋里，顶着风微低着脑袋往前走。

梁昱行见状，拉开拉链，脱下外套就要披在她的身上。舒晏察觉到他的举动，伸手阻止了他，摇了摇头示意不用。

梁昱行动作一顿，想起了什么，把一直随身携带的手机拿出来还给她。

这是从林志平的住处搜到的手机，是她的。

舒晏接过手机，朝他微点了下头，继续往前走。

清晨的街道上冷冷清清，四周的商铺全是关门的状态。走到十字路口等红灯的时候，梁昱行垂放在腿侧的手抬起来，轻轻碰了下她的手臂，见她的视线挪过来，他才道："舒晏，你是在生我的气吗？"见她不答，他徐徐垂下眼帘，"我很抱歉，请原谅我，我不是故意要隐瞒身份的。"

看完他的话，舒晏微微愣了一下，然后摇了摇头，打字道："你不用道歉，这是你的职责，我理解。"

那为什么从刚才开始就不理他了……

梁昱行静默地看着她。

察觉到他的注视，舒晏的手顿了顿，觉得既然提起来了，那就干脆一次性把事情说清楚吧。

“梁昱行，今天的事情我很感谢你，如果不是你来得及时，我恐怕已经……知道你的身份，我确实很意外。说实话，我是有点生气的，但仔细一想，也能够理解。你隐瞒身份来这边一定是为了执行什么很重要的任务，就像你说的，这是你的职责，你不必为此感到抱歉。我向你保证，我不会向任何人透露你的身份，你也可以继续待在我的咖啡店里，如果有什么需要协助调查的地方，我一定尽力配合。”

看完她这一番话，梁昱行并没有松一口气，反而心脏一紧。

舒晏等他看完，才继续打字：“那天在南峰山顶的话，如果给你造成了困扰，我在这里表示抱歉，我之前并不知道你是这样的身份……所以……”她的指尖微顿，仿佛正在做什么艰难的决定，过了片刻她继续打字道，“可不可以请你，把那天的话全都忘了？当我什么也没说过，你也不需要给我任何回复了。”

梁昱行猛地一怔，抬头看她。

那双眼睛太过清澈明亮，舒晏觉得自己没办法与他对视，但她还是硬着头皮看着他。

“舒晏……是不喜欢我了吗？”他的眼神忽然变得慌乱起来。

舒晏感觉心脏一揪，但还是点点头告诉他：“嗯，我从现在开始不想再继续喜欢你了。”

是的，不能再继续喜欢他了。他和她是两个世界的人，以他的身份，他迟早要回到属于自己的地方去。而她也不可能舍弃这里，和他一起回到那座她一辈子都不想回去的城市。所以趁现在她还没情根深种，趁早拔除掉这点心思，对两个人都是件好事。

而且韩正坤也说了，让他不要假戏真做。既然一切都是早有预谋的，都是虚假的，又何必让它演变成真实的呢？

梁昱行的心底漫上了一层难过，他说：“舒晏，你……不想听听我的答案吗？”

“现在已经不重要了。”她收回手机，继续打字，“对不起，我想独自安静一会儿，你能不能让我自己一个人回家？”

给他看完这句话，她也不再看他的反应。对面的绿灯亮起，舒晏收起手机，埋头径直往前走去。

走着走着，她的脚步慢了下来，忽而眼底泛酸。

小靖在警局里录完口供之后就一直待在舒晏的家里，这样，如果舒晏回来了，她也能及时知道。

阿响也跟着她一起待在舒晏的家里。小靖坐在沙发上等了一夜，一直强撑着精神，直到半夜三四点的时候终于控制不住地睡了过去。阿响看着歪倒在沙发上的人，无奈地叹息了一声，从房间里拿了张毛毯给她盖上。

早上六点多的时候，外面忽然传来了脚步声，小靖刚好从睡梦中惊醒，听到外面的动静，她心里一喜，站起来说："肯定是舒姐回来了！"

她跑到门边的时候不小心自己绊了自己一脚，差点摔倒，阿响皱了皱眉，在她身后道："许小靖，你慢点。"

小靖置若罔闻，打开门，看到站在门外的人，她松了一口气，心里悬着的大石头终于落地了。她扑上去紧紧搂住舒晏，眼泪顿时就流了下来："呜呜……舒姐，你终于回来了，你要吓死我了，呜呜……"

舒晏刚走到家门口，眼前的门忽然被人打开了，她吓了一跳，下一秒，就有人扑上来搂住了她。看到是小靖，她愣了一下，心里一暖，可随即，她就感受到小靖微微颤抖的身躯，知道小靖正在哭泣。

舒晏眼眶一红，抬头看到站在小靖身后的阿响，她朝他微微点头，然后抬起手来，一下一下轻轻拍打着小靖的背脊，安抚小靖。

小靖从咖啡店刚开业那天起就一直跟着她，比她小了整整四岁，舒晏一直将这个小姑娘当成妹妹来看待，这么些年，两人也一直情同姐妹。这次她出事，小靖真的担心得食不下咽，就连睡觉都梦见了她。

小靖的情绪稳定下来后，才松开了舒晏，她红着眼睛将舒晏全身上下都检查了一遍，问："舒姐，到底是哪个浑蛋把你绑走的，你没伤到哪里吧？"

舒晏摇摇头，浅浅一笑，示意自己没事。这件事情说来话长，她打算接下来有时间再慢慢告诉他们。

见她摇头，小靖才安下心来，而后，她抬起头看向站在舒晏身后的男人，问：

“舒姐，是梁昱行带你回来的吗？”

看清了小靖说的那个名字，舒晏身体微僵。刚在楼下电梯口看到他，她才知道原来他一路都跟着自己。不管他现在对自己怀着一种怎样的心情，她都清楚理智地知道，现在要和这个男人保持距离。

舒晏没有回答这个问题，拿出手机打字：“你们一直都在这里吗？”

小靖点头。

舒晏注意到他们两人的眼底都带着黑青，也不知道多久没休息了，看上去很憔悴的模样。

“我没事了，今天店里不开业了，你们好好回去休息。”

一直绷紧的神经在看到舒晏平安无事之后终于可以松弛下来，小靖说：“舒姐，那你好好休息，我晚点再来看你。”

舒晏点头，目送着他们离开。

然后，她的目光落在一直站在对面的人。梁昱行低垂着头，神色淡淡的，沉默无声地站在那里，情绪似乎有些低落。注意到她的视线，他才抬起头来，舒晏却挪开了目光，转身关上了屋门。

看见面前的屋门关上，梁昱行睫毛一颤，他微微垂眸，眼神落寞。

经历了这一天多的事情，舒晏筋疲力尽，只想倒头就睡，但她还是强撑着身体去洗了个澡，然后才躺在床上。

舒晏闭着眼睛，几分钟之后又重新睁开。很奇怪，她明明很累，却怎么也睡不着。她单手搭在自己的额头上，脑海里不断浮现着梁昱行刚才站在门口时落寞的神情，一想到他这副模样，舒晏就觉得心里一堵。

她重新闭上眼，想要控制自己不去想他，可她的大脑却不受控地闪过他的各种身影：温润如玉的他、清冷决然的他、坚毅正直的他……

实在睡不着，舒晏干脆拿起床头柜上的手机，她想刷会儿朋友圈转移一下注意力。她点开微信，第一眼看到的就是他的头像，他的头像还是当初她帮他选的那张漂亮的手绘图。舒晏静静地看了一会儿，心脏忽然有些空落落的。

舒晏想，只要过段时间就好，自己就不会再喜欢他了。

她关掉手机，侧过身子，重新闭上了眼睛，这一次没用多久她就沉入了梦乡。

这一天经历了太多事情，耗掉了她所有的精力，因此这一觉她睡了很长时间，直到下午四五点才醒过来，还是被摩卡给弄醒的。

估计是饿了太久了，摩卡跑进她的房间里，用脑袋蹭着她的脸，舒晏被它的毛发弄得痒痒的，她伸手推开它的脑袋。

摩卡委屈地“嗷呜”了一声。

舒晏被它的小眼神看得心软，装作嗔怒地看了它一眼，然后掀开被子起床帮它准备狗粮。

摩卡兴奋地跟在她身后，甩了甩尾巴。

刚起床下地，舒晏就觉得脑袋一沉，有些晕眩，嗓子也阵阵发干，好像有点感冒了。

舒晏帮它准备好食物，路过厨房想要接水的时候，就看到煤气炉上面盛着一锅粥，旁边贴着一张小字条，是小靖的留言：舒姐，我帮你煮了锅粥，你等会睡醒之后记得加热了吃。

下午两三点的时候小靖来过，看她还在睡，所以就没有吵醒她，怕她不知道，还特地发了信息提醒她。

舒晏回了她的短信，然后把粥加热，喝完粥之后将碗洗了，然后就在客厅里看了会儿书。可能是感冒的缘故，她脑袋昏昏沉沉的，什么也看不进去，吃了两片感冒药之后，她又重新回房间睡觉去了。

再次醒来她是被冷醒的，她睁开眼睛，发现房间的窗户忘记关了，她起身披了件外套，走到窗边把窗户关上。

这会儿她的脑袋像沉了千斤铁似的又重又痛，她一点力气也提不上来，看了眼时间，凌晨四点了。

她翻柜子找到温度计出来测体温，测出来是三十八摄氏度。

烧得不算特别严重，舒晏想起家里还有退烧药，她想，应该吃下去就没事了。

可早上起来，她的头还是很痛，这会儿她连起床都很艰难。她给小靖发了条信息，说自己感冒了，今天不去咖啡店了。

上次的事情让小靖心有余悸，她立马就回了条信息过来，舒晏强撑着精神，给她回了好几条短信，才把她安抚好。

尽管如此，小靖还是说晚上下班之后就过来看她。

舒晏摸了摸额头，又用温度计一测，发现烧得比凌晨时还要更严重了些。

高烧不退，得去医院了，可舒晏一想到医院那种地方，又打从心底里排斥。再加上她沟通不便，去医院也很麻烦。

她将家里所有的退烧药都翻出来，又烧了一壶热水放在自己身旁，决定再多等一天看看，实在不退烧就去医院。

梁昱行今天下午去咖啡店没有看到舒晏，问了小靖才知道舒晏生病了待在家里。

“梁昱行，我们这边走不开，你可以代我们去看看舒姐吗？”小靖知道舒晏这个人的性子，一生起病来就在家里给自己灌药，不到最严重的程度，她是不肯去医院的。

梁昱行沉默了一会儿，点头答应下来。

此刻他站在舒晏家门口，从鞋柜里找到她家的钥匙。想起她昨天跟他说的那番话，他迟疑了一会儿，还是打开门进去了。

舒晏的房间门是敞开的，梁昱行一眼就看到了躺在床上的她。

舒晏睡得迷迷糊糊的时候，感觉额头上传来清凉的触感，她如同漂浮在云端，被柔软温和的云朵笼罩，舒服得让她控制不住地想要靠近温凉的那处。

梁昱行将被冷水浸湿的毛巾放在她的额头上，手却突然被她握住，他一愣。

舒晏握着他的手，原本紧蹙的眉目舒展开来。梁昱行一愣过后，眼神柔软下来，他的脸颊微红，怜惜地看着她。她还在沉睡，他抬起另一只手，动作温柔地摸了摸她柔滑细腻的脸颊。

手下的触感很温软，梁昱行脸红更甚。意识到自己此时此刻的行为有点乘人之危的感觉，他将手收了回来。手心一空，他的心脏仿佛也跟着空掉了一大块，他低头看着面前的人，突然产生了一个大胆的念头。

梁昱行红着脸看着闭着眼睛的人，心里的那个念头越来越强烈，犹豫了一会儿，他双手撑在她的脸颊旁。谁知，他刚准备付诸行动，舒晏忽然醒了。梁昱行一惊，连忙收回自己的手，心虚地别开视线，脸颊彻底红透了。

舒晏睡得迷糊的时候隐约感觉到身边有个人，她起初没觉得哪里不对劲，直到意识渐清，她一惊，完全清醒了过来。

睁开眼睛，她就看到梁昱行侧对着自己，白皙俊秀的脸颊浮着红晕。见到她醒过来，他微微侧过视线，看了她一眼，又飞速地挪开了目光。

舒晏没明白他在害羞什么，她从床上坐起来，额头上的毛巾掉了下来。毛巾冰冰凉凉的，应该被人特意浸过冷水，她抬起头来看着他。

脑袋还是很痛，加上晕眩，舒晏这会儿其实真的不太想动弹，但她还是伸手去拿床头柜上的手机，打字问他："你怎么在这里？"

梁昱行徐徐垂下眼帘，沉吟半晌，道："小靖告诉我你生病了，我来看看你。"

"多谢关心，我现在已经好多了，你可以离开了。"

"舒晏，你在发烧。"梁昱行的语气温软平和，像是在哄一个不听话的孩子。

舒晏当然知道自己还在发烧，但她不想他继续留在这里。既然已经决定了和他划清界限，她就拒绝和他再有多余的接触。

她又重复了一遍，言辞更严厉："请你马上离开。"

梁昱行的视线从手机屏幕挪到她的脸上，眼神沉稳平静，头一次对她的话置若罔闻："你生病了，我带你去医院。"

"我不去医院。"

梁昱行沉默了，他淡淡垂眸，黑亮纤长的眼睫毛在眼下铺开一层阴影。

舒晏看到他这副模样，心里忽然升起说不上来的烦躁，头又痛起来了，她皱了皱眉。

"麻烦你钥匙还给我，然后离开，可以吗？"

舒晏朝他摊开了手心。

梁昱行顿了一下，把钥匙拿出来，放在她的掌心，同时道："陪你看完医生，我会离开的。"

舒晏没想到，这个平时看起来温柔和顺的男人竟然也会有这么固执的一面，她看着他，半晌没说话。

梁昱行的眸子如墨般深沉纯粹，在灯光下泛着温润的光泽，他开口道："舒晏，你是在怪我这么长时间没有给你答复吗？”

看清了他的话，舒晏愣了一下，没想到他会突然提起这件事情来。

“我没有怪你。”

“那你……为什么让我忘记那天的话呢？”

舒晏抿了抿唇，告诉他：“我只是突然发现我们两个人并不合适。这并不怪你，都是我自己的问题。”

如果早知道真相，那天在南峰山上，她一定不会跟他说那番话。怪只怪这世事太离奇，有太多让人意想不到的地方。

“是因为我的身份吗？”梁昱行看着她，目光微闪。

舒晏看着他清澈干净的眸子，并不想对他有任何隐瞒或者欺骗，她如实道：“这是一部分原因。”

看到他的眼神黯淡下来，她接着打字道：“对不起，那天是我太冲动了，没有考虑到你的感受，我……”

她打字的动作一顿，另一只放在棉被上的手被人握住了。

温和的触感传递到她的手背上，舒晏倏地愣住，抬起头来。

他的气息忽然靠近，呼吸相闻时，舒晏看到他黑亮澄澈的瞳仁中映着自己的面容。

然后，就在她发愣的时候，她感觉到有什么柔软温热的东西轻轻碰到了自己的唇。

她彻底僵住了。

梁昱行轻轻地吻住了她。

舒晏呼吸一滞，原本昏沉的大脑霎时一片空白，她的心忽然乱了。

梁昱行直起身，白净的脸颊染上了两抹绯红，脖子和耳朵也红扑扑的。他睫毛轻颤，手指微微用力，牢牢地握紧了她的手，然后将她的手心放在自己心脏的位置，让她感受自己剧烈跳动的心脏。

他安静片刻后，真挚坚定地告诉她：“小晏，这就是我的答案。”

舒晏怔住。

半晌，她垂下眼帘，把自己的手从他的手里抽了出来，神色平静淡然。

现在知道了他的答案，舒晏心里却没有预想中的那么雀跃和欢喜。现在的她，不太想正视他的心意。

唇上仿佛还残留着他温热的气息，她低着头默然不语，脸颊微烫，放在棉被上的手微微蜷缩。

舒晏不知道该怎么回应他，干脆蒙上被子重新躺下来，背对着他。她的心情混乱，半是羞窘半是不知所措。

梁昱行的脸始终红着，看到她背对着自己，他清亮的眼睛微微一黯。

舒晏躺下来，闭上眼睛，没过多久，就感觉床边的人站了起来，她绷紧的身体一松，悄悄睁开眼睛。随后，床头柜上的台灯被人关掉，光线暗了下来，舒晏看到他绕到了床尾。他的脚步停了一下，微微侧过头来，她立马闭上了眼睛。

梁昱行静静地看着在床上装睡的人，目光微敛，他在原地停了几秒，收回视线，打开房门出去了。

关上门之后，梁昱行站在房门外，想起了刚才那个大胆的吻，他的心跳骤然加速，脸颊又红了起来。

过了大概一分钟，舒晏重新睁开眼睛。看到房间里已经没人了，不知怎的，她心里一空。

她抬起手来，轻轻碰了下自己的嘴唇，脑海里浮现出那双清澈的眼睛……

偏偏要在这种时候让她知道他的身份，知道所有的一切都不是偶然……是否，这就是天意？

就这样吧，等日后所有一切尘埃落定，他也该回到属于他的地方，而他们，也不会再有任何交集。

想到这里，舒晏的心里涌上难过的情绪。

被梁昱行这么一搅，舒晏在床上躺了许久依然了无睡意。感觉喉咙有点干，她伸手摸了下旁边的水杯，空的，她起身掀开被子，准备去厨房喝水。

她打开房门，摩卡并没有像往常那样扑过来，她看了眼客厅里它的小窝，没发现它的踪影，舒晏觉得奇怪，不知道它跑哪里去了。

她走到厨房门口，就看到摩卡的尾巴正在甩啊甩的，她走过去，就看见厨房的料理台前站着一道修长的身影。

摩卡站在他身旁，仰着脑袋，眼睛黑溜溜的，有点兴奋的模样。

舒晏微愣，他还没走？

梁昱行察觉到门口的动静，抬起头来看向她。

舒晏奇怪地看了他一眼，然后走过去。看到他在煮粥，还不是普通的白粥，她转头看向他，在空中画了个问号。

梁昱行微侧过视线，清澈的眼睛与她对视：“你太长时间没吃东西，所以我煮了点粥。”

舒晏看清楚他的话，没回复，她沉默了一会儿，就看见梁昱行问她碗在哪里。

她从旁边的橱柜里取了两个碗，没让他帮忙，自己盛了两碗粥，端到外面的餐桌上。摩卡跟在她身后，估计是被粥的香味缠住了。

舒晏拿筷子的时候轻轻敲了下趴在餐桌边缘的摩卡，看了它一眼，做手势告诉它这不是给它的。

摩卡不满地叫了一声。

舒晏把其中一双筷子递给从厨房出来的人，梁昱行有点意外，抬起头来，眼睛光芒微亮。

舒晏没有看他。

她是这么想的：既然是他煮的粥，自己总不好意思独吞了。

两人面对面坐下来，舒晏低着头一口接一口地喝粥，碗里忽然多了两三块肉，她手一顿，没有抬头，继续喝粥。

梁昱行凝视着她，眼神温和。

喝完粥之后，舒晏去房间拿了手机，打字问他：“是不是陪我去看了医生，你就会回去？”

梁昱行愣了半晌，才点了点头。

“好，那我们去医院。”

把这行字给他看完，舒晏没再写什么，她将碗筷都收拾好了，然后回房间穿外套。

她站在穿衣镜前整理着脖子上的围巾，透过镜子看到了站在门边的人。他身姿挺拔，侧颜俊秀。

这样温润绅士的人，这样暖心的行为，自己根本就无力招架。她怕再这样下去，自己的心迟早有一天会越陷越深。

所以她唯一能想到的办法，就是和他保持距离。

第十章

人物画像

他们在路边拦了辆出租车，坐进车里之后，舒晏的脸就侧向窗外。随即她就感觉身旁的座位一沉，梁昱行坐了进来。

窗外的建筑缓缓掠过，车平稳地行驶了起来。

脑袋还是很沉，一阵接一阵的倦意涌上来，舒晏将脸埋进围巾里，困乏地闭上了眼睛。

她昏昏沉沉地睡着了之后，脑袋往车窗一侧倾斜，随着车身的晃动，她的脑袋一点一点的。在车辆拐弯的时候，她的脑袋眼看着就要碰到窗户上，梁昱行伸出手扶住她的肩膀，她的脑袋顺势垂到他的身上。

梁昱行扶着她想让她靠在他的肩膀上，好睡得舒服一些，可刚一有动作，舒晏就醒了过来。

她本来也睡得不熟，稍有动静就醒了，她低头看着扶着自己肩膀的手。梁昱行看了她一眼，将手收回去了。

"需不需要靠着我？"梁昱行开口询问她。

舒晏坐直身子摇了摇头，转头继续看着窗外。她捏了下自己的手，让自己保持清醒。

梁昱行静静地注视着她。

医院很快就到了，天气转凉，有很多人着凉感冒，门诊部那里排了很多人。梁昱行带着她去一楼的挂号大厅挂号，排队等号也等了很久。

舒晏的精神状态不太好，轮到他们后，医生先是询问了一遍她的情况，然后拿了温度计让她测体温。

结果温度测出来，是三十九摄氏度。

医生问她是从什么时候开始发烧的。

舒晏告诉医生，是从凌晨三四点就开始发烧了。

医生皱起眉，语气带着些责备："凌晨三四点就发烧了，怎么拖到现在才来看医生呢？高烧不退很有可能会引发肺炎的。"

说完，医生抬起头来，看向站在她身旁的梁昱行，说："你这男朋友当得不称职啊，女朋友高烧得那么严重，怎么也不看着点，等到现在才来医院？"

舒晏和梁昱行同时一愣，对视一眼，又同时飞快地挪开了视线。

梁昱行俊脸微红，道：“抱歉。”

医生板着脸严肃道：“下次生病要记得及时就医，好在这次没有导致肺炎，要不然有你女朋友好受的。”

“高烧太严重，又持续了那么长一段时间，要打点滴。”医生在诊断书上写了病症，又开了药，在末尾签上自己的名字，然后撕下来递给梁昱行，“先去缴费，领了药之后去注射科，先打完点滴看看。如果回去还没退烧，明天还得来医院看看。”

说完，医生又叮嘱了他们一些注意事项，才放他们离开。

梁昱行在药房领了药，就去注射科找了护士过来打点滴。

舒晏坐在大厅里，左手挨着针。她抬头看着点滴的流动速度，她要挂两瓶，不知道要等多久。她转头看向默默坐在自己身旁的人，拿出手机打字：“要等很久，你要不要先回去？”

梁昱行摇头：“我陪你。”

舒晏想说不需要他陪，但想了想，还是什么也没说。她低头看着手机，刷起朋友圈来。

没过多久，朋友圈也看完了，微博也没什么好看的，她彻底无聊起来。舒晏看了眼周围，身旁坐了很多跟她同样在打点滴的人。她注意到梁昱行的身旁坐着一位年轻的母亲，她的怀里抱着孩子。可能是害怕打针的缘故，孩子一直在号啕大哭，撕心裂肺的，周围有很多人受不了这样的声音，纷纷坐远了些。

梁昱行就坐在这对母子身边，眉目沉静，腰背挺直，双手搭在长腿上，一副不动如山的模样，丝毫没有受到影响般，定力极好。

注意到舒晏的视线，他转头看过来，开口道：“小晏，我出去一下。”

舒晏愣了一下才点头。看着他离开的身影，她默默地敛起了心里泛起的涟漪。

他这声“小晏”叫得还真顺口。

大约过了十分钟，舒晏看到他的身影出现在医院大厅门口，他提着一袋东西走过来。

梁昱行先是看了她一眼，然后从袋子里掏出一根水果味的棒棒糖，递到旁边正在大声哭喊的孩子面前。

孩子看到糖果后，哭喊声渐渐停下来，变成小声的啜泣，孩子水汪汪的大眼睛看了看面前的棒棒糖，又抬起头来看向梁昱行。

梁昱行浅浅笑起来。

孩子心生欢喜，立马从妈妈的怀里站起来，嘴里“咿咿呀呀”的，伸手去拿梁昱行手里的棒棒糖。

孩子的母亲感激地看了他一眼，对拿到糖的小孩说：“宝宝，说‘谢谢哥哥’。”

孩子还不太会说话，跟着妈妈含含糊糊地说着道谢的话。

梁昱行莞尔：“不客气。”

舒晏看着他们之间的互动，最终视线落在这个眉目如画的男人脸上，他的脸上带着温和的笑意。明明是毫不相关的陌生人，他却也能以同样的温和耐心对待对方。想到这里，她的心里忽然淌过一股暖流。

这真是个永远温良纯善的男人。

哄好了孩子之后，梁昱行从袋子里拿出一个暖手宝来。他蹲下身子，在舒晏的注视下将她正在输液的手抬起来，将暖手宝垫在了下面。

触碰到那阵暖热，她冻僵的手指慢慢恢复了知觉。

舒晏抬头看着他，梁昱行又从纸袋里掏出了一杯热豆浆递到她另一只手里。

这下两只手都接触到热源，不怕冻坏了。

原来，他出去是帮她买这些东西了。舒晏微微垂眸，心里一动。

他似乎买了很多东西，舒晏看见他又拿出一份报纸放在她身旁。他应该是怕她无聊，所以特意去买了份报纸来给她看。

做完这些事情之后，梁昱行俊脸微红，平视着她，语气温和地开口：“小晏，我就在旁边陪着你，不会打扰你的，你不用在意我，当我不存在就好。”

这么大个活人，她怎么可能当他不存在。

舒晏看完他这番话，半晌后才掏出手机，对他道了声谢。

梁昱行低声说了句“不客气”，然后在她身旁重新坐好。

气氛一时间安静凝滞，舒晏将手里的豆浆放到一旁的扶手上，拿起他买来的那份报纸。报纸正面第一版的新闻记录着近期国家发生的大事，她粗粗地看了几眼，然后就翻到第二版。第二版的内容是南城近期发生的一起女大学生失踪案，讲述的是赵茹娜的案件。

舒晏想起他们被叫去警局协助调查之后的那段时间，梁昱行反常地没有在白天出现在咖啡店里，每次都是到晚上营业时间结束后才出现。她那时候还想不明白他一个流浪歌手有什么重要的事情，现在想来，他应该是在协助韩警官调查这一案件吧。

舒晏突然还想起一件事情——他住在自己家对面应该不是偶然吧？

想到这，她转过头看向他。察觉到她的视线，梁昱行也转头看过来，眼神清朗，带着些疑惑。

虽然他从来没有提起过，但舒晏其实多少能猜到，如果不是和她或者说和她的咖啡店有关，他也不会大老远隐藏身份来到她的身边。那么，他们也就不会认识了。

舒晏收回视线，继续翻阅着报纸。把这份报纸看完，两瓶输液瓶中的液体也差不多快滴完了。

护士过来帮她把针拔掉，梁昱行在她旁边把东西都收好，舒晏用棉签摁着手背站起来，两人一起走出了医院大门。

回到家门口，梁昱行遵守之前说过的话，他停住脚步，转过身来，静静地与她对视，认真道："小晏，回去注意休息，记得按时吃药。"

舒晏点头。

"那我先回去了。"他道。

舒晏没动静。

梁昱行转过身拿出钥匙。

舒晏看着他挺拔修长的身影，忽然有那么一瞬间的心软。

无法否认，他真的是一个很好很好的人，也很值得托付终身。但他们终归生活在两座不同的城市，而且现阶段的他们都没办法为了对方放弃在另一座城市的生活，至少现在的她是做不到的。而舒晏也不愿意他仅仅只是为了她就放弃他在B市的全部，没这个必要，她也无法承受。

所以，他们还是不要更进一步了，维持现状就好。他往后会遇到比她更好、更合适的人，而她自己，也愿意在南城守着自己的咖啡店过一辈子。

时光漫长，他们终究会淡忘这一段经历，往后想起，终会一笑置之。

南城西街酒吧里，韩正坤坐在吧台前，手里晃着一杯威士忌。他的目光从三五成群地窝在角落里喝酒的男男女女身上扫过，随即看向门口。

酒吧门被人推开，梁昱行从外面走了进来。

晚上天气冷，他穿着白衬衫，外面套着一件薄外套。他身姿挺拔，脚步沉稳，脸上的神情微淡，单站在那里，就有种清正刚直的气场，和酒吧这种奢靡的氛围格格不入。

他刚一进门，就吸引了附近不少女人的注意，大家的目光都频频往他身上打量。

梁昱行在韩正坤旁边的位置坐下，韩正坤打了个响指，叫来了服务员，给他点了杯东西。

“昱行，我们按你说的进行了一番调查，终于有结果了。”韩正坤看了眼四周，坐得离他近了一些，压低声音说，“赵茹娜那天离开舒晏的咖啡店后，在这间酒吧的后街露过面，刚好被路口的监控拍到了。”

“视频显示她当时在和一个人见面，但那人膝盖以上的位置都被阴影遮住了，看不见样子，只能依稀分辨出是个男人。”韩正坤从衣袋里掏出手机，点开那段视频，继续道，“我们随后去询问了赵茹娜的同学，他们都表示赵茹娜没有在谈男朋友，近期也没什么异样的举动，不是去上课就是去兼职。哦，对了，她们还说，赵茹娜提得最多的就是你。”

梁昱行没说话，从他的手里接过手机，将这段视频从头到尾看了一遍。就像韩正坤说的，这个男人被阴影遮住，完全看不清模样，只能看到他脚上穿着双皮鞋。赵茹娜也是背对着镜头站着的，没过多久，两人就一起从镜头里消失了。

他将视频反反复复看了很多遍，等他按下暂停键，韩正坤才凑过去问：“怎么样？有什么发现吗？”

梁昱行沉吟了一会儿，道：“这个人对这里的监控位置了如指掌。”

“怎么说？”

“我刚来的时候去后街走了一趟，发现那里有个监控死角。但是，监控死角的范围不大，如果不是有心的话，他不可能会被阴影挡住。”

韩正坤皱起眉：“可是不对啊，如果这样，那他为什么不把自己完全遮掩起来，还要露出一双脚呢？”

梁昱行看着手机屏幕，眼神平静，半晌才道：“挑衅。”

“挑衅？”

梁昱行看着他道：“还记得我刚来南城的时候，你给我看的那张照片吗？”

照片？韩正坤反应过来，微微睁大眼睛。

梁昱行说的那张照片是绑架杀害林欣雅的那名罪犯在前段时间寄来的，预示着他们下一个下手的目标。那张照片上显示的正是舒晏的咖啡店。

那个人会寄来这样一张照片，就是为了挑衅警方。已经预示了下一个目标，你们还抓不到我，这不正是彰显了警察的无能吗？

“那这么说，赵茹娜就是被这个人带走了？”韩正坤问。

梁昱行点头：“可以这么说。”

韩正坤烦躁地挠了挠头：“那这样就麻烦了，我们到现在都还没有锁定目标嫌疑人。”

梁昱行没说话，他打开手机，点开新一页的备忘录，在上面打字：男，年龄二十六岁至三十五岁，身高一米八至一米八七，体重六十四至七十四公斤，年收入较高，学历本科及以上，职业未定，曾在南城大学、咖啡店、酒吧后街出没。

这是……人物画像？韩正坤看着他一条一条地列下来。

关于嫌疑人的年龄、身高、体重的分析，他们这边的警方也有做过，但是……

“他的学历你是怎么推断出来的？”

梁昱行不答反问：“林欣雅是个怎样的人？”

韩正坤愣了一下，想了想，道：“听林欣雅的同学说，她是个才女，长得漂亮，在学校里有很多男生追，但她的性格比较冷清、高傲，自恃清高，在女生群体里不太受欢迎。”

等他说完，梁昱行才道：“清高、孤傲、眼光高，这样的女生会跟什么样的男人来往？”

韩正坤被他这么一提点，忽然想起调查这起案件的时候，林欣雅的室友说，林欣雅在失踪前和一个陌生男子有着密切的沟通和往来。

“我想起来了，当时她一个同学的口供里还提到，有一天，她看到林欣雅上了一辆黑色宝马。而林欣雅失踪之后，这个一直和她往来的陌生男人也消失了，连警方都找不到踪迹。我们那时推断这辆宝马车的主人和林欣雅失踪案有很大关联，还就这条线索追查了很久，可自始至终都没查到什么。”

梁昱行将包括林欣雅在内的几名女受害者的信息都列了出来，把相同点都写了下来，包括每个受害者的跟踪车辆和车牌号，他都一字不差地记了下来。

“我们需要弄清楚几个点。第一，这些车都去了哪里；第二，选择下手对象的依据；第三，目前只找到林欣雅这一具尸体，另外的这些受害者都去了哪里。”

韩正坤沉吟道：“第一点确实是我一直想不明白的地方，每条高速路上的出入境记录我们都翻查过了，就连废车场我们也去过了，但这些车就像是凭空消失了一样，到现在为止还没有踪迹。

“第二点，据我们之前的分析，这些下手对象都是随机挑选的，并没有什么特定的人选。”

韩正坤停在了第三点，这一点也是他没想通的地方，梁昱行也没说话。

韩正坤神色凝重，片刻后才道：“这些人真是太变态了，你说世界上怎么会有这样的人？玩弄别人的感情和生命，还没有丝毫罪恶感。我早晚有一天要把这些人通通关进监狱里！”

梁昱行沉默不语。

韩正坤举起酒杯，将里面的威士忌一饮而尽，然后重重地把酒杯搁在桌子上。

讨论完案件，韩正坤让服务员帮他加了点酒，才开口问梁昱行：“对了，你前两天去哪了？怎么找不到你？”

“舒晏生病了。”

韩正坤不解：“人家生病了关你什么事啊？”

梁昱行沉默了一会儿才回答：“我陪她去看医生。”说完，不知想到了什么，他的脸一红。

把酒喝完，为了掩人耳目，他们前后脚离开，韩正坤先走。梁昱行刚出门，迎面就撞上来一个男人，肩膀被那人碰了一下，梁昱行停住脚步，转头看向那人。

身材同样颀长的男人也看过来，抱歉地笑笑，对梁昱行道："不好意思。"

梁昱行轻轻摇头示意无妨，然后就转身离开了。

男人回头看了眼他的身影，收回视线继续往前走。

去了医院之后，隔天，舒晏的烧就退了。为了以防万一，她又在家里休息了两天，直到第三天才去咖啡店。小靖关心了她几句后，逮着空闲时间就问她："对了，舒姐，你和梁昱行怎么样了？"

舒晏知道她指的是什么。

"没怎么样。"

"他没有给你答复？"小靖问。

舒晏摇摇头，打字道："我和他不可能了。"

小靖"啊"了一声，疑惑道："为什么？"

"原因我暂时不能告诉你，以后有机会再跟你说。"

小靖看完她的话，沉默了一会儿，说："舒姐，是不是因为我那天让你去跟他表白，所以……"

"不是你的原因。"

两人没再继续讨论这个话题，舒晏回吧台帮阿响的忙去了。忽然，她放在围裙口袋里的手机轻微一振。她没有去理会，直到做完自己手里的活儿，她才拿起手机。是何延问发来的一条短信，上面是简短的一句——

"已归国，期待会面。何。"

临近中午的时候，门外的风铃响了，小靖从收银台后方抬起头来，"欢迎光临"四个字刚脱口她就顿住了。她看着走到跟前的俊朗男人，悄悄回头看了眼正背对着门口的舒晏，挪回视线后问他："还是老样子吗？一杯美式？"

梁昱行点了点头，视线落在她身后的舒晏身上。

小靖看了他一眼，转过身去找舒晏。舒晏正在帮客人的咖啡拉花，小靖等她做完这杯咖啡才拍了拍她的手臂，然后朝收银台的方向努了努嘴，说道："舒姐，梁昱行来了。"

舒晏一顿，回过头，正好和梁昱行清亮的眸子对上。几秒后，她淡淡地挪开了自己的视线。

舒晏走到阿响身后，他正在帮客人做水果茶，舒晏让他去帮梁昱行做美式咖啡，这里她来弄。阿响皱了皱眉，一副不太乐意的模样，但还是走到一旁，把这里交给舒晏了。

美式咖啡做好之后，小靖把咖啡放在托盘里，端到梁昱行的面前，说："请慢用。"

梁昱行道了声谢，站在吧台旁边，既没有要端咖啡的意思也没有要离开的意思，沉静的目光始终落在那个忙碌的身影上。

小靖想起早上舒晏跟她说的那番话，也不知道他们之间到底发生了什么。怎么这才没过几天，两人之间的关系感觉一下子就疏远了？不，应该说是舒晏单方面地疏远梁昱行。

梁昱行杵在这里，小靖多少也觉得有些尴尬，她开口问："你……还有什么事吗？"

梁昱行静静地垂下眼帘，声音温和："可以麻烦你帮我叫下舒晏吗？"

舒晏手里在调制饮品，心思却不在这上面，从刚才看到梁昱行之后，她就有些走神。直到杯里的茶水溢出来时她才反应过来，匆匆忙忙地拿起一旁的抹布，把溢出来的茶水都擦掉，然后就看见小靖走过来了。

"舒姐……"小靖启唇，视线飘到梁昱行的身上，"他找你。"

舒晏看完她的话，恍若未闻般，拿起塑料盖把杯子封好，细心地将这杯水果茶放进牛皮纸袋里，放上吸管和纸巾。她把东西打包好之后交给小靖，然后才看向站在一旁的男人。

半晌，她走过去。

舒晏在吧台前站定，和他之间就隔着一张吧台的距离，她抬起头来，神色平静地看着他。

虽然她面色平淡，但实际上她的内心已经掀起了波澜。

梁昱行低头注视着她，目光温和："舒晏，你的感冒好了吗？"

舒晏点点头。

“还有其他地方感到不适吗？”

舒晏摇头。

察觉到她对自己的疏离，梁昱行淡淡垂下眼帘，说：“你要注意休息。”说完，他端起自己的咖啡往老位置走去。

看着他似乎有几分落寞的身影，舒晏心里有些不是滋味，她强迫着自己挪开了视线。

小靖在旁边默默看着两人之间的互动，心里着实替这两人感到着急和惋惜。可是，以她的立场她又不能说些什么。她看了看舒晏，又看了看走到座位前的梁昱行，叹息了一声，回到自己的工作岗位上去了。

十几分钟之后，风铃再次发出清脆的响声，小靖看着从门外走进来的西装革履的男人，眼睛登时一亮。

“您好，先生，请问需要点些什么？”看着走到收银台前的英俊男人，小靖脱口问道。

何延问的视线在面前的菜单上浏览了一遍，指着最开头的“店长推荐”说：“给我来份起司和摩卡吧，谢谢。”

“好的，麻烦稍等。”小靖帮他下了单。

何延问环顾了一眼整间店面，整间店铺的装修风格清新温暖，一桌一椅都整齐有序地摆放着，井井有条的，跟她给人的感觉很像。他的眼底溢出笑意，问道：“你们店长呢？”

小靖被他眼里的笑意迷住了，顿了会儿才道：“我们店长在二楼。”说罢，她又补了句，“请问你找我们店长有什么事吗？”

何延问笑道：“我姓何。”

他的话一脱口，小靖就愣住了，随即她讶异地睁大眼睛，问：“何……何先生？那位远在伦敦的何先生？”

何延问点头：“是。”

小靖没见过何延问本人，只在A大的校友照片里见过他。面前的人和照片里的他一样帅气，可毕竟隔了几年，他也不若当年青涩，这会儿站在面前，小靖一时半会儿还没认出来，他一提，她才想起来。她感叹了一声：“闻名不如见面，可算是让我见到真人了。”

何延问笑起来，问她：“你是小靖？”

小靖微讶：“你怎么知道我？”

何延问道：“舒晏有跟我提过你。”

小靖有点受宠若惊：“何先生，你等等，我马上去二楼把舒姐叫下来。”

“不必，我在这里等她就好。”何延问道。

舒晏也就是上二楼给客人送餐，过会儿就下来了。小靖点点头：“何先生，那麻烦您找个位置坐下，我稍后把您点的东西送过去。”

“劳烦。”

何延问转过身，眼睛环视着空位，目光忽然落在窗边的男人身上，他视线一顿。就在这时，通往二楼的楼梯上传来了脚步声，何延问将视线挪过去，就看到舒晏正从楼梯上走下来。她走到一楼之后，径直往顾客离开后的空位走去，还没注意到他。

刚好有位客人抬手示意，舒晏走过去。客人问她能否再给些纸巾，舒晏点头，示意他稍等。她转身之后，面前突然多出了一个人，她一怔，顿住脚步，而那人已经张开了双臂，环住了她的身子，将她抱住了。

舒晏的身体猛地一僵，显然被吓到了。

她还没反应过来，手臂就被另一股力道扯过，让她离开了男人的怀抱，她转而被另一人温柔地搂进怀里。

舒晏愣愣地抬起头，看到梁昱行俊秀刚毅的下颚弧线、颜色微淡的薄唇、清冷的神色，他此时的神情和不久前在警局里护着她时的神情完全一样，她微愣，这才看向刚才拥抱她的男人。

何延问看着突然出现的男人，皱起了眉头，他转而看向舒晏，挑了挑眉，朝她走近了几步，笑问：“吓到了？”

舒晏看到来人，微微一讶，她刚一动，肩膀就被人按住，她抬眸对上梁昱行清亮的眸子。过了几秒，她轻轻推开他的手，离开了他的怀抱。

梁昱行怀中一空，眼神渐渐地淡了下来。

何延问站直了身体，转头看向梁昱行，问：“这位是？”

舒晏没想到，早上刚收到他的信息，中午就见到他的人了。惊讶过后，看见他说的话，她做了个手势道："一个朋友。"

何延问点了点头，没有再打听。他看着舒晏，笑了笑，打趣道："才两年多不见，不认识我了？"

舒晏摇了摇头，继续用手语说："我还以为要过几天才能见到你，怎么现在就过来了？不是刚下飞机？"

何延问解释道："我昨晚就回来了，着急来见老朋友，所以今天就过来了。"

舒晏笑了，见他风尘仆仆的模样，她连忙道："你饿了吗？需不需要吃些什么？"

"刚点了份摩卡和起司。"何延问微顿，笑道，"据说是店长推荐。"

舒晏浅浅勾唇，刚打算带他往吧台走，手腕忽然被人牵住。

梁昱行拉住她，嗓音微低："舒晏……"

舒晏疑惑地看着他。

梁昱行握着她的手腕，半晌才松开，道："没事。"

舒晏奇怪地看了他一眼，随即收回视线，带着何延问走向吧台。

何延问点的东西很快就做好了，舒晏和他坐在窗边的位置上。何延问品尝了一口新鲜出炉的摩卡，赞美道："味道很正宗。"

舒晏笑了。

"当时只听你说开了间咖啡店，没想到规模这么大。"何延问说。

"险些经营不起来。"舒晏半开玩笑地告诉他。

两人已经许久没见过面了，可这会儿聊起天来却没有半点生疏客套。

舒晏和他最初只是校友关系，她是在大四时才认识他的，彼时他作为杰出校友回到母校进行演讲，散会后他碰巧帮了舒晏一点小忙，两人就这么认识了。虽然约在一起见面的次数不多，两个人也不是同个专业领域里的，但他们每次聊天都很畅快，总能在某些观点上不谋而合。

"忙吗？我在华南街订了家意式餐厅，中午一起用餐吧？"何延问开口道。

舒晏点头。

跟小靖交代了一声后，舒晏去储物间把身上的围裙脱了下来，然后就跟何延问离开了咖啡店。

看着两人结伴离开，梁昱行眼神微敛，脑袋低垂着，侧脸轮廓异常清冷。

小靖走过去收拾桌子的时候看到他，停了会儿，正想说些什么，就看见他站起来往外走了。

何延问的法拉利停在咖啡店门口，底盘微低，车身线条流畅，泛着金属光泽。

舒晏在车前停步，看着他拉开副驾驶座的门。何延问单手撑着车门，对她抬了抬下巴，道：“上车吧。”

舒晏点头。

梁昱行走出店门的时候，那辆法拉利正好从他面前驶过，他走到路旁拦了辆的士，对司机道——

“麻烦跟上前面那辆车。”

第十一章

袒露心声

何延问带舒晏来的是一家独栋的五星级意式餐厅，梁昱行一路跟随他们来到这里之后，刚好看见他带着舒晏进了门。

他走过去，刚准备进门，守门的服务生就伸出一只手拦住了他：“您好，先生，请问您有预约吗？”

梁昱行顿住，道：“没有。”

“不好意思先生，是这样的，我们餐厅规定客人一定要先提前预约才能进入。所以，很抱歉，您不能进去。”

梁昱行微微垂眸，对服务生道：“稍等，我打个电话。”

他打了通电话给魏明。

那端的人很快就接通了，梁昱行直奔正题。听他说明了打电话的来意之后，魏明立马扬声道：“哪家餐厅那么大胆？竟然敢拦着我们家老大不让进去！老大，你说你是警察，看他们让不让你进去！”

“我不想滥用职权。魏明，我记得你父亲是这家餐厅的股东之一。”梁昱行道。

“什么餐厅？”

梁昱行抬头看了眼餐厅的名字，报给了他，他低下头时刚好和服务生惊愕迟疑的视线对上，他缓缓一笑。

“老大，这家店的老板我认识，你让他们餐厅经理出来，把电话给他！”

餐厅经理和魏明通完电话之后，毕恭毕敬地将手机递还给梁昱行，对他微微欠身，朝门口做了个“请进”的手势，道：“梁先生，不好意思，是我们招待不周了，请跟我来。”

梁昱行对他颔首。

何延问在餐厅顶层预定了一张两人桌，靠窗的位置，可以看到窗外车水马龙的街景。

他们刚坐下，立马就有服务生上来帮他们倒水和下单，何延问将菜单放在舒晏面前，看着她，缓缓道：“看看想吃什么，这顿我请客。”

舒晏接过菜单，微微一笑。

“那我就不客气了。”

点好了单，舒晏拿起面前的餐巾铺开。

“打算什么时候再飞回伦敦？”

何延问拿起面前的杯子，道：“暂时不回去了，我打算回国发展，前不久刚向那边递了辞呈。”

舒晏眉梢微扬。

“怎么之前没有听你提起过？”

何延问浅浅一笑：“我也是最近刚下的决定。在国外孤身一人的时间太长，就越发想念这里，所以还是决定回来了。”

“回国后有什么打算吗？继续从事心理研究？”

“是的。”何延问浅浅一笑，没有深入这个话题。

舒晏莞尔。她刚拿起面前的杯子凑到嘴边，就看见对面的人开口道：“这么长时间没见，有什么想对我说的吗？”

舒晏顿了顿，放下手里的杯子。

“欢迎回来。”

何延问笑了：“你还是跟以前一样没变。”

“你倒是变化挺大的。”

何延问挑眉问：“哦？哪里变了？”

“比以前更成熟，也更有钱了。”

何延问微愣，随即笑起来，语气有些无奈：“舒晏，连你也这样调侃我。”话音刚落，他的手机响起来，他做了个手势，示意自己先接个电话。

舒晏端起水杯轻抿了一口，环视四周，忽然目光一定，停在了斜对面不远处的餐桌上。

梁昱行被餐厅经理带着坐到了一处空位上，从他的视角恰好能看见正相谈甚欢的两人，他眉目微低。

餐厅经理看着突然沉默下来的男人，明显能感觉到对方情绪不佳，他也不敢上前招惹这尊大佛，跟对方说了声有需要就随时叫他前来，然后就离开了。

舒晏和梁昱行的视线对上，疑惑地蹙眉，心道：他怎么也跟着一起来了？

梁昱行与她对视一眼，淡淡地挪开了目光，双手平放在桌面上，神情清冷，似乎心情不太好。

何延问很快就结束了通话，舒晏在他收起手机之前收回了视线。

“怎么了？”何延问问她。

舒晏淡淡地摇了下头，表示没事。

“对了。”何延问想起什么，说道，“刚才在咖啡店你说的那位朋友，以前怎么没听你提起过？”

“前段时间刚认识的。”

服务生端了两杯咖啡上来，何延问前倾着身子，用勺子搅拌着杯中的咖啡，开口道：“原来是这样。我看他挺年轻的，是附近的大学生？”

舒晏看清他的话，笑了一下，摇摇头。她不想透露太多，将这个话题带过了。

两人又随意聊了点别的趣事，何延问道：“八卦一下，我离开了那么久，你有没有遇上喜欢的人？”

没想到他会问起这个，舒晏愣了一下。

何延问的嘴角掠过一丝笑意：“不方便说？”

舒晏摇了摇头，偷偷瞥了眼安静地坐在不远处腰背笔直的人，她敛眸一笑，大大方方地承认了：“我有喜欢的人了。”

“哦？”何延问微讶，笑了笑，“对方是个怎样的人呢？”

舒晏的脑海中浮现出梁昱行的模样，她眼神温软，告诉他：“一个温和、绅士、容易害羞的男人。”也是一个让人想起来心脏都不由自主变得柔软的男人。

知道了他的身份后，舒晏原本是想停止喜欢他的，可到现在为止，她似乎并不能将他完全从心里剔除，她对他的那份心意还很浓烈。虽然她清楚地知道，继续喜欢他并不是一个明智的选择。

吃完饭，何延问离开座位跟着服务生去一楼买单，趁着这个空隙，梁昱行从位置上走了过来。

舒晏看着他一步步靠近自己，直到走到跟前站定，她抬起头来，看着他清朗俊雅的眉目。

“小晏，我有话跟你说。”

舒晏拿起手机打字："你想说什么？"

梁昱行静静垂下眼帘，温和地与她对视："这里不太方便谈话，我等会儿在对面的公园等你。"

越是这种时候，舒晏越不太想和他单独相处，她迟疑了一会儿才打字："要谈什么呢？我一定要去吗？"

梁昱行点头："小晏，请你务必前来。"

看他的表情这么严肃正经，舒晏犹豫了一会儿，点了点头："好，我等会儿去找你。"

梁昱行眉目一松，脸上露出温润的笑意。

何延问回来的时候梁昱行已经离开了，何延问拿起自己的外套，对舒晏道："走吧。"

走到餐厅门口，舒晏用手语对他说："我等会儿约了人，就在附近，你不用送我了，先回去吧。"

何延问侧过头看了她一眼，说："好。那我先回去了，有什么事就给我发信息。"

舒晏点头。

看着他上了车，驾驶着那辆法拉利消失在视野里，舒晏才看向对面的公园。在原地待了几秒后，她走了过去。

午后的公园里人很少，只有几位老人家在绿荫道上悠闲地散着步，几个孩子在草坪上追赶打闹，玩得不亦乐乎。

这里是一处大型公园，正门放着一块刻有公园名的大石碑，往里走就会经过一道木桥，桥底下正缓缓流淌着涓涓细流。舒晏从桥上走过，再往前走就是大理石砌成的九曲回廊，梁昱行就站在廊道的尽头，修长挺拔的身影沐浴在阳光中。

舒晏逐步靠近他，他微低着脑袋，神情专注地看着桥下的池塘，手里握着一包鱼食。他骨节分明的手指捻起一些鱼食，撒进池塘中。

站在不远处负责兜售鱼食的小姑娘一直往他那边偷看。

舒晏看着他，梁昱行若有所觉，往她这边看过来。

和他四目相对后，舒晏静静地垂眸，往他那边走过去。

舒晏走到他身边，低头看着池塘里争先恐后抢着鱼食的锦鲤，脚下清澈的水面正泛着一圈一圈的涟漪。

舒晏看着觉得有趣，身旁的人忽然把拿着鱼食的手伸了过来。她转头看了他一眼，梁昱行眼神清澈，眼睛在明朗的日光下闪着温润的光。舒晏顿了几秒，从他的手里抓起一把鱼食，轻轻撒进池塘中。

一条小锦鲤反应最快，调转了个身子，往她这边游过来，随后，另外几条红白银鳞的锦鲤也跟着游了过来。

看着这些悠游自在的鱼儿，舒晏眉目微弯，浅浅地笑了起来。

梁昱行低头注视着她，看到她脸上轻松愉悦的笑容，他的眼底也跟着漫上温柔的笑意。

玩够了，舒晏拍了拍手，这才掏出手机问他："你找我来有什么事吗？"

提起正事，梁昱行脸上的笑意微敛，他缓缓道："林志平的案子，已经确定了庭审时间，在下个月。"

舒晏一怔，有些惊讶：居然这么快。

"到时候需要你作为证人出庭。"梁昱行告诉她。

舒晏想起那个心心念念着自己亡故女儿的可怜男人，直到现在她都还清楚地记得，当时他为了不让自己被刘武带走而与其殊死搏斗的场景。虽然知道他是将自己认成了他的女儿，可当时面对那样的状况，舒晏的内心还是很震撼的。

林志平虽然绑架了她，但确实没有做什么伤害她的事，还在那样危急的时刻护着她。如果可以，舒晏不太想让这样一个人关进监狱里。

可现在她要成为最有力的证供坐实他的罪名。

"我一定要出庭吗？"

梁昱行垂眸看着她，说："是的。"

舒晏没说话。

梁昱行的目光沉静而深远，他知道她在想些什么，半晌，他神情平静道："小晏，不要感情用事，我们不能因为罪犯曾经的遭遇而免去他们犯下的罪责。无论是有心还是无意，每个人都要为自己的行为负责。"

看完他这番话，舒晏在心里沉重地叹息一声：这个世界真不公平。

如果林欣雅在一年前没有遭遇不测，那么，林志平仍能和自己心爱的女儿生活在一起，不会精神错乱，更不会将她错认成他的女儿，这样他也不用经受牢狱之灾。

两人沉默地对立着，梁昱行说：“小晏，你要相信司法永远是最公平的，会对罪犯做出最公正的裁决。”

舒晏看着他，觉得很神奇：他怎么知道自己在想些什么？

这个话题结束，舒晏看着清澈的池水里游动的小鱼，身旁的人沉默不语地站在她身旁。这样的环境下，突然的安静最能撩拨人的心弦，舒晏的眼角余光总会留意到身旁站姿挺拔的男人，她的心微微一乱。

“还有什么事吗？如果没有的话，那我就先走了。”

梁昱行静静地看着她手机上显示的这行字，视线一移，将目光放在她的身上，他道：“小晏，你愿意陪我逛逛这里吗？”

舒晏没动静。

半晌，梁昱行垂下眼帘：“如果不愿意的话……也没关系。”

舒晏最看不得他这副模样，摆出这样一副神情的他总能让她的心不受控地软下去，让她不忍心拒绝他的一切提议。

她的手指在手机打字键上顿了顿，那个“不”字怎么也没办法打出来。

舒晏觉得自己不够狠心。明明说了要和他保持距离，最好能避免一切来往，这样她才能尽早剔除自己对他的那份情愫，可现在的她，在他提出陪他逛逛这里的要求时，心里明显浮出了一丝期待和欣喜。同时，这样的情绪让舒晏的心里又生出一阵烦躁。

她将手机一收，抬头看了他一眼，转身就走。

梁昱行一愣，眼底有一丝波动，随后他跟上前去。

舒晏没有离开公园，她沿着身后的回廊走出去，路过了一处八角亭，再沿着前方的石板路往前走，往公园的另一侧去了。

梁昱行不紧不慢地跟在她身后，眼睛一直注视着前方纤细的身影，眼神一阵柔软。

舒晏走在前方，虽然她听不见身后人的动静，但她不用回头也知道，梁昱行此时一定跟着自己。

心里几种情愫夹杂在一起，五味杂陈，舒晏决定先不想那么多，既然来都来了，她也鲜少有机会可以出门，干脆就好好逛逛这个公园。

公园里除了刚才的九曲回廊和八角亭，没有什么其他特别的景致，石板路的两侧都是花草，再往前走就是一大块草坪。

逛了一圈，走累了，舒晏就在草坪的长椅上坐下，片刻后，她看到梁昱行也坐在了自己的身旁。

今天天气很好，云淡风轻的。不远处有几个小朋友正在放风筝，各种花样的风筝高高地翱翔在蔚蓝的天空，看得人心里一阵惬意。

梁昱行双手平放在自己的腿上，腰背笔挺，目光微低，看着前方的地面，片刻后才看向她，眼神中藏着某种不知名的情绪，他问："小晏，你那天说不会再喜欢我了，那你……是否会喜欢上其他人？"

舒晏愣住。

他问这个干什么……

梁昱行目光平静地与她对视，等待她的回答。

舒晏心里一慌，别开视线。

"我不知道。"

梁昱行神色一黯，心里有些失落。她只是说"不知道"，没说"不会"。

"小晏，那你现在……还喜欢我吗？"他继续问。

舒晏看完他的话，微微抿唇，放在腿上的双手手指不由自主地搅在一起，她稍稍别开自己的脸，没去看他。

注意到她微微挪开了视线，似乎并不想正面回答这个问题，梁昱行的目光落在她握在一起的双手上。他犹豫了一会儿，心里有了个大胆的念头。随后，他抬起手，轻轻盖在她的手背上。

舒晏猛地一怔，抬起头来看着他。

梁昱行睫毛微垂，白皙的俊脸微微泛着红晕，他握着她的手缓缓收紧，与她对视，道："小晏，既然我们心意相通……那你为什么不愿意给我一次机会？"

舒晏抿唇，想要将自己的手抽回来，可梁昱行察觉到她的意图，牢牢地握住了她的手，不让她有半分退缩。

舒晏惊讶地看着他，想不到这个男人还有如此霸道又固执的一面。

梁昱行脸上的红晕愈浓，他微微侧开脸，似乎有些不好意思了，但手依旧执拗地不肯松开。

见挣扎不开，舒晏放弃了，任由他握住自己的手。他手心里的温热传递到她的手背上，她的心跳不由得加快了些，脸颊也跟着烫起来。她沉默了几秒，单手打字："梁昱行，你完成任务之后是否就要返回B市呢？"

既然这个问题无法逃避，那舒晏就将自己所有的顾虑都告诉他。

"是。"梁昱行道。

舒晏点了点头。

"梁昱行，我可以很明确地告诉你，我不接受异地恋。你在B市也有自己的生活和朋友，在南城这段时间只不过是你人生中一次短暂的经历，你完成任务后会回去。而我，也不可能会放弃这里的一切，跟你一起回去。对不起，这些因素决定了我没办法答应你，趁我们彼此对对方的喜欢还不够深厚，就此止步，对谁都好。"

舒晏一口气打完这一段长长的话，最后又加了一句——"梁昱行，你明白吗？"

不是不愿意，是不能。

看完她的话，梁昱行反而眉目一松。

原来她一直担忧的是这点。

他握着她的手，缓缓收紧，眉眼柔和，乌黑的眸子闪着光，他温柔坚定地说："小晏，我明白你的顾虑，但如果两个人彼此感情坚定，这些外界因素不足以构成我们无法在一起的原因。"

他的视线越过她，看向她身后的远方，说："我的父母在我很小的时候就过世了，我从小就没有家。上学的时候，我时常会羡慕那些一放学就回家的人，孤身一人的时候我也渴望拥有一个家。后来我上了警校，毕业后分配到警局，我经常要出任务，没有多余的时间能让我想这些，这样的念头便淡了许多。直到我来到这里。"

他收回视线看向她，眼神温和，道："小晏，我以前从未喜欢过任何人，这是第一次，我对一个人产生了如此强烈的情感。如果可以，我想保护你、拥有你，我想和你度过往后的每一天，也想和你……一直在一起。

“从今天开始，我会正式地追求你，只要不是因为你不喜欢我了，我都不会放手。”

第十二章

行动

“如果可以，我想保护你、拥有你，我想和你度过往后的每一天，也想和你……一直在一起。

“从今天开始，我会正式地追求你，只要不是因为你不喜欢我了，我都不会放手。”

这两句话一直在舒晏的脑海里回荡，将她的大脑搅得晕乎乎的，什么也无法思考。她满脑子都是他温润干净的面容，还有那双如星芒般温柔澄净的眼睛。

仿佛被他迷惑了一般，只要稍有空闲，她就会控制不住地想起他，想起他那天表露心迹的那番话。

错了，从没有拒绝他开始，她就做错了。可她明知这样是错的，在他谈及自己从小便没有父母时，她心里还是忍不住泛酸，止不住地心疼他，甚至有冲动想要上前抱住这个孤寂的男人。

明明一开始就很坚定，知道自己不能跟他在一起，可自从梁昱行那天说了那番话之后，舒晏的心就有了几分松动。

舒晏有些懊恼：怎么会变成这样呢……

上次梁昱行在酒吧里跟韩正坤分析了罪犯的人物画像和行踪之后，警方这边通过几个受害者失踪前的行踪轨迹追查了监控摄像，发现在这些地点总会长时间停着一辆车，而这应该是罪犯用来跟踪受害者的车辆。

他们注意到，赵茹娜失踪之前，有一辆黑色的尾号为“703”的奔驰在那段时间一直停在舒晏的咖啡店门口，可奇怪的是，这辆车并没有在赵茹娜失踪的那天跟着她。

而随后警方也通过调查发现，这辆车的车主身份信息都是真实的，而且并没有任何不良或者违法记录。韩正坤他们把车主带回去协助调查，结果也是一无所获。

车主承认他一直将车停在咖啡店附近，但理由是他在附近上班，所以才每次都会将车停在那里。

韩正坤随后带人去调查，发现他说的确实句句属实。

梁昱行对此提出了一个猜测，他怀疑有两辆车型和车牌都一模一样的车，那一辆假冒的车是罪犯的障眼法，目的是不让警察追查他的行踪。要证实这个猜测是否正确，很简单，只要调查一下南城大学附近有没有这辆车出没过就知道了。

韩正坤按他说的去调查了，果然发现这辆车在赵茹娜失踪前几天有在学校附近出现过，而车主表示自己从没在这个时间点去过南城大学。

可疑的车辆已经锁定了，接下来是锁定嫌疑人。梁昱行按照推断筛选出三位嫌疑人，这三位嫌疑人除了符合他的人物画像外，还有一个共同点，就是都会隔三岔五地光顾舒晏的咖啡店。他们大多时候是买杯咖啡就走了，偶尔几次会在咖啡店里小坐一会儿。

而巧合的是，这三个人在赵茹娜失踪之后的那段时间，都没有再来过咖啡店了。

知道了这一点之后，韩正坤很兴奋，想着这一次终于能把人绳之以法了，可梁昱行隐约觉得事情没有那么简单。

如果罪犯懂得用车来做障眼法，那么，他是不是同样可以利用他人？

他锁定的嫌疑人当中有一位是曾在南城大学就任过文学院导师的陈嘉良，一位是在附近大厦工作的白领沈子墨，最后一位叫张学海，是一名律师。可凑巧的是，沈子墨这段时间去国外出差了；而张学海前不久出了场车祸，至今昏迷不醒。

三个人当中有两个人无法展开调查，只剩下陈嘉良一人，可他在这段时间也了无踪迹。

韩正坤无功而返后跟梁昱行抱怨了这事儿："哎，你说巧不巧！等我们稍有眉目的时候，这些人不是走了就是昏迷了，这什么邪门的事儿啊？"

"不是巧合，是预谋。"梁昱行说。

"你是说这三个人突然失踪是有预谋的？"韩正坤忽然间想起了什么，道，"哎，等等……我想起来了，我们那天去找沈子墨协助调查的时候，听到他同事在议论，说这次去国外出差的名额本来不是给他的，但不知怎的就落在了他的头上。"

梁昱行沉吟了一会儿，说："我想看看张学海的车祸资料。"

"好，这个是B组负责的，我马上让人去调。"

资料显示张学海发生车祸的原因是他的车辆刹车失灵，这从而导致了车祸的发生。停车场的监控拍到有人在案发当天对他的车辆动过手脚，嫌疑人在隔天就已经被抓捕了，是个以前有过案底的小混混。他称自己是收了钱帮人办的这件事，至于是谁指使他的，他一概不知。

如果将这两件事情联系起来，确实就像梁昱行说的，所有的巧合都是早有预谋的。

“他们为什么要这么做呢？”韩正坤不解。

“扰乱警方的视线。”梁昱行目光清冷，“也是一场恶作剧。”

“你说他们是想牵着我们的鼻子，把我们耍得团团转？”

“嗯。”

韩正坤烦躁地狠狠抽了几口烟：“那这条线索不是又断了？”

梁昱行沉着地道：“未必，陈嘉良就是个突破口。”

“他现在人都不见了，我们要怎么查？”

梁昱行仔细回想了一下，道：“黑色大众，南A6L948，陈嘉良的车。”

韩正坤惊讶地看着他，说：“你怎么知道？不对啊，我们调查过，陈嘉良并无任何购车记录啊。”

“我无意间见过一次，在咖啡店门口。”梁昱行说，“可以先追查一下这辆车的行踪。”

梁昱行说的那辆黑色大众很快就查到了，这是一辆失踪车辆，有道路监控拍摄到这辆车曾在酒吧后街出没过，最新一次是今天晚上七点在西街的十字路口被监控视频拍摄到，之后这辆车就没有再出现过。

既然锁定了目标，为了避免打草惊蛇，韩正坤就带着两名下属前去抓捕。梁昱行也参与到这次的行动中，以防突发状况的发生。

夜深，梁昱行压了压帽檐，藏身在一条巷子里，耳中的无线电耳机传来电流的“呲呲”声，韩正坤说：“昱行，你在后门守着，我们先进去。”

“好。”

他躲在暗处，抬头看向面前开门营业的酒吧，眼底一片清冷。

“怎么办？警察好像发现了我的行踪，已经跟过来了。”陈嘉良焦急不安地在原地转悠。

穿着黑色风衣的男人陷在沙发里，面无表情地看着他，转了转手里的飞镖，蓦地扬唇一笑：“慌什么，不是很有意思吗？”

看着他脸上的笑容，陈嘉良一阵寒战：“那我们……”

男人眯了眯眼，说：“你等会儿从后门离开，我下去陪他们玩玩。”

“不……不行啊，怎么能让您以身涉险呢？”

男人淡淡地瞥了他一眼，陈嘉良浑身一颤，立马噤声了。

“老大，那……那我先走了啊。”陈嘉良颤巍巍道。他小心翼翼地从男人面前经过，忽地，有什么东西从面前迅速穿过，陈嘉良眼睛一睁，吓得跌倒在地上。

“嗖”的一声，男人手里的飞镖钉在了墙面上贴着的一张照片上。

照片中的男人身姿挺拔，曲着长腿坐在圆凳上，怀里抱着一把吉他，脸庞白皙，温润如玉。

夜凉如水，夜空如墨，只有远方几颗星子正在熠熠发光。

舒晏今天去了寺庙，回来时已经快接近傍晚了，她就在外面吃完饭之后才回家。

她回到自己家门口，正准备掏钥匙，顿了顿，摸到了包里的几个平安符。这是她今天去南城寺庙里求来的，总共有三个，她帮小靖、阿响都各求了一个，还有一个，是她顺便帮梁昱行求的。考虑到他的职业经常会让他面临许多未知的凶险，她就帮他求了一道，当作护身符，保个平安。

舒晏转身看了眼身后那扇紧闭的门，在原地踌躇了一会儿，才走到对面的门前。她抬起手，屈起手指，在原地静默了几秒，手又慢慢垂下了。

还是算了，等下次见到面再给他吧，要不然显得她是专门帮他求的一样。

在这个节骨眼上，她还是不要太主动比较好。

这么想着，舒晏转回身拿出钥匙开门，摩卡听到开门声立马扑了上来，她把袋子放在客厅沙发上，回房间换衣服去了。

过了一会儿，她去浴室里洗了个澡，出来后才坐在客厅的沙发上拿起手机。摩卡跑过来蹲在她身边，舒晏揉了揉它的脑袋，靠在它身上翻看着微信消息。

何延说后天下午他会在南城大学开设关于心理研究的讲座，问需不需要给她预留一张门票。

这条消息是下午发的，她没看到。

可能是见她没回复，他在五点多的时候又发了条消息过来。

“舒晏，我希望你能来参加。”

后天下午……舒晏看了下日历，那天好像没什么特别的事情，她回道：“好。”

等了一会儿，见何延问没回复，舒晏退出了和他的聊天界面，她滑着联系人页面，手指停在梁昱行的头像上。

自从那天之后，他就没什么动静了，不知道是不是在忙。她这几天在咖啡店里也没见到他，不过每天晚上都会固定收到他的一条晚安短信。

舒晏戳了戳他的头像，心里轻轻“哼”了一声。还说要追她，追人是这么追的？一点动静都没有。

她关掉屏幕，将手机放在一旁，仰头看着窗外夜色，脑海里自然而然地掠过他说的那番话。

舒晏原本是很坚定的，可自从他坦露心迹之后，她感觉自己又有几分动摇了。

他们是否真的可以……尝试一下？

酒吧后门在这个点并没有什么人出入，铁门微微敞开着，梁昱行在这里站了一会儿，只看到几个人进出。

无线电耳机里传来韩正坤指挥属下的声音，他们已经潜入了酒吧里，这会儿正挨着房间逐个搜查。

陈嘉良如果真的和犯罪团伙有关系，那么，他将成为帮助警方破案的最关键线索，所以，今天无论如何都一定要抓住这个人。

过了好一会儿，韩正坤忽然低低地骂了一声，他的声音透过耳机传来：“小兵，马上帮我连接到每个房间的监控视频。”

在来之前，韩正坤特意把属下小兵留在外面的车里负责监控。

“是。”小兵接到指令，立马飞快地连接监控。

梁昱行伸手碰了下耳机，询问道：“怎么了？”

韩正坤走到一旁，对着耳机说道："在我们之前锁定的房间里没找到人。"

他话落的同时，小兵开口道："韩队，没……没看到人啊……"

"什么意思？"韩正坤道。

"我把每个房间都放大监控画面看过了，没找到陈嘉良的人。"

"他的车呢？！"韩正坤立马道。

小兵："还在门口停着。"

韩正坤："继续找，肯定还在酒吧里。"

"是！"

梁昱行的耳机只能连接到韩正坤一个人的声音，听着他对属下说的话，他大致猜到发生了什么事。

前门的位置太显眼，韩正坤也安排了人蹲守着，如果陈嘉良要离开，只可能从后门撤离。

梁昱行在原地站着，眼前那扇微敞的门一直没有人进出，如果陈嘉良还没离开，人肯定还在酒吧里，沿着这里进去，说不定能碰见他。

他的脚刚踏前一步，准备有所动作时，身后忽然传来了脚步声，梁昱行神情一凛，脚步顿住，微侧过脑袋。几秒后，他突然动了，飞快地闪到了一旁，与此同时，一柄利刃从他身边擦过，撞到前方的柱子后掉了下来。

身后传来鼓掌的声音，梁昱行在原地站定，抬头看去。站在他身后几米外的是一个穿着黑衣黑裤的人，那人与他身量差不多，戴着黑帽子和黑口罩，将整张面容都遮挡住了。晚上光线昏暗不清，再加上这些遮挡物，他完全看不清这个人的模样。

"你是什么人？"梁昱行神色平静，嗓音清冷。

闻言，黑衣男人轻轻笑了一声，他不紧不慢地将手插入裤袋里，语气懒散："你猜啊？B 市的梁队不是被人称为'神探'吗？怎么会连我是谁都猜不到呢？"

梁昱行沉默不语，就在这三秒不到的时间内，他突然朝男人所在的方向跑过去。

男人收起慵懒的神色，站直了身子，抬手格挡住梁昱行突如其来的招式。他冷笑了一声，看着面前神情冷酷决然的人："梁警官怎么这么着急？话还没聊几句，这就开打了？”

“昱行，你那边怎么了？”韩正坤听到这边的动静，立马出声问道。

几乎是同时，小兵激动的声音在他耳边响起：“韩队韩队，我看到人了！在前门！我看到陈嘉良出前门了。”

韩正坤闻言，和身旁的手下对视了一眼，点了下头，就朝楼下追去。

这端，梁昱行没说话，他神情肃然，眼里没有半点情绪。

男人看到他这副神情，刚想调笑几句，就感觉肚子一痛。被人用力揍了一拳，他吃痛地捂着自己的肚子往后退了几步。

大意了。

他眼神一厉，收起眼底的轻蔑。

梁昱行想趁着这次机会将他逮捕，只是他刚上前一步，眼前就闪过一道银光，只见男人抽出了一把锋利的匕首。男人将匕首横在自己身前，在原地静止了几秒，忽然一动，猛地抬起武器袭向他。

梁昱行后撤一步避开他的攻击，单手挡开他的攻势。男人嘴一咧，另一只手不知从哪里又抽出一把小刀，动作快狠准地挥向他。

梁昱行松开他的手，往后一翻，刀刃从他的眼前擦过，他头上的帽子也随之落在地上。

晚风拂过，他的头发被风吹得轻轻晃动。

男人没有给他停歇的时间，手上握着匕首，又冲了上来。

梁昱行脚步后撤着闪避他的攻击，眸子深黑如夜，与他又过了几招。“哐当”一声，男人手里的小刀被他踢掉了。

两人势均力敌，可打斗到后面，明显是梁昱行占据上风。男人虽然不服输，但也不得不想办法撤退，心知再这样下去情况不容乐观。

就在这时，巷子口突然经过了一个人。

下班之后，阿响送完许小靖回家才往自己家走。虽然这段时间风平浪静了下来，可他还是坚持每晚送她回家，两人在路上偶尔拌拌嘴什么的，也不无聊，这段时间下来，也都成为一种习惯了。

他家就住在西街，附近有一家酒吧，他今晚有些犯酒瘾，想去买点酒和小吃当消夜。买完东西之后，他想了想，把自己今晚的消夜拍了张照发给小靖，果然没过多久就收到了她的回信。

“李响你有毒啊！大晚上的发这些，你是不是欠揍啊！”

就知道这小妞会奓毛。

阿响笑了笑，正准备回消息，眼前一道黑影晃过，他还没反应过来，肩膀就被人用力一按，转瞬间，脖子上就横了一把匕首。

他低呼了一声，手里提着的东西掉在地上。

这是什么情况……被人打劫了！？

阿响怔住，箍着他肩膀的手臂一紧，他感觉冰冷的刀刃正贴着自己的脖子，他浑身一凛，就听到身后的人轻喝了一声：“别动！”

阿响立马不敢动了。

可随即，他发现这话好像不是对他说的。

他看到从眼前的巷子深处又走来了一个人，昏暗的路灯光照射下来，将眼前人的身影一寸一寸照得清晰分明。

阿响倏地睁大了眼睛，视线落在几米开外的男人身上，难以置信地看着他。

梁昱行？

梁昱行同样也看到了男人手里挟持的人，他站在原地不动，眸子漆黑沉静：“放开他。”

男人没动，抓住阿响的肩膀，带着他一步一步往后退。

直到走到一辆车旁，他道：“梁警官，我们再来玩个游戏吧。”说完，他低低地笑了一声。

与此同时，梁昱行身形一动。

可终究是晚了一步，男人将手里挟持的人质推向他，然后打开身后的车门，动作迅速地发动了车子。

阿响怔住。

一切仿佛都在瞬息之间发生，上一秒还被人用刀抵着脖子，下一秒危机就解除了？

还有，他刚听到了什么……梁警官……

眼前这个他一直觉得来路不明的男人竟然是个警察？！

梁昱行也是开车来的，见男人驾车逃跑，他当即回身走到车前。阿响拦了一下他，依旧觉得难以置信："你是警察？"

梁昱行的眼神深不见底，看了他一眼，道："不要在这附近逗留。"话落，梁昱行就上了车。

阿响见车子启动，连忙往后退了一步，然后他就看见梁昱行动作迅速地操纵着挡位，朝刚才消失在巷子口的那辆车追去。他呆站在原地，想起刚才梁昱行冷酷的神情，依然觉得震惊。

但此时看见梁昱行驾驶着车辆迅速地消失在视线里，他震惊之余，眼睛微亮，从嘴里低低地吐出一个字："酷。"

冷风呼啸，夜色深深，空荡荡的大街上，有两辆车正在一前一后地追赶着，风驰电掣般从行人的视线里掠过。驾驶着黑色保时捷的男人从后视镜里看了眼身后那辆穷追不舍的车，轻轻勾唇，嘲讽地笑了一声，脚下将油门踩到底，车像一根离弦的箭似的"嗖"的一声冲了出去。

梁昱行注视着前方突然加速的车辆，神情冷然。他换了挡，踩着油门，贴近了前面那辆车。

两人从空荡的大街行驶到繁华的地段，路上的车辆增多，男人巧妙地在这些车辆中间变道穿梭着，车速依然飞快，想以此来甩掉身后那辆车。

前方十字路口信号灯转为红灯，男人眼睛都不眨，踩着油门加快车速冲过斑马线，拐了个弯，行驶到另外一条街道上。

梁昱行紧跟在他身后，越过红灯，修长的双手握着方向盘一转，车辆利落迅速地转了弯，追上了那辆保时捷。

他们违规闯红灯，导致前方很多车辆一个急刹，全堵在路上，霎时间鸣笛声响成一片。

交警接到消息，很快也驾驶着车辆追了上来。警车的鸣笛声在身后响起，梁昱行透过后视镜看了眼身后闪着警示灯的车，他别开视线，继续加速追赶前方的车辆。

车子拐了个弯，到了另一条街上，梁昱行变道加速，和保时捷并驾齐驱。男人转头越过车窗看了他一眼，眉头微蹙，然后收回视线看着前面。

前方是一个红绿灯路口，斑马线上有行人正在通行，男人不管不顾，见到这样的情况还加快了车速。行人听见车辆发动机的轰鸣声，纷纷往这边看过来，见到这辆疯狂的车遇到红灯还不减速，几个走在斑马线上的行人吓得赶紧往回跑。

梁昱行见状，不得已控制着车速慢了下来，男人借此机会和他拉开了一大截距离。

再往前开，就要经过沿海大桥。桥面是双向道，车道狭窄，有几辆非机动车辆在路上行驶。男人往前开了一大段距离之后，忽然将车辆调转了头，改为和梁昱行相对的方向。保时捷沿着同样一条道路行驶过来，车速飞快，看样子是想和梁昱行正面相撞。梁昱行微怔，看着前方忽然掉头朝自己冲来的保时捷，握着方向盘的手一紧。

男人不怕死似的朝他冲过来，如果两辆车就这么正面进行强烈的撞击，后果必定不堪设想。

速度太快，两辆车马上就要相撞，就在这千钧一发之际，男人猛地打了下方向盘，从梁昱行的车身旁堪堪擦过，往他后方行驶而去。

就在男人车辆让开的一瞬，梁昱行看到前方的路面上有人骑着三轮货车在车道上通行，他神情一怔，急忙踩下刹车。可是已经来不及了，车辆的速度太快，和人的距离太近了，旁边的逆向车道又有车行驶过来，他眼神一凛。

一切都在霎时间发生，梁昱行冷静果决地将方向盘一转，让车头撞向护栏的方向。

韩正坤正带着属下抓捕陈嘉良，这小子不够机灵，见到警察掉头就跑，很快就被他们逮住了。就在他们抓获嫌疑人的时候，他的耳机里忽然传来了“砰”的一声。剧烈的撞击声刺得他的耳膜一痛，他心里“咯噔”了一下。

“昱行！你怎么了？！”他心里焦急，也顾不得属下在场，立即大声吼道。

没有人回应。

他的两个属下面面相觑，皆不知道发生了什么事情让自家老大这么着急。

韩正坤连吼了几声，那端都无人回应，他连接了和小兵的通信："小兵，你刚在外面有没有看到一个穿着黑衣服戴着帽子的男人？遮着脸，长得瘦瘦高高的。"

小兵迟疑了一下，说："有是有，不过有两位。韩队，你说的是哪个？"

韩正坤愣了一下，心头不好的预感越发浓烈："别管是哪个，你看到他们去哪里了吗？"

"我刚在监控视频里看到他们开着车一前一后地从酒吧后街离开了。"

"往哪个方向去了？"韩正坤揉了下头发，报了个车牌号给他，"你立刻帮我查这辆车现在的具体位置！"

"是。"片刻，小兵道，"韩队，查到了，这辆车现在在通往南区的沿海大桥上。"

韩正坤让他在外面等着，结束了和他的通信，然后对身边的两名下属说："我有急事要出去一趟，陈嘉良就交给你们了。"

小兵坐在车里，看见自己的上司急匆匆地往这边赶过来，韩正坤一上车就对他说："马上去你说的沿海大桥，快！"

小兵不知道发生了什么事，但看到韩正坤严肃的表情，心里有种大事不妙的感觉，片刻都不敢耽误，他立马发动了车子。

路上，小兵看着前方的通行道路，用余光瞥见副驾驶座上面色凝重的人，他顿了一下，开口问道："韩队，是不是……发生什么事情了？"

韩正坤"嗯"了一声，直视前方，握紧了拳头。

"再开快点！"韩正坤道。

小兵精神一振，大声地回了声"是"，用力踩下油门加快了车速。

他说的那个沿海大桥因为发生了事故已经被限行了，交警设立了警戒线，拦着那些无关车辆，让他们绕道通行。轮到韩正坤他们的时候，他出示了证件，同时开口询问："交警同志，前面发生什么事情了？"

"前面有一辆车违规超速撞上护栏了。"警察说。

"是什么车型？车牌号记得吗？"韩正坤立马问。

警察翻看了下记录，把车牌号报给了他。

闻言，韩正坤神色大变："驾驶员呢？"

"驾驶员陷入昏迷了，正在等救护车过来。"

询问完，韩正坤立即让小兵把车开上大桥，果然在没多远的地方看到了事故现场，有几名交警围在涉事车辆旁。

韩正坤一下车便立刻冲了过去，肇事车辆的驾驶座车门敞开着，梁昱行靠在椅背上，闭着双眼，脸色苍白，额头上流着血。血顺着他的脸流下，划过了一道血痕，他身上黑色外套的肩膀处已经被血染成了暗红色。

韩正坤神情大骇。

围在车旁的几名交警立即拦住了他，其中一人问："你是什么人？"

韩正坤没回答，他焦急地吼道："通知医院了没有？！救护车还有多久来？！"

"已经通知了，救护车很快就来了，你是肇事者什么人？"

韩正坤出示自己的证件，说："自己人，你们口中的肇事者也是自己人，今晚因为追踪犯人才出的意外。"

第十三章

温情时刻

舒晏今晚睡不太着，她躺在床上已经快一个小时了，还依旧了无睡意，也不知道自己今晚怎么了，有点心绪不宁。

失眠最折磨人，她掀开被子起床，去厨房给自己倒了杯水。返回房间的时候，她看到自己随手摆在桌面上的平安符，她动作一顿，把这张叠成三角状的平安符拿起来。平安符还弥漫着一阵淡淡的檀香，闻着便让人心安。

舒晏拉开抽屉，将这张平安符收好存放起来，这才拿起自己放在床头柜上的手机。

手机毫无动静，还是一条信息都没有，就连每天晚上固定的一条晚安消息也没发过来。舒晏不禁猜测，他是在忙着调查案件，还是在做别的什么……

感觉他不是那种没有交代的人，舒晏有些好奇。但她又不好主动去问，干脆放下手机不去想了。

第二天一早，店里只有小靖一个人，她魂不守舍地站在收银台后面，连舒晏走近了都不知道。

舒晏伸手在她面前晃了晃，用手机打字问她怎么了。

小靖一看到她，立马回过神来，连忙道："舒姐，阿响被警察带走了。"

舒晏一愣。

"怎么回事？"

"我也不知道，警察一大早过来，说让他去协助调查一些事，然后就把他带走了。"小靖神色担忧，道，"舒姐，你说阿响他不会是犯了什么事吧……"

舒晏摇摇头，告诉她："不会的，别乱想。"

阿响一个上午都没有回来，小靖也忧心忡忡了一个上午，心不在焉的，有好几次帮客人点单都出错了。舒晏见她不在状态，提出让她回去休息一下，等养好精神再回来上班，小靖拒绝了。阿响不在，如果连她都走了，那舒晏一个人得忙得焦头烂额。

舒晏由她。不过好在阿响中午的时候就回来了，小靖见到他，原本忧虑的心情一下就放轻松了，她连忙问阿响："阿响，警察让你去干什么了？"

舒晏也停下手里的工作，等他回答。

阿响看了小靖一眼，又将视线挪向舒晏，没作声。

小靖见他这副神情，心顿时又提了起来：“你……你不会真犯了什么事吧……”

阿响微微皱起眉头，看着她道：“别瞎想。”话落，他继续道，“我是因为昨晚回家的时候遇到有警察在追踪犯人，所以今早才会被带去问话。”

小靖闻言松了一口气。

阿响靠近柜台，手随意搭在桌面上，盯着她，压低了嗓音问：“你担心我？”

小靖一听，心跳加快了一些，顿时有些慌乱，她的眼神微微闪躲，道：“鬼才有空担心你！我是怕你再不回来，我和舒姐都要忙疯了！”

阿响勾了勾嘴角：“嘴硬。”

小靖睁大眼睛，道：“硬你个头！”

见两个人又斗起嘴来，舒晏笑了笑，又继续忙自己的事情去了。

午后，她去储物间里放物料，阿响随后从门外进来，关上门后走到她面前。她疑惑地看着他。

阿响先是看了看四周，确定没有其他人之后才看向她，他沉吟了一会儿，问：“舒晏，你知不知道梁昱行是什么人？”

看完他的话，舒晏怔了一下，心里“咯噔”一声：他是察觉到了什么还是……知道了什么……

“怎么这么问？”片刻后，舒晏反问他。

阿响盯着她的眼睛说：“他来了那么久，你们难道就不好奇他是什么来历，是什么身份吗？”他顿了顿，继续道，“就在昨天晚上，我知道了他的真实身份。”

舒晏一愣，忽然想起他刚才说的，昨晚目睹了警察正在追击犯人的事情，难道是……

果然，她就看见他说：“他是个警察。”

舒晏没说话。

阿响见她表情平静，并没有太惊讶，就知道他的猜想没错：“舒晏，你是不是早就知道了？”

既然他都已经知道了，舒晏也没有隐瞒的必要，她点了点头。

阿响：“在你被人绑架之后？”

舒晏继续点头。

"难怪……"

舒晏问他："昨天晚上发生了什么？"

她直觉事情没有他表述的那么简单。

阿响便把昨晚发生的事情原原本本地复述了出来，随即，他沉默了一会儿，神情突然变得凝重起来："舒晏，我要告诉你一件事，你要做好心理准备。"

舒晏一顿，有了些不太好的预感。

阿响抬起头来与她对视，说："梁昱行可能出车祸了。"

舒晏怔住了，感觉心跳骤停，她震惊地看着他。

"你……刚刚说什么？"

"我被审讯完后，听到他们在讨论什么昨晚发生的车祸事故。虽然没有指名道姓，但我猜测，说的应该就是他。"

B 市公安局接到了一通来自外地的紧急电话，接电话的实习警察听完对方的话之后，说了句"稍等"。她把电话放下，正准备去找人，魏明刚好从她面前经过，她连忙叫住他："魏警官，南城警局的电话。"

魏明稍愣，问："找我的？"

实习生点头，把听筒递给他。

魏明迟疑地接过电话："喂，你好，哪位？"

对方话落，他的神情猛地一滞，变得沉重起来，他对电话那端的人说："好，我知道了。"

挂断了电话，他立马对实习警察说："马上帮我准备一份申请表，再订一张飞往南城的机票，快！"

南城警局，韩正坤在审讯完陈嘉良之后，召集自己的属下开了一场会议。

昨晚的事情之后，几乎所有人都知道了梁昱行的真实身份，既然隐瞒不住了，韩正坤就直接表明，梁昱行是上级从 B 市请来协助他们调查连环案件背后的犯罪团伙的警察。

小兵问：“韩队，就是那个在今年年初抓住了B市连环杀人案真凶的梁昱行警官吗？”

“是的。”

闻言，底下的人纷纷赞叹出声。

梁昱行近年来破获了许多全国瞩目的犯罪案件，年纪轻轻就被破格提拔为B市刑警队副队长，他的名字也被高高挂在光荣榜上，各警区的刑警几乎都听说过他的名字。

小兵惊叹出声，想起前几次和他近距离接触过，仍然觉得难以置信：“我竟然离我的偶像那么近。”话落，随即又想到人现在还躺在医院里，小兵道，“韩队，我等会儿能去医院看看梁警官吗？”

韩正坤刚准备开口，就有人敲了门，门外有人道：“韩警官，外面有人找你。”

韩正坤走到外面，就看到舒晏坐在椅子上，他微愣，走过去问：“舒小姐怎么来了？”

听阿响说完那些事情之后，舒晏满脑子都是“车祸”两个字，她有些坐立不安，心里也有一丝担忧和恐惧，犹豫再三，她还是决定来警局找韩正坤问问详情。

感觉到有人靠近，她抬起头来，刚好看到韩正坤说出口的那句话。她握了握双手，站起来，片刻后，将自己事先打好的字递给他看：“你好，韩警官，很抱歉打扰你，我听说梁昱行出事了，是……真的吗？”

韩正坤眉目微动，看完她的话之后有些讶异，但随即想到应该是她的员工告诉她的。

他点了点头：“昱行昨晚在追踪犯人的时候确实不慎出了意外。”

见他证实了这件事情，舒晏的心脏骤紧，呼吸一滞，她用微僵的手指打字：“那他现在……怎么样了？”

感觉到她言辞间的焦急和关切，韩正坤道：“舒小姐，你不必担心，医生说他没伤到要害，只是因为头部受到创伤，所以至今还未苏醒过来。”

看完他的话，舒晏并不能完全放下心来。

“我能去看看他吗？”

韩正坤迟疑了一会儿，提议道：“我晚点会去医院探望他，你要不搭我的车一起去吧？”

舒晏摇头，拒绝了他的好意：“我想现在就去看他。”

韩正坤没说什么，点头表示了解，把医院和病房号都告诉了她。

舒晏跟他道完谢之后就出了警局大门，到外面的路口拦车。

警局离医院并不远，大概十多分钟就到了，下了车之后，她直奔医院大厅，按照指示牌找到住院部。

因为身份特殊，梁昱行住的是独立病房，舒晏在护士站登记了信息，沿着门牌号找到他的病房。他的病房门敞开着，舒晏走到门边，往里一瞧，立马就顿住了脚步。

梁昱行并没有像韩正坤说的那样在昏迷着，他醒了，身边围着一群医生和护士，还有一个陌生男人坐在旁边。舒晏不知道怎么忽然就心生了退意，她原本只打算来看他一眼，确定他无事之后就离开的，并不想让他知道自己来过。

可现在……

看到病房里有那么多人，舒晏觉得现在似乎并不是一个探望的好时机。

不过看到他已经醒来了，舒晏心里一松，提起的心也落回了实处。她调转了步子想回头，可又舍不得就这样离开。

犹豫了一会儿，她还是决定先在外面等待。

病房里，医生正在帮梁昱行进行常规检查，确定没什么大问题之后，嘱咐了他一些注意事项，让他这几天好好休息。

“什么时候能出院？”梁昱行问。

医生说：“没那么快。虽然你头部受创的面积不大，但还是需要留院观察一阵。”

等医生走后，魏明帮他倒了杯水，说：“老大，你别急着出院呀，受了伤就得好好休息。”

魏明是今天下午两点多才抵达南城的，一下飞机，他提着行李就直接奔向医院。电话那端的人告诉他梁昱行出车祸的事情时，他吓得心跳差点就停止了，赶紧递交了申请买了机票就飞了过来。看到自家老大还好好地坐在病床上的一瞬间，他差点喜极而泣。

“老大，说实话，接到你出事的消息时，我真的快被吓死了。”魏明就像个唠叨的老大妈一样，“你说你要是出了事，我们怎么办啊！”

梁昱行握着玻璃杯，看着他道：“魏明，手机借我一下。”

魏明一愣，把手机掏出来递给他，问：“老大，你要做什么？”

梁昱行没出声，打开魏明的手机后，他调出了一个界面。魏明看到他安装了一个程序，又输入了一串代码，手机屏幕上就显示了一片区域扩散的地图，有一个红点在地图上不断闪烁着。

“老大……这是什么？追踪器？”

“嗯。”梁昱行应了一声，道，“我在他身上放了追踪器。”

魏明的眼睛一亮，他就知道自己老大做事一向会留有后招。他道：“那我立马去告诉老韩他们。”

“不用。”梁昱行把手机放下，淡淡道，“已经被发现了。”

魏明“啊”了一声，接过手机一看，果然发现那个红点一直在原地闪烁，显然是已经被人发现，然后被丢弃在一旁了。

梁昱行忽然安静下来，垂着头，神情沉静又清冷。

魏明太了解他了，他这样显然是在自责。魏明赶紧把手机收起来，没再提及这个案件：“老大，你饿不饿，要不要我下去帮你买点吃的上来？”

梁昱行垂眸，缓缓地摇了下头：“我不饿。”

半晌，梁昱行的视线挪向病房门口。

见他一直盯着门口看，魏明也看过去，问：“老大，你在等人吗？”

梁昱行没说话。

他在想，舒晏应该还不知道。这样也好，他并不想让她知道自己出了意外，也不想让她有一丝担心和忧虑。

他收回视线，敛了敛眸，答：“没有。”

临近傍晚的时候，魏明先离开了，他带着自己的行李先去梁昱行家里收整，等晚点再来探望梁昱行。

梁昱行躺在床上，闭上眼睛睡了一觉，再次醒来的时候闻到了饭菜的香味。

他睁开眼睛时已经是晚上了，床边的柜子上放了一碗青菜粥，还在冒着腾腾热气。

梁昱行掀开被子坐起身，没在病房里看到人。

“魏明。”

无人应答。

他走到病房外，走廊里空荡荡的，只有尽头的一排塑料椅上坐着一个人。

看清那人之后，梁昱行忽地一怔。

舒晏在晚上六七点的时候去楼下的小食堂里买了碗青菜粥回来，她回到病房的时候，梁昱行已经睡着了。她没打扰他，把买回来的粥放在一旁，然后就站在床边静静地看着他。他安静地躺在那里，额头被纱布包裹住了，脸上泛着点病态的苍白。舒晏看着，心里涌起一阵心疼。

从小到大，舒晏从来没有这么牵挂过一个人，虽然她心里清楚要和他划清界限，可她总是会忍不住去关注他的所有动向。看不见他的时候，脑海里会浮现出他温润俊秀的容颜；夜深人静的时候，会想起他们一起经历的那些事；而当听见他可能出了车祸时，舒晏觉得自己的心跳都快要停止了。

她对他的喜欢和在乎已经远远超出了她的预期，在没认识他之前，舒晏不知道自己竟能对一个人产生这么强烈的感情。

她没在病房里待很久，因为不知道他什么时候就会醒来。但她又想守着他，所以她干脆就坐在外面等。医院有规定探视时间，她想，自己等到那时候再离开好了。

只是没想到，梁昱行竟然会发现她在这里。

被他看见之后，舒晏的眼里划过一丝窘迫，而他已经在她面前站定。他身上还穿着蓝白相间的病号服，背脊挺拔，身形却显得消瘦单薄。舒晏抬头看着他，有些局促地站了起来。

他的眼神清澈见底，看着她时目光温和明亮。梁昱行微微低头，唇边泛起点点笑意：“小晏，是来看我的吗？”

舒晏被他脸上的笑意晃了神，她顿了顿，才拿出手机打字：“我听韩警官说你出了意外，所以我来看看你……你没事吧？”

“没事。”

“没事就好，那我就先回去了。”

她收起手机，准备绕过他离开。结果她刚一动，手就被人牵住了。

他的掌心温热，舒晏在外面待久了，手被冻得冰冰凉凉的。触碰到对方的手时，两个人皆是一怔。

“手怎么这么冷？”梁昱行眉目微动，看着她道，“在外面待了很久？”

舒晏的注意力都集中在他牵住自己的那只手上，并没有留意他说了些什么，梁昱行便当她默认了。

他沉默了片刻，忽然对她说了一声：“失礼了。”

舒晏一愣，下一秒就感觉手腕被握紧，一只修长有力的手揽住了她的腰。她还没反应过来，就已经双脚悬空被人拦腰抱了起来。

舒晏倏地睁大了眼睛，难以置信地看着他。

这是要做什么……

梁昱行把她抱起来之后就往自己的病房走去，一步一步沉稳有力，白净的脸颊浮着红晕。

舒晏第一次被人这样对待，她有些不知所措，只能紧紧抓住他胸前的衣服。她贴着他的身子，能感受到他温暖而结实强劲的身躯，这让她的心跳骤然加速。

梁昱行抱着她走进病房，然后轻轻地把她放在自己的病床上，伸手拉过被子，将她包裹起来。

舒晏愣愣地看着他，这才反应过来他是怕她冷，所以才把她放进被窝里。

她忽然想起自己发高烧那次，他为了防止她的手冻伤，所以特意去买了暖手袋和热豆浆让她暖手。

这个男人给人的感觉就像阳春三月的微风，永远这样体贴和温柔。明明他只是做了些微不足道的事，舒晏的心却像泡在温水里，变得温温软软的，暖意浮生。

梁昱行坐在床沿，沉默了一会儿，隔着被子握住她的手。他眼神清亮，问：“小晏，既然来了，为什么不进来？”

舒晏没有回答他这个问题，她想把手抽出来，可梁昱行不松手。

自从上次之后，她就知道这个男人有着自己固执的一面，虽然性格良善，容易害羞，但对某些事情不会做到轻易放手。

舒晏静默了半晌，睫毛微掀，抬眸看向他。也不知道哪来的冲动，她忽然抬起另一只手来，碰了碰他额头上的纱布。

梁昱行一愣，身子微僵。

舒晏收回手，想拿手机打字，梁昱行知道她想做些什么，对她道："小晏，你可以对我用手语，我看得懂一些。"

舒晏微愣，眨了眨眼睛，好奇他什么时候学的。

梁昱行的脸莫名一红，他道："我这段时间一直都在学习。"

舒晏了然，微微一笑，手拂过他额头的伤口，然后问："还疼吗？"

梁昱行缓缓摇头："不疼。"

车祸的原因舒晏在来之前就听韩正坤说过了，梁昱行是在追捕犯人的时候遇到前面有一辆三轮货车在车道上违规行驶，因为当时车速太快，桥面又是双向道，所以他不得已选择将车头转向护栏。

舒晏无法想象当时是怎样紧急的情况迫使他选择牺牲自己，如果不是撞击力度没有强烈到足够摧毁护栏，很有可能他这个时候已经葬身海底了。只要一想到这个可能，舒晏就觉得心脏一阵抽痛。

可尽管如此，她也没办法说些什么。这是他作为警察的天性和使命，在危难时刻，选择保护群众牺牲自己，这是必然的事情。就算他不是身处这个职位，舒晏相信，以他的为人，他也会做出同样的选择。归根结底，这也是她喜欢他的原因。

她喜欢他的正直、善良、温柔、绅士……她喜欢他身上一切美好的特质，所以才会深深地喜欢着这样的他。

"下次要小心点。"

舒晏思来想去，也只能跟他说这句话。

"好。"

天气冷，他住的病房里没有暖气，舒晏看着他身上单薄的病号服，想到他昨晚还经历了一场车祸，身体应该还没康复，她做了个简单的手势问他："你冷吗？"

梁昱行说："还好。"

舒晏拍了拍身旁的床位，想说把病床还给他，自己也差不多要走了。可谁知，她刚做完这个举动，梁昱行的俊脸忽地红了起来。他看着她，眸子温润，闪着微亮的光："小晏，你是想让我和你……躺在一张床上吗？"

读懂了他话里的含义后，舒晏愣了愣，脸颊倏地一烫，泛起了红润。

怕他真的误会，舒晏摇了摇头，拿出手机打字："梁昱行，我要回去了。"

她想掀开被子，梁昱行却坐着没动，他微垂着睫毛，说："小晏，不再陪陪我吗？"

舒晏看着他，他侧对着自己，脑袋微低，耳边柔软的短发半掩着他微红的耳朵，眼睑下方铺着层淡淡的阴影，整个人透着一股孤单寂寞的感觉。看到他这副模样，舒晏心头柔软，跟前几次一样，没办法拒绝他。

她点头答应他再多留一会儿，可这样占着他的床位，她不太好意思。她刚坐起来想把位置还给他，梁昱行就在这时转过脑袋，两人之间的距离一下子变得很近，舒晏呼吸一滞。

房中寂静，空气中涌动着某种诱人的暧昧情愫，两人呼吸相闻。也许是气氛使然，梁昱行顿了顿，忽然低头凑近，寻到她的唇，吻住了她。

他身上的气息很好闻，唇瓣温润柔软，和上次一样。不一样的是，他这次并不是蜻蜓点水般一触即离，他的唇轻轻覆住她的唇瓣，伸出舌尖，温柔地舔舐着她的唇。

从未有过任何接吻经验的舒晏心脏一紧，手不由自主地抓住了床单，可随后，一股温柔的力道拉开了她揪住床单的手。那只修长的手与她十指相扣，舒晏被他压倒在床上，手也被扣着按在脸侧。

好像不应该发展成这样的……

可她竟然没有抗拒他，也没有推开他。

她看着他乌黑明亮的眼睛，被他吻得呼吸微乱，心跳……也彻底乱了。

舒晏清楚，自己不应该跟他发展到这一步的。她明知自己和他来自两个不同的地方，他们往后可能会有很长一段时间没办法生活在一起，可她就是没办法控制自己的情感，没办法拒绝他的温柔，所以才会放任自己跟他接吻。

他的舌头轻轻探入，勾着她的舌，紧密地缠绕在一起。他的脸颊变得通红，眼里亮着光，像万千灯盏落入了他的眼里，舒晏就在这样的眼睛里沉沦、沉沦……

吻了一会儿，她开始呼吸不畅，微微喘着气。

梁昱行缓缓退开，给了她一点呼吸的空间。两人的额头、唇瓣都贴在一起，都喘着气，脸颊同样滚烫绯红，他们从彼此的眼中看到了自己。

舒晏忽然笑了。

梁昱行敛眸，低头，又深深地吻住了她，脸颊红得仿佛能滴出血来似的。

就在这时，深陷在他的亲吻中的舒晏感觉到他身体一僵，她微微睁开眼睛，就看到病房门被人从外面推开了。

魏明站在门外，目瞪口呆地看着这一幕。他呆了几秒，飞速地说了句“抱歉，打扰了”之后，以同样飞快的速度关上门。

他靠在门板上，想到自己刚才看到的一幕，觉得就像在做梦一样。没想到自己的老大平时看起来正正经经的，竟然会……哇，真是劲爆！

被人看见了，舒晏觉得又羞又窘，她别开视线，不敢正视梁昱行。他的手还撑在她的脸颊旁，额头轻轻贴着她的额，眼睛清亮如水。

许久，他问：“小晏，这样……算是接受我了吗？”

夜色深沉，空气陡然安静下来，只余一点旖旎在寂静的环境中逐渐消弭。

舒晏红着脸，轻轻推开他，从床上坐起来。她抿了抿唇，忽而想到刚才的画面，唇上还停留着他带来的温度，她抿着的唇又松开了。

“我还没有正式接受你。”半晌，舒晏这样告诉他，“我还要考虑一下。”

梁昱行低眸一笑，视线落在与她十指相扣的手上，神情平和：“好，我等你。”他握着她的手，微微收紧，嗓音温软，“小晏，这段时间我会继续追求你。”

他还好意思说，这段时间根本就没看见他付诸什么行动。舒晏想到这里，心里有点不太爽快，瞪了他一眼。

梁昱行不明所以：“小晏，为什么这样看着我？”

舒晏别过头，没有理他，想起刚才闯进来的那个人。

“刚才那个人是谁？”

梁昱行说：“他叫魏明，是我的助手。”

舒晏点了点头。

“我去请他进来吧。”

舒晏起身走过去，刚拉开病房门，外面贴着门板站着的人一个趔趄，差点摔了进来。

魏明原本是耳朵贴着门，想偷听一下里面发生的事情，可没想到这道门突然被人拉开了，他猝不及防，差点在人面前出了糗。

魏明站直了身体，看着眼前漂亮清丽的女人，半晌才抬起手挥了挥。他脸上带着友好的笑容，轻声道：“嗨。”

没想到他贴着门站着，舒晏被吓了一跳。

魏明张了张嘴，刚想说些什么，就看见自家老大走了过来，他尴尬地笑了笑，道：“老大，我是不是来得不是时候……”

舒晏朝他点头示意了一下，就端着粥走了。

过了十几分钟，舒晏提着粥回来了，她和魏明两人坐在病床一侧的沙发上，病床的位置还给了梁昱行。

“舒晏小姐，你好，真是闻名不如见面，没想到你比照片上还漂亮。”魏明率先开口道。

照片？

舒晏歪了歪脑袋，没反应过来。

“哦，你可能不清楚，我们老大的手机里收藏着你的照片。”

舒晏愣了一下，转头看向病床上的人。

梁昱行与她对视，眼神温和，片刻后，他徐徐垂下眼帘，有种深藏在心底的小秘密被人发现的感觉，他白皙的俊脸慢慢爬上一抹红。

魏明知道自己老大很容易害羞，只是这还是他第一次看到老大在女人面前露出这样一副神情。

真新奇。

舒晏收回视线，对他笑了一下，魏明也朝她展露笑容。

“以前怎么没有见过你？”

魏明说：“这次来南城调查案件，上头只派了我老大一个人来，我一直待在

B 市，是直到听说老大出了事，我才申请了外出调令过来的。”

舒晏点了点头，看了眼安静喝粥的梁昱行。

“‘老大’，你们都是这么称呼他的吗？”

这样的称呼放在梁昱行这样一个温和的人身上，感觉很奇妙。

魏明咧开嘴，笑着点头：“对啊，我们的领队、头儿，不就是老大吗？”

舒晏笑了。

“他平时待你们严厉吗？”

魏明看清她的话后，偷偷瞄了眼自己的上司，打着哈哈笑道：“还行、还行，是有那么点……咳，严厉。”

魏明属于自来熟的类型，平时也很喜欢跟人唠些家长里短的话，这会儿话匣子一打开，就停不下来了，跟舒晏你一言我一语地聊了起来。

而对于舒晏来说，虽然她知道了梁昱行的真实身份，可她从来没有接触或者说是了解到他作为警察的这一面。身为警察的他，对于舒晏来说是非常新奇的。以前是从来没有人可以说给她听，现在好不容易遇上个机会，她想多了解一些。

这会儿从魏明口中听到这些，舒晏心里有些微妙，感觉在透过他了解另外一个全然陌生的人，可他说的那个人又分明和她认识的梁昱行是同一人。

和魏明聊了会儿，时间挺晚了，舒晏提出要先回去了，梁昱行不放心她一个人回去，想去送她。

“老大，医院不会让你出去的，你好好待着吧，我送舒晏小姐回去，你放心。”魏明说。

梁昱行点了点头，看向舒晏，语气温软：“小晏，你明天会来吗？”

舒晏摇头。

“明天不行，我朋友明天下午要在南城大学开讲座，我要去给他捧场。”

朋友……

梁昱行目光微敛，问：“是那位何先生吗？”

舒晏顿了一下，点头，随即觉得疑惑。

“你怎么知道他姓何？”她记得自己好像从未跟他介绍过何延问，“你调查他？”

梁昱行眼睫微垂，点头“嗯”了一声。

魏明在旁边看得直扶额：我的老大呀……你怎么把实话都告诉人家了啊！

舒晏低头沉默，梁昱行也没说话。

魏明看着这两人，心想：这关系真让人着急。

他正想说些什么来圆场，舒晏走到床边，做了个让人大跌眼镜的举动。

她低头打完字，然后走到床边，抬起手来摸了摸梁昱行的脑袋，笑容明丽温柔，同时抬起手机给他看。

“乖，我明天晚上来看你。”

不出一秒，魏明就看见自家老大从脸到耳朵到脖子，以肉眼可见的速度全都红了起来，仿佛能滴出血来似的。

而舒晏这个“罪魁祸首”在揉完他的脑袋之后，笑了笑，就直起身离开了，留下两个面对再残酷凶狠的罪犯都冷静果断的男人愣在当场，两人对刚才那一幕都愣然得说不出话来。

魏明被强塞了一顿“狗粮”。

而梁昱行始终红着脸，眼睛看向病房门外，目光温和柔软。

舒晏在走出医院大门的时候收到了一条微信消息。

梁昱行：“小晏，不要用对摩卡的那一套来对我。”句末附了个无奈的笑脸。

舒晏笑起来，脑海里闪现他满脸绯红的模样，嘴角收敛不住地往上扬，她回：“我偏要，你能拿我怎么样？”

病房里，梁昱行手机一振。看到对方回复的消息，他一愣，脸颊又烫了起来。他几乎能想象到她孩子气的神态，那是她少有的纯真俏皮的一面，他心里一动，有种想要下去找她然后把她揽入怀中的冲动。

他淡淡敛眸，低头回复消息，神情温柔，嘴角带笑。

窗外树影晃动，月色动人。

舒晏刚往前走了一步，手机一振，又有一条消息进入。

梁昱行：“那我只能……悉听尊便。”

第十四章

礼堂事件

舒晏心里“砰咚”一声。

这个人真是……

舒晏的神情柔和下来，魏明正好走到她身边。她想了想，没回复梁昱行，将手机一收，跟着魏明到大门口拦车去了。

次日一早，舒晏跟往常一样到咖啡店里忙碌。

自从阿响知道梁昱行是警察之后，现在只要提起梁昱行，他整个人就呈现出跟之前截然不同的态度。例如，早上小靖无意间提起怎么这几日都没有见到梁昱行来店里，阿响不再跟之前一样出言嘲讽，反而在私底下找舒晏，向她打探梁昱行的近况。

后来舒晏才知道他对梁昱行转变态度的原因。阿响从小就崇拜警察和军人那一类的人，因为阿响的父亲就是一名军人。可是在阿响上初中的时候，父亲因公殉职了，自那之后，阿响的母亲就不允许儿子再去关注任何军事类的内容。她也是因为太过害怕失去这唯一的儿子，不想他走上丈夫的老路，所以在阿响高考那年，打消了他报考警校的念头。

阿响知道母亲的用意，他没有半句怨言，只是每当看到电视新闻上那些英姿焕发的身影时，心里总是隐隐燃烧着一团火。

何延问的讲座是下午三点开始，下午一点半的时候，他的车准时停在咖啡店门口。看到他推门进来，小靖碰了碰身旁的舒晏，用嘴型对她无声道：“舒姐，何先生来了。”

舒晏看着走到面前的男人，有点惊讶，用手语问：“你怎么过来了？”

何延问笑着说：“既然邀请你去参加我的讲座，总不好意思让你自己一个人前去，我顺路来接你。”

“没关系的，这样多麻烦你。”

“都好几年的老朋友了，还跟我说什么麻烦不麻烦的。”何延问微屈食指，轻叩着桌面，笑道，“你什么时候跟我这么见外了？”

舒晏没回答，何延问环视了一眼店内，问：“忙完了吗？”

“差不多了。”

他三点钟要开讲座，现在肯定要提前去南城大学准备，既然他专程来接自己了，舒晏也不好拒绝这份好意。她让他稍等片刻，自己去把身上的围裙换下来，然后再跟他一起走。

医院里，韩正坤早上来了趟医院。这次他们的首要任务是逮捕陈嘉良，人已经成功抓到了，但就是什么也不肯说，还专门请了个律师来代表他发言。韩正坤性子直，最不喜欢跟人绕圈子，在律师跟他说了一大堆有的没的之后，他彻底发火了，拍了下桌子，要不是理智还在，他都想冲上去把这人揍一顿。

最后的结果是不了了之，什么也问不出来，律师还申请要把陈嘉良保释出去。韩正坤硬是找了个理由将他留在警局里看守二十四个小时。因为实在没办法，这才来找梁昱行求助。

韩正坤虽然性格直爽了些，但平时行事还是很稳重的，这次会这么急躁，是因为前阵子上级给他施加了命令，说这个案子拖了那么久，必须尽快解决，时间一长，如果连嫌疑人都还没锁定，那外界会怎么看待他们。

听韩正坤说完这些，等韩正坤走了之后，梁昱行沉吟了片刻，对魏明说：“魏明，我要申请出院。”

魏明愣了一下，说：“啊？老大，可是医生说要留院观察几天……”

他话音刚落，就见梁昱行已经拿起了床头边的衣服。他知道自己老大一旦做了什么决定就必须执行，外人是无法劝说和阻拦的，他轻叹了一声，去外面把医生叫进来。

魏明站在一旁，梁昱行端坐在床沿，双手平放在大腿上，听着医生喋喋不休地说着阻拦他出院的话，神情平静温和。

魏明还是第一次看见自己老大被人这般教育，而他神情端正，像个认真听讲的学生。魏明觉得有些好笑，但同时心里又有那么点同情。

等医生话落，梁昱行才道：“我明白，但我必须出院。”

“你这是对你自己不负责任。”

梁昱行声音平和：“我很清楚自己的身体状况。”

见他这般坚持，医生叹了一声：“算了，如果你坚持要出院的话，我就帮你开证明吧。”

梁昱行笑了：“有劳医生。”

出院之后，两人就打了车去往南城警局。

看到他们，韩正坤愣了。怎么他前脚刚从医院回来，他们后脚就跟过来了？

“昱行，你不是在医院吗？怎么过来了……”

“陈嘉良呢？”梁昱行不答反问，直奔正题。

“还被我们关着。”

梁昱行目光沉静：“我要见他。”

韩正坤：“好，我立马安排。”

梁昱行单独提审了陈嘉良，没让任何人进审讯室，韩正坤有些担心，但还是按他说的留在了外面。

魏明走过去拍了拍他的肩膀，说：“老韩同志，别担心，我们老大出马，你尽管放心好了，肯定能帮你把这桩案子破掉。”

韩正坤的眼睛一直盯着紧闭的审讯室，说：“但愿吧。”

四十多分钟后，梁昱行从里面出来了，韩正坤立马迎上去，问：“怎么样？有没有说什么？”

梁昱行看了他一眼，问：“陈嘉良家的地址在哪？”

韩正坤微愣，旁边的小兵已经飞快地把地址报了出来。

“昱行，为什么问这个？”韩正坤问。

逮捕陈嘉良之后，他曾派人去搜过陈嘉良的家，但并无任何收获。

梁昱行沉默了几秒，道：“船票。”

他们在陈嘉良的家里搜到了几张通往缅甸越南一带的船票，韩正坤之前审问的时候也有提到这个，但陈嘉良说是他买来准备去旅行用的，韩正坤自然不会相信他的鬼话，猜测他买这船票是准备用来逃跑的。

韩正坤把自己的猜测说出来，梁昱行摇头：“不对，这船票不是他自己用的。”

“那是谁？”小兵听得目瞪口呆的。

“赵茹娜，或者其他失踪的受害者。”

梁昱行刚才在审讯室里先是询问陈嘉良是否认识一位名叫赵茹娜的女大学生，陈嘉良立马否认，说自己不认识。之后他又询问了一些别的事情，最后才提起船票，陈嘉良的回答跟被韩正坤审讯时的说法相同。

“等等，你的意思是……”韩正坤惊讶道。

梁昱行点头道：“我们一直存疑的点——林欣雅遇害了，那其他受害者都去了哪里？”

韩正坤迅速明白了他的意思，小兵却听得一头雾水，连忙问：“什……什么意思啊？”

魏明在一旁也听出了所以然来，他解释道：“意思就是那些受害者被拐卖了。”

“如果是这样，那林欣雅为什么没有……”小兵想到了什么，睁大了眼睛，“她是逃出来了？”

其余三人面色沉重。

韩正坤想到一个问题：“既然船票没有用上，那受害者现在又在哪里？”

梁昱行：“这就是我刚才询问陈嘉良家地址的原因。”

刚才在审讯室里，提起他家时，陈嘉良明显有些情绪紧张，虽然很细微，但还是被梁昱行捕捉到了。

韩正坤：“你怀疑受害者现在还在陈嘉良家里？”

“是。”

“好，那事不宜迟，我现在立马带人再去搜查一遍他的家。昱行，你跟我们一块儿去。”

韩正坤话音刚落，外面就有人慌慌张张走进来：“韩队，有你的信！”

韩正坤心里“咯噔”一下，有些不好的预感，他接过信拆开。

信封里是一张照片，照片上是一个大型的礼堂。

几个人同时一愣，小兵说：“这不是南城大学的礼堂吗？谁寄来的啊？”

信封里除了张照片，什么也没有了。信封上没有署名，但信封背面有一行黑体的小字：“让我们一起来看出大戏吧。”

梁昱行脸色微变，眼神转瞬间冷下来，他什么也没说，直接掉头就走。

魏明反应迅速，拿过韩正坤手里的照片，道：“老韩，你现在带人去搜陈嘉良的家，然后调一支小分队，礼堂交给我们。”

“我知道情况紧急，可我们不用先商量下行动吗？”见梁昱行突然就走了，小兵疑惑道。

韩正坤也看过去。

魏明：“他等不了了，舒晏现在就在南大礼堂。”

三点过十分，何延问的心理学讲座正式开始，先由主持人介绍嘉宾进场。舒晏坐在何延问给她安排的最前排的VIP座位上，她身边都是些学校领导和有头有脸的大人物。她一开始没好意思坐在这里，但考虑到自己如果不坐在前排就无法看到他说话，所以她还是在原位坐着。

为了配合演讲内容，何延问说话语速很快，舒晏即便将所有注意力都放在他的口型上，还是不太能看清他在说些什么，只能断断续续地大致了解到他正在传授的内容。

这样的情况持续久了，舒晏就有些疲乏，注意力渐渐开始不集中。她拿出手机看了下时间，发现讲座已经开始快半个小时了。

忽然，她用眼角的余光注意到隔壁座位的人站了起来，没过多久，就有一人重新坐下。

舒晏起初没留意，后来她想知道梁昱行此时正在做些什么，便拿着手机将屏幕划到和他的聊天界面上，想了想，发了一句话过去。

“你在做什么？”之后她还发了个表情过去。

周围光线昏暗，坐在她身旁的人忽然手机屏幕一亮。

舒晏转头看去，梁昱行正好抬起头来对上她的视线。他眉目清朗，眼底泛着温润平和的光。

她十分惊讶，他怎么在这里？

舒晏讶异地看着他，愣了几秒。

他这会儿不是应该在医院吗？怎么会出现在这里？

脑海里浮现了许多疑问，舒晏用手机打字问：“你怎么在这里？不是还要过几天才能出院吗？”

察觉到她言辞中的关切，梁昱行轻轻笑起来。周围光线昏沉，他怕她看不清自己说的话，所以他同样用手机打字道："我的身体已经无大碍了。"

他把手机递到她面前，脸上带着温和的笑意。舒晏看了眼手机上的内容，又将视线挪到他的脸上。他的额头上还裹着纱布，不知道是不是光线的缘故，舒晏看到他的脸上还微微泛着病态的白。他哪里像是身体无大碍的人了？

她刚想写些什么，搭在扶手上的手忽然被人握住，她抬起头来，梁昱行已经把写好的内容递了过来。

"小晏，等会儿无论发生什么，都不要放开我的手。"

舒晏心跳骤然一快，问道："等会儿会发生什么？"

"还不清楚。"

如果按照以往情况，罪犯一定会从他寄来的预示场景里带走一个人。可礼堂这么大，四周都坐满了学生，他要怎么在众目睽睽之下将人带走呢？这并不符合他平时的行事作风。

梁昱行正在沉思的时候，舒晏将手机递了过来。

"就你一个人吗？"

梁昱行摇摇头，示意她看向东南西北四个方位，他道："不是，魏明他们也在。"

魏明与他会合之后，便迅速制定了应对策略。魏明带着人守着礼堂的各个出口和每个角落，包括后台的操纵室和监控台都有人看守，这样，如果有什么情况，都能第一时间汇报过来。

他侧过脑袋，舒晏这才注意到他的耳朵上佩戴着无线耳机。除了上一次自己被刘武抓走他来营救，她还从未见过身旁这个男人执行任务时的模样。在她面前，他大多数时候都是温和儒雅的。但她知道，这个男人同样有着睿智冷静的一面。只要有他在身旁，舒晏的内心始终是平稳安定的。

舒晏的视线随即落在他们相握的手上，她笑了笑，将手掌反过来，然后与他十指相扣。

梁昱行一怔，转头看过来。

舒晏看到他的脸颊在灯光的照耀下绯红起来，她一笑，低头打字："给你力量。"

给他看完这四个字，舒晏凑上去亲了下他的脸颊，一触即离。

第一次在大庭广众之下做这么大胆的举动，她也有些不好意思，脸一红，不去看他的反应，转头看向台上。

没过多久，她就感觉身旁的人侧过了身子对着她。半晌，舒晏看着他递过来的手机，上面写着："小晏……我想要更多的力量……"

舒晏脸颊一烫，抬起头来，见梁昱行白净的脸庞上浮着红晕，眼底的光温和清亮，带着显而易见的期盼。

他这样的目光……实在是让人太难为情了……

舒晏稍微别开脸。

"等你结束任务之后再说。"

梁昱行眼神温柔，点头。

何延问站在舞台上，眼睛注视着台下，注意到舒晏身旁突然出现的男人之后，他眼神一顿，目光微闪。

梁昱行抬起头来，正好和台上的男人视线相撞，他的目光沉稳平静，讲台上的男人握着话筒，敛了敛眸，缓缓地笑了一下之后继续自己的演讲："下面我们说到恐惧心理。我记得我在英国的时候，曾经有一位学生向我求助过，问我如何应对或者说是战胜内心的恐惧感。

"她的情况是这样的——只要一个人待在一间漆黑的屋子里，她的内心就会出现焦灼感和恐惧感，会越来越不安和惶恐。这种感觉压迫着她的神经，让她感觉整个人都快要疯掉了。"

何延问用食指敲了敲自己的太阳穴，继续道："她告诉我，她在这样漆黑的环境里，总是会觉得窗外有人影飘过，自己的床底藏着一具尸体，抑或是天花板有怪物的影子，她会联想到各种各样莫须有的事物。这除了是她想太多之外，还和她日常所经受的一些影响有关联。

"她小时候喜欢看惊悚片，几乎每晚都要看着这类型的电影才能睡着，这样潜移默化的影响在她日后某一个时间点突然爆发，导致她恐惧黑暗，时常会幻想和带入一些恐怖片里的事物。"何延问看着台下的学生，"其实我们说的恐惧心理，是在真实或想象的危险中，个人或群体深刻感受到的一种强烈而压抑的情感状态，也是一种自我保护的意识。

“其实我们每个人多少都会有点恐惧黑暗，因为眼睛失去了光明，无法给我们的大脑传达任何看得见的信息。因为未知，所以恐惧。”

下面有人举手提问：“老师，那我们要怎么缓解这种心理呢？我也是典型的很怕黑的人，晚上不开灯我是睡不着觉的。”

何延问推了推鼻梁上的眼镜，说：“这正是我下面要说的。缓解这种恐惧心理的方法有很多，接下来让我们来做个小小的实验，首先，请操纵室帮我关掉礼堂里所有的灯。”

几乎在他话落的同时，梁昱行抬起手放在耳机上，目光沉静：“魏明，让操纵室不要关灯。”

“是，老大。”

魏明在操纵室里，接收完命令之后拍了拍坐在操纵台前的男同学的肩膀，笑嘻嘻道：“同学，跟前面说线路故障了，暂时关不了灯吧。”

男同学抖了抖身子，小声道：“警察叔叔，能不能先放开你的手？”

魏明感觉受到了打击：叔叔……我看起来有这么老吗？

男同学拿起对讲机，刚想和负责控场的人说一声这边的情况，忽然，全场的灯光熄灭了。

魏明讶异地瞪大眼，看着满场黑暗，道：“不是说不要关灯吗？！”

男同学慌张道：“不……不是我，我……我没关呀。”他低头看着灯光的控制键，还是亮着时候的状态，怎么可能呢……

魏明低咒了一声，听到梁昱行的声音在耳边响起：“怎么回事？”

“老大，突发情况，不知道谁把这里的灯全关了。”

梁昱行眉头微蹙，道：“有人把电闸关了。”

魏明反应过来，问坐在位置上的男同学：“礼堂的总电闸在哪里？”

同学愣愣地指着门口，说：“在外面。”

魏明刚想跑出去查看，就被梁昱行叫住了：“魏明，你留在原地，让另一个人去。”

看着四周暗了下来，想到梁昱行口中那尚未发生的事情，舒晏心里一紧，不由得握紧了他的手。

梁昱行话落，就感觉手被人握紧了，他神情微缓，眉宇间一片温和沉静之色，他微微用力握住了她的手，安抚她。

舒晏听不见，现在视线也受阻，整个人置身于一片黑暗之中，只有身旁的人给她带来的感知最清晰。他的手很温暖，牢牢地包裹着她的手，即使在黑暗中，她也能感觉到他温和的视线正落在自己身上。

舒晏在此刻发现，自己心里对他的依赖竟比想象中要多许多。

为了不影响和打扰他，她安静地坐在位置上，想着自己等会儿要随机应变，尽量不让自己成为他这次行动中的负累。

“梁队，魏组长，礼堂的电闸被人破坏了，短时间内无法修复完毕。”小分队中的一名队员被魏明派去查看电闸情况，现在正透过耳机汇报情况。

“应急灯呢？”魏明问。

“也被损坏了。”

魏明忍不住骂了一句。现在他们就像无头苍蝇一样，完全不知道那人接下来会做些什么。

“原地待命。”梁昱行沉吟了片刻，道。

“是！”

舞台上的男人还在带领着大家做一场缓解恐惧的小实验，梁昱行坐在原位，留意着四周的动静。

这件事情魏明已经和学校领导打过招呼了，因为不知道罪犯打算采用什么样的方式让他们看到这出“大戏”，为了避免引起不必要的恐慌，所以讲座还是正常举行。

就在一切都看似正常的时候，忽然间，从右后方传来一道凄厉的尖叫声。

“啊——”

是一个女生的声音。

梁昱行脸色微沉，迅速判断了声音来源之后，发号施令：“小七，上去看看发生什么事了。”

名叫“小七”的队员接到指令之后立马往声源处跑过去。

因为听到了尖叫声，再加上学生们之前在做恐惧心理的测验，现在听到一点动静，他们都容易产生不好的联想，所以在尖叫声过后，周围的学生都惊慌地站起来要离开。

人有从众心理，尽管不知道发生了什么事，但看到一群接一群的人离开，其他人也收拾着东西站了起来。

会场这么大，所有人都挤在一团，秩序全乱了，这样的情况更容易发生危险。梁昱行立即道：“魏明，安排人疏散学生离场。”

“是，老大。”魏明应道，然后清点了几个人跟他一起去疏散学生。

梁昱行站起来，舒晏也跟着他站起来。他回头，目光沉静地看了她一眼，说：“小晏，跟紧我，别松手。”

舒晏看不太清，但隐约猜到他在说些什么，她神情肃然地点了点头，可随即，她想起什么，回头看向演讲台。

舞台上已经没人了，舒晏看到何延问被警察带着离开了现场，身影消失在幕布之后，她松了一口气。

就在此时，走在前方的梁昱行忽然停住了脚步，舒晏一顿，停在了他身旁。

下一秒，舒晏看着他另一只手背到身后取出了一把枪。

就在他停住脚步的前一秒，他听见了枪声。

礼堂的学生疏散了一半之后，礼堂里忽然响起了枪声。

枪声响起的同时，几乎全会场的警察都停下手里的动作，往后摸上了挂在腰间的枪，警惕地看向四周。

而听到枪响后，原本就急着要离开的学生们越发恐慌起来，争先恐后地要夺门而出。

“别慌，慢慢来，有秩序地离场，不要推搡！”有人在门口大声喊着，维持秩序。

学生们这才发现礼堂里不知何时突然出现了这么多警察。

是……发生什么事情了吗？每个人都有些迷茫和疑惑。

舒晏一路紧跟着梁昱行，手被他牵着，尽量看好脚下的路，不给他增添任何麻烦。

刚才那一声枪声过后，礼堂里就安静了下来，过了没多久，又有一声枪声响起来。昏暗的环境中，看不清任何可疑人物，也看不到接下来会发生的事情。枪声隔几秒会响一次，可找不到方位，顿时，离场的学生们都乱成了一锅粥。倒是应了何延问刚才说的那八个字——因为未知，所以恐惧。

梁昱行在枪声响起之后停下脚步，魏明的声音从耳机里传来："老大，你能不能判断枪声是从哪里传来的？"

梁昱行沉默了，紧接着，又一声枪响传来，他倏地抬起头来，看向墙壁上的扩音器，果断道："不是枪声，是扩音器里传来的声音。"

"什么？"魏明吃了一惊。

"这些枪声毫无规律。"梁昱行说。

礼堂四面墙上都挂着几个扩音器，仔细听，就会发现那些所谓的枪声来自四面八方，而且并没有子弹穿过的声音，更像是一种沉闷的声响。所以梁昱行推断这些枪声应该是被人事先录制好，再拿到扩音器里放出来的，目的是扰乱他们的视线。

先前那位尖叫的女生，小七去了解过情况了，女生说是感觉有人在背后拉扯自己，这才害怕地叫了出来，但那人具体的容貌她并没有看清，是男是女也不清楚。

如果是想当着他们的面将人绑走，梁昱行觉得那人应该不会如此大费周章，所以这名女生和现在的枪声应该都是障眼法。那他真正的目的是什么？还有，那人现在在哪里？在哪里默默操纵着这一切？

忽然，梁昱行神情一凛，飞快地转身将舒晏扣进自己的怀里，带着她闪躲到一旁。与此同时，一颗子弹从他耳边擦过，经过刚才舒晏站立的位置，射中了前方的墙壁。

在枪声响起的同时，梁昱行压低了舒晏的脑袋，将她牢牢护在怀里，另一只手举起枪，神色冷峻地朝舞台方向开枪。

舞台幕布被子弹穿透后晃动起来，那后面空无一人。

梁昱行敛眸，眼神一寸一寸泛起冷意。

舒晏看不见，但她闻到了淡淡的硝烟味，她神情一怔，这是……动枪了吗？

舒晏整个人被他搂在怀里，有只手轻轻扣住了她的脑袋，她的视线被挡住，鼻尖轻蹭着他衣服柔软的布料，她只要稍微一动，就能感觉到一股温柔的力道牵制着她，暂时不让她动弹。

舒晏想，他应该是不想让她看到某些场面。是怕……吓到她吗？

虽然舒晏在过往的人生里从未经历过这么胆战心惊的时刻，可她觉得自己应该不至于胆小到见到这样的场景就被吓得花容失色。可他永远这样细致妥帖，也考虑得这般周全。舒晏被他护着，心脏逐渐被暖意包裹。

梁昱行放下枪，敛眉垂目，对耳机那端的人说："魏明，到前门来。"

魏明闻言很快就赶往前门，梁昱行带着舒晏过去和他会合，魏明见到他们，上前一步问："老大，怎么了？"

"你带着舒晏先离开。"梁昱行说。

前门门顶上的灯光未灭，舒晏看清了他的话。

魏明道："老大，让小七去，我跟你留在这里。"

梁昱行用不容置喙的口吻重复了一遍："带舒晏离开，护她周全，这是你的首要任务。"

魏明沉默了几秒，点头应了下来："是，保证完成任务。"

梁昱行低头看了舒晏一眼，正准备回去，手突然被人牵住了，他微怔，转过身。

舒晏眼里写满了担忧，她用手语对他道："你万事小心，注意安全。我在外面等你。"

梁昱行目光温和地看着她，浅浅一笑："好。"

门在身后重新关上，梁昱行抬头看向昏暗的礼堂，眼瞳漆黑，双手静静地垂放在身侧。

"不要再做无谓的挣扎，出来，束手就擒。"

礼堂里静悄悄的，片刻后，传来一人狂妄的大笑声："是吗？那你就来试试吧，看能不能抓到我。"

舒晏被魏明带着走到外面的操场上和南城大学的师生汇合，警察正在让每个班的负责人清点人数。小七正好走过来，说："魏明哥，少了三个人！"

魏明心里"咯噔"一下，问："确定清点清楚了吗？"

“清楚了。”小七神色焦急，“都问遍了，同行的人都说没看见。”

魏明揉了下头发，低声骂了一句，道：“都是哪些人？”话落，他立马往回走，“边走边说。”

刚走了几步，他想起梁昱行刚才的命令，又停下来，转身对舒晏说：“舒晏小姐，我有些要紧事要离开一下，你自己可以吗？”

舒晏立马点头，做了个手势示意他赶快去。

魏明轻轻颔首，带着小七走了。

见他们离开，舒晏回身走到人多的地方去，跟那些学生们待在一起。找了处地方站定了之后，她的目光就看向礼堂。

她已经出来好一会儿了，不知道梁昱行在里面怎么样了。

礼堂里，对方不止一个人。梁昱行看着突然出现在眼前的三个人，冷着眼神，面色沉静，在几个人还没反应过来的时候突然快速地动了，下一秒，三个男人吃痛地惨叫了一声。

站在操纵室里的黑衣男人默默地看着眼前这一幕，扯了扯嘴角，忽然抬起了手里的枪。“咔”的一声，子弹上膛，男人将枪口对准了正在打斗的梁昱行身上，手指扣在了扳机上。

“砰——”子弹穿透面前的玻璃，直直射向那个身手敏捷的男人。一切都在瞬间发生，梁昱行听闻动静，神情微凛，立马闪身避开那枚子弹。可紧随其后的还有第二枚、第三枚……梁昱行很快就陷入了被动，而那个男人似乎不打算放过他，一颗接一颗的子弹扫射过来。一时间，寂静的礼堂里只听闻“砰砰砰”的枪声。

梁昱行在躲闪子弹的同时还要应对三个男人的攻击，他眸子一冷，抬起手里的枪，对准了其中一人的小腿。梁昱行枪法极准，没有伤到对方的要害，只是阻止了对方的行动，对另外两个人，他也是如法炮制。

这三个人很快被他制服，剩下的，就只有在操纵室里的男人。

两人已经是第二次交手了，男人很谨慎，知道自己近距离打斗赢不了他，所以选择了不与他正面交锋，只在远程操控。子弹用完了，男人迅速取出子弹夹，重新装上子弹上膛。这一系列的动作不过用了十几秒的时间，然而等他再次抬起头时，礼堂里除了自己的三个手下，就没有别人了。梁昱行从礼堂里消失了。

他人呢？男人心里一紧，眼睛快速地看向四周，搜寻着梁昱行的身影，可他就像是凭空消失了一般。

就在下个瞬间，男人倏地顿住，神情微怔，后脑不知何时被人用枪抵住了。

他怎么会……他什么时候出现在自己身后的？！

梁昱行用枪指着他的脑袋，面容冷峻，声音微沉，道："放下枪。"

男人缓慢地张开双臂，将手里握着的枪放到桌面上，震惊过后，他笑了一声，道："你赢了。"

梁昱行没说话。

男人微微抬起头来，看着面前的玻璃反射的人影，漫不经心道："刚才和你在一起的那个女人，是叫舒晏对吗？"没人应声，男人挑了挑眉，继续道，"看着细皮嫩肉的，长得也很漂亮……"

他话还没说完，就感觉脑后的枪口重重地抵住了自己的脑袋，他笑了笑，毫无畏惧似的，接着道："别着急，听我说完嘛……嗯，你要不要考虑先把枪放下？不然的话我不保证那位舒小姐现在还完好无损哦。"

闻言，梁昱行猛地怔住。

男人见他毫无动静，笑道："怎么，不信？喏，就在刚才，我的手下跟我说，抓住了那位貌美如花的舒小姐。"

梁昱行眼瞳黑沉，似潜藏着狂风骤雨前的宁静，他通过耳机问："魏明。"

"在！"魏明很快应道。

"舒晏人呢？"

魏明顿了一下，说："她在操场。"

"你和她在一起？"

提起这个，魏明有点心虚，毕竟违抗了老大的命令，但他还是如实道："没有……"那端突然间没声音了，魏明心里有些慌，他喊道，"老大？老大？喂喂，老大，怎么了？出什么事了？"

那端没人说话，片刻后，魏明听见那端传来了一声刺痛耳膜的枪响。

第十五章

罪恶

下午五点多，太阳渐渐垂落，天色逐渐黯淡了下来。

舒晏站在操场上，看着不远处的礼堂，满心担忧。从刚才到现在，里面依旧毫无动静。

突然，她的背脊一僵，后背泛起了一阵冷意。她的直觉异常敏锐，察觉到身后站着人。

舒晏还没动静，肩膀忽然被人拍了一下，她浑身一震，静止了几秒，才转过身去，然后看到一身西装革履的何延问站在身后。

看到她一脸受到惊吓的神情，何延问挑了挑眉："怎么，被吓到了？"

舒晏敛起脸上的神情，淡淡地摇了下头，随后，目光落在他有些凌乱的衣衫上，眼神疑惑。

何延问顺着她的目光看了眼自己身上的衣服，他抬手整了整衣领，道："刚才人多，不小心摔了一跤。"

"你没事吧？"舒晏问道。

何延问摇头："没事。"他问，"你呢，有没有哪里受伤？"

"我没事。"

两人刚交谈完，学校领导就派人找到了这边："何先生，总算是找到您了。"

何延问朝来人微微颔首："主任。"

"我刚才还一直让人去找您呢，没想到您在这里。"来人是学校心理学专业的主任，他道，"今天真是万分抱歉啊，没想到中途会出现这样的事情，好在您人没事。"

两人聊了几句，主任还要去处理后续的事情，就先一步离开了。

何延问收回目光看向舒晏，询问道："等会儿坐我的车回去？"

舒晏抬头看着他，刚想告诉他自己还在等人，手臂忽然被人从身后牵住了，她倏地一怔。

梁昱行站在她身后，脸色微微泛着白，额头上的纱布渗出了红色的血，眼神却是沉静的，他看着站在她面前的这个男人。

看到他之后，舒晏心中一喜，可随即就注意到他右臂的衬衫上淌着血，她的脑袋"嗡"的一声。

他受伤了？

梁昱行直视着何延问，眸子深黑，如同夜色降临时宁静的苍穹。他静默片刻，声线平缓道："抱歉，何先生，你暂时不能离开，需要留下来协助调查。"

何延问理解地点头："应该的。"

这次的事件涉及的人太多，不太可能一个个请回警局里调查，所以他们就在礼堂后的会议室里设立了临时审讯室，将有嫌疑的人一个个请进去调查，其他嫌疑不大的人只是循例问一下就让他们离开了。

看到何延问被请进了临时审讯室里，舒晏看向身旁站着的男人，打字问道："何延问也有嫌疑吗？"

梁昱行神色平静道："在场的任何人都有嫌疑。"

舒晏点头，没再多问。她的目光落在他受伤的胳膊上，半晌，她抬起头来，凝视着他，目露担忧。

梁昱行低头看了眼自己的伤口，再抬起头的时候，眉目已然温和下来，他看着她道："没关系，小晏，只是一点小伤。"

舒晏微皱起眉，不赞同地看了他一眼。哪里算是小伤了？

她示意他等一等，然后去找了附近的学生询问校医室在哪个方向，再带着梁昱行去校医室处理伤口。

他的右胳膊被锋利的匕首划了一刀，还好伤口不算深，没有伤到要害，但看着还是有触目惊心的感觉。

梁昱行背脊挺直，安静地坐在病床上，受伤的手臂袖子卷起，露出伤口，校医正在帮他上药。

舒晏目不转睛地看着他的伤口，觉得这一刀仿佛割在了自己的心上，一下一下地刺痛着。她看着面不改色的人，等校医离开去拿绷带的时候，才询问道："疼吗？"

梁昱行不想让她太过担心，刚想说"不疼"，就看到她把手机递了过来。

"疼的话我帮你吹吹。"

我帮你吹吹……

看完她的话，梁昱行静静垂下眼帘，耳根悄悄红了起来，他轻声道："有点。"

舒晏以为他是真的很疼了，她在他旁边坐下，抬起他的手臂，低头凑近他的伤口，轻轻地呼气。

温暖的气息拂过手臂，带着她身上独特的馨香，梁昱行的脸一下子就红透了。她呼出的气息温温软软的，像一片片羽毛，闯入了他的心间，一下一下无意地撩拨着他。

“小晏……”梁昱行抓住她的手。

舒晏疑惑地抬起头来，就看到他绯红如血的脸颊。

梁昱行看了她一眼，目光有些许羞涩：“谢谢，我不疼了。”

原本是件很正常的事情，但舒晏看到他红扑扑的脸庞，有一瞬间觉得自己是在对他做些惹人遐想的事情，弄得她的脸颊一烫，也有些不好意思了。

好在这时校医拿着绷带回来了，舒晏刚想把位置让给她，校医说：“我那边还有几个生病的学生等着，你帮他包扎一下吧。”

说完，校医把纱布和绷带放在她的手里，急匆匆地转身出去了。

舒晏拿起手里的绷带，看了他一眼。梁昱行朝她一笑，目光温和，主动抬高了手臂配合她。

舒晏将纱布裹在他的伤口上，将绷带一圈一圈地缠上去，最后绑了个结。

血止住了，伤口也包扎好了，末了，舒晏想起什么，低头打字：“对了，人抓住了吗？”

提起这个，梁昱行神色微沉：“让他跑了。”

就在他跟魏明通信的时候，男人趁机逃跑了，他的手臂也是在那时候被刺伤的。

他眼帘微垂，情绪似乎有些低落。舒晏打完字之后坐得离他近了一些，抬手揉了揉他柔软的发丝，把手机递给他看：“下次一定把他抓住！不要难过，你是最棒的！”

梁昱行身体微僵，脸上刚下去的红润又浮了上来，看完她这行字之后，他嘴角掠过无奈的笑意。

舒晏刚放下自己的手，就感觉腰上一紧，然后自己被他单手搂着坐到了他的大腿上。她微微一惊，双手搭在他的肩膀上，与他对视。

“小晏，还记得你刚才答应过什么吗？”

舒晏歪了歪脑袋：什么？

梁昱行目光清澈坦荡地注视着她。

舒晏忽然想起了在礼堂里的那个吻，还有他们之间的对话。

她那时说“等你结束任务之后再说”……

舒晏脸微红，摇了摇头，目光有些闪躲，打字道：“不记得了。”

梁昱行敛眸，道：“小晏，不许耍无赖。”

“我才没有。”

梁昱行笑了，对她道：“先欠着。”

眼下还有很重要的事。

他抱着她站起来，牵着她走到门口，魏明刚好迎面走过来。看到他们后，魏明立马止住了脚步。看到梁昱行，他有点心虚，虽然自己是去执行公事了，但毕竟违背了他的命令。

“老、老大……”

梁昱行看了他一眼，目光微淡，声音平淡道：“人都留下了吗？”

“是，都留下了，一个人都没放走。”

梁昱行“嗯”了一声，牵着舒晏往前走。

魏明背对着他松了一口气，原本以为他不会再提起自己违反命令的事情，就听到他的声音传来：“魏明，你违背上级命令，回去写份检讨给我。”

“是……”

这次事件中总共消失了三名女学生，三个人都是在礼堂熄灯之后被人抓走的，监控摄像头在之前就已经被人破坏了。

梁昱行在这里制服的那三个人被带下去询问了，他们仨都是这附近的小混混，被人雇佣来这里，只知道要按照命令行事，其余的什么也不清楚，就连雇主的模样都没看清。至于那三名女生的下落，他们也表示不清楚。

这三个女生不可能凭空消失，梁昱行在之前就已经让魏明封锁了所有进出口，也联系了交警让他们帮忙设路障，留意进出的车辆。而在礼堂里跟他交手的那个人，梁昱行不确定有没有逃出去，所以他要彻查每一个有嫌疑的人。

何延问在审讯室里坐了很长一段时间，见没有人进出，他站起来。他刚打开门，站在门外的两名警员就抬手拦住了他，他微皱起眉，看向迎面走过来的人。

他勾起唇，有些轻嘲道："这是什么意思？把我当成犯人了吗？"

梁昱行朝站在门边的两名警员轻轻颔首，他们这才把手放下，然后他才看向神情不悦的人，神情平静道："何先生，这是他们的职责，请见谅。"

梁昱行把舒晏安置在会议室外面，让魏明留下来陪着她。为了避免再被惩罚，这次魏明是一步都不敢离开了。

他最怕的事情就是写检讨报告了，他宁愿被派去上阵杀敌，也不愿意窝在小房间里写检讨。

"舒晏小姐。"魏明走到她面前，忽然开口。

"叫我舒晏就好。"

魏明挠了挠头，犹豫了一会儿，开口问道："舒晏，你是和我们老大在一起了吗？"

舒晏看着他，没回答。

魏明被她盯得有些尴尬，他干笑了一声："我就是随口问问，如果你不愿意说的话就算了。"

舒晏笑着摇头。没有什么不愿意说的，只是，她不知道该如何回答这个问题。说在一起了吧，他们又还没正式确立关系，至少在口头上没有给对方明确的答案；说没在一起吧，他们又做了那么多……亲密的事情……

而且，舒晏清楚地感知到自己对他越来越浓烈的感情。如果这辈子不能和他在一起的话，她觉得自己应该不会再喜欢上第二个人了。毕竟，已经有了一个那么好的他。

舒晏想，自己要找个机会和他说清楚。

舒晏在外面等了将近二十分钟，会议室的门才被人从里面打开了，梁昱行从里面走出来。

舒晏一直盯着那处，门一开，她立即抬起头来看过去，正好和梁昱行的目光撞在一起。看到他的身影，舒晏微微一笑。

梁昱行背着双手，同样目光温和地看着她。

舒晏在原地待了几秒，走了过去。

何延问跟在梁昱行的身后出了会议室，一抬头，就看见迎面走过来的人。等舒晏走到跟前，他才平缓地笑道："舒晏，没想到你说的这位朋友竟然是个警察。"

舒晏点头，朝他歉意一笑。之前因为不能暴露梁昱行的身份，所以她并没有对他言明梁昱行的真实身份。

何延问没有把这点小事放在心上，他看向梁昱行，问："那么，梁警官，我可以先离开了吗？"

梁昱行不动声色地点头："感谢何先生的配合。"

何延问道："如果警方还有什么需要我协助的，我一定会尽全力配合调查。"

说完，他看向舒晏，询问她："舒晏，需不需要我送你回去？"

舒晏还没回答，手就被人牵住了，她抬起头来看向身旁气质温润的男人。

梁昱行看着面前的男人，声音沉稳："不劳何先生费心，我会负责送小晏回去。"

何延问的视线在两个人身上巡视了一阵，点头道："也好。"

等他离开了之后，舒晏才问梁昱行："你们都说了些什么？你怎么进去了那么久？"

梁昱行低头看着她，抿了抿唇，诚实道："小晏，我暂时不能告诉你。"

理解他所处的立场，舒晏也没有多问，反而是梁昱行沉默半晌后问她："你们认识多久了？"

舒晏微顿，随即反应过来他问的是她跟何延问认识多久了，她想了想，答："有两三年了。"

他没说话。

"怎么了？"

梁昱行摇头道："没事。"

魏明在这时迎上来，对他说："老大，小七刚报告说，已经找到失踪的那三名女生了。”

他们找到的那三名女生陷入了昏迷，已经被送往医院了。

梁昱行沉吟了一会儿，问：“在哪里找到的？”

“在礼堂后面的小房间里。”

梁昱行颔首：“去看看。”

他们进到礼堂之后，梁昱行先走到那三名女生的座位前一一查看。注意到三个人的座位上都放着一瓶饮料，他从口袋里拿出白手套戴上，将饮料瓶拿起来查看。三个饮料瓶里的饮料多少不一样，有的已经被喝空了，有的只被喝了一半。

梁昱行将饮料瓶封袋装好，让魏明拿去给鉴定中心检测。他站在原地思索，舒晏跟在他身侧，眼睛盯着他。

都说认真做事的男人最有魅力，身旁的男人穿着样式简单的白衬衫，漆黑的眸子透着沉稳坦然，沉着认真的模样让人完全挪不开视线。

梁昱行若有所觉，转头看过来，对上舒晏温柔清澈的双眸，他一顿。

与此同时，他的手机响了起来，是韩正坤打来的。

“喂，昱行，我们找到了包括赵茹娜在内的两名女生。”

医院里，韩正坤看着坐在病床上精神失常、浑浑噩噩的两名女生，皱眉道：“我们现在在医院里，刚找到人的时候，两个人神志不清，带来医院初步检查之后，医生说怀疑她们是被注射了某种药物。”

梁昱行眉头微蹙，声音清冷：“哪家医院？我等会儿过去。”

然后他对舒晏说：“小晏，我先送你回去。”

舒晏打字问：“梁昱行，你要去哪里？我可以跟你一起去吗？”

梁昱行低头看着这行字，几秒后，他微抬视线看着她。

舒晏知道他现在是在办公事，自己去也帮不上什么忙，但如果不会给他增添任何麻烦的话，她想陪在他身边。

她想更深入地了解他作为警察的一面，这是她以前从未接触过的一面。

“如果不会给你添麻烦的话，我可以一起去吗？”

梁昱行握住她拿着手机的手，眼睛微微亮着光，温和道：“小晏，你从来就不是麻烦。”

看清他说的话之后，舒晏笑了。

在礼堂里交代完剩下的事情后，梁昱行就带着舒晏去了医院。

医院里。

韩正坤把他们这次行动的经过大致跟梁昱行说了一遍，他道："我们是在陈嘉良家的地下室里发现这两名受害者的，找到她们时她们已经是这副神志不清的模样了，不认得人，甚至就连自己是谁、叫什么名字都不记得了。医生检查完之后，初步猜测她们是被大剂量注射或者灌入了某种药物。还有，在她们的身上还发现了很多捆绑、殴打出的瘀痕。"

梁昱行听着韩正坤的叙述，眼睛注视着病房内的两名受害者，面容沉静。

在发现受害者之后，警方已经第一时间通知了她们的父母，两对夫妻赶了过来，现在正在自己女儿床前号啕大哭。他们的女儿却只是坐在病床上，神情懵懂地看着哭得撕心裂肺的人，像不谙世事的三岁孩童。

看着赵茹娜的母亲哭晕在床头，而曾经明媚张扬的女生呆滞地凝望着自己的父母，舒晏心里忽而感到难过。

她忽然想起林志平，那个不幸痛失爱女的父亲。当得知女儿遇害的消息时，他是否也像这般痛哭流涕、崩溃欲死呢？

虽然舒晏从小就没有得到多少属于家庭的温暖，但她一直觉得自己的生活环境是纯净而美好的，至少在她的身边没有不堪和罪恶。可当经历了林志平的事件后，她才发现，原来在自己不知道的地方，有这么多的挣扎和痛苦，有这么多泯灭人性和丧尽天良的人……

看到病房内这一幕，韩正坤沉重地叹了一口气，拍了下梁昱行的肩膀，示意他借一步说话。

两人站在走廊尽头的窗边，韩正坤摸出了烟盒，抽了一根出来递给身旁的男人，问："要不要来一根？"

梁昱行摇头，制止了他："这里不是吸烟区。"

韩正坤手一顿，倒是差点忘了这里是什么场合。

他把烟握在手里把玩着，开口道："她们这样的情况，看来是没办法问出什么了。你呢？你今天那边有没有什么收获？”

梁昱行眺望窗外，道：“暂时没有。”他顿了下，继续道，“我在等一份检测报告。”

“什么报告？”韩正坤转头看向他。

一时半刻说不清楚，梁昱行静立不动，片刻后，他才挪动身子，对韩正坤道：“明天早上九点，我去警局找你。”

“好，今天也累了一天了，早点回去休息吧。”

因为还要带舒晏回去，梁昱行也没有久留。出了医院大门，他接了通电话，跟魏明沟通今天的事情。嫌犯已经逃走了，既然已经暴露了自己，短时间内应该不会再现身。今天辛苦了一天，梁昱行让魏明处理完事情之后就回去休息。

回去的路上，舒晏和梁昱行一句话都没说。不知道是不是受到今天的事情的影响，他有些沉默，舒晏也没去打扰他。

实际上，梁昱行只是在思考今天发生的事情。现场所有有嫌疑的人他们都一一审问过了，排除掉了大部分人的嫌疑。剩下的一小部分人并没有充足的作案动机，是他们其中有人故意隐瞒，还是嫌犯真的逃走了？还有一个让他想不明白的点，为什么嫌犯能那么准确地知道演讲的进度和内容？是知道会有一个熄灯的环节，还是说只是巧合，无论有没有这个环节，礼堂的灯光都一定会被熄灭？以及在礼堂小隔间里发现的那三名女生……

还有最重要的一点，对方这么做的目的是什么？

车一停，梁昱行收回了自己的思绪，他抬头看着面前熟悉的小区大门，而后转头看向舒晏。

舒晏也抬头直视着他，见他转过视线，她才指了指窗外，示意他可以下车了。

天已经完全黑了下来，路灯亮起，将他们两人的影子拖得很长。

两人一路走进小区，直到回到家门口的时候，舒晏才停下脚步。她抬头看了他一眼，才低下脑袋拿出手机打字问：“你还要不要吃点什么？”

在回来的路上，他们去了医院附近的一家餐厅吃了点东西，可梁昱行吃得并不多，舒晏担心他晚上会饿。

梁昱行摇摇头，在她关切的目光中缓缓笑了：“没关系，我不饿。”

舒晏知道他应该是没什么胃口，她也不勉强。

“那你回去之后好好休息。”

“好。”

舒晏拿出钥匙开门的时候回头看了他一眼，梁昱行还站在家门前背对着她。似乎是遇到什么难题了，他站了一会儿之后，拿出手机不知道给谁打了个电话。

梁昱行打完电话之后转过身，就看见舒晏还停留在原地。见他看过来，舒晏走上去。

“怎么了？”

梁昱行说：“钥匙给魏明了，他还在警局，短时间内无法回来。”

舒晏思考了一阵，觉得也不能让他在门口干等。

“那你先来我家吧。”

犹豫了一瞬，梁昱行点头道：“好。”

进屋开灯后，舒晏在玄关的鞋柜里找了双拖鞋给他换上，然后就带他去了客厅。摩卡见到他，欢快地摇着尾巴绕着他转圈，还蹭了蹭他的裤腿。梁昱行眼里露出些微笑意，蹲下来揉了揉它的脑袋，摩卡更加起劲地往他怀里钻。

舒晏去厨房取了杯子给他泡茶，等茶泡好，端到客厅时，看到他依然身姿笔挺地坐在沙发上，低着脑袋陪摩卡玩，舒晏忽然就想起他第一次来她家的时候。

明明距离那一次也没间隔多长时间，可她现在想起来，有种恍如隔世的感觉，有很多事情都在她意想不到的时候悄然发生着变化。

她把茶端到他面前，梁昱行抬起头来对她道了声谢。

舒晏自己也捧着一杯茶在他旁边坐下。阳台的门没关，从外面吹进来的风冰凉凉的，让她忍不住打了个寒战。舒晏原本想过去把阳台门关了，可刚一动，就看见身边的人比她快一步站了起来，走过去把门关上了。

客厅的灯光明亮，照出他清瘦的身形，他转过身来，舒晏对他笑了。

梁昱行垂了垂眸，舒晏注意到他唇边泛着抹温和的笑意。

等他走过来，舒晏才举起手机。

“B 市这个时候该下雪了吧。”

见她提起 B 市，梁昱行稍顿了一会儿才点头。

舒晏收回手机，想到自己已经许多年不曾回去过了。南城的冬天从来不降雪，每次到这个季节，她总能回想起以往独自一人走在被白雪覆盖的B市街头的时候。

这么想着，身旁的沙发往下一陷，梁昱行坐在了她的身旁，紧贴着她。

舒晏抬起头来看向他，梁昱行垂眸看着前方的地板，脸颊却悄悄红起来，就像是某些小心思被人窥破了一样。

舒晏看着他，忽然笑了。她没有挪开位置，就这么紧贴着他坐着，她甚至能感受到他身体上的热度。

“梁昱行，你B市的家的地址在哪里呢？”

梁昱行说了个地址，他说的住址离舒晏以前念书的中学就隔了两条街。

“你也在一中念过书吗？”

梁昱行摇头：“我是大学毕业后才搬到那里去的。”

舒晏觉得这世间事真的很奇妙，两个曾经离得那么近的人在B市没有遇见，却在这座小城市里碰见了对方。这是否就是上天安排的……缘分？

舒晏捧着温热的茶水喝了一口。

“你在学校里有跟人打过架吗？”

“没有。”

舒晏微讶：“这么乖？”

不过想想也是，像他这种性格的人不太可能和别人打架。

梁昱行脸上浮着红晕，看完她的话，脸上绯红愈深。

好可爱的反应。

看到他这副模样，舒晏只觉得心里软软的，忽然有点想逗他：“梁昱行，在学校里是不是有很多小女生跟你表白？”

梁昱行看完她的话，心里一紧，霍然转头看着她，目光清澈，他认真道：“小晏，我没有接受过她们……一个都没有。”

舒晏看着他正经严肃的模样，没想到这个问题会让他反应这么大。意识到他可能是担心自己误会所以才会这么认真地跟她解释，她的心柔软得一塌糊涂。

“这么说就是有了？有也没关系，以前在学校也有很多男生向我表白，我们也算是扯平了。”

“小晏……”梁昱行抿起唇。

舒晏没有看他，而是接着道：“不过我都拒绝了。”

没有遇到喜欢的是一方面，另一方面就是，当别人知道了她的情况之后，都纷纷打退堂鼓了。

“小晏？”

见舒晏忽然没有动静，梁昱行不明所以地看着她。

察觉到他的目光，舒晏放下手机，抬起头对他笑了，然后她忽然想起什么，示意他等一等。

她去了房间，从抽屉里拿出了几天前去寺庙里求的平安符。这是她为他求的，之前一直找不到机会给他，险些忘了这回事了，还是刚才看到他额头上的伤口才想起来的。

舒晏把平安符放到他的手心里，拿起手机打字给他看：“这是我去南音寺庙求的，据说很灵验，你要随身携带着，特别是执行任务的时候。”

梁昱行把平安符收进掌心里，抬起头来，目光微亮：“专门……为我求的？”

“顺便。”

只是，顺便求的。

但被他这么一说，舒晏觉得自己求平安符的动机都好像不太单纯了。

梁昱行却不在意她说了些什么，他郑重地将东西收好，说：“谢谢小晏，我会好好珍藏的。”

舒晏点了点头。

她在原地站着，微微低头就能看见他如沉着星光的眼，他们之间的空气仿佛在这一瞬间就静止了，气氛也在这四目相对中变得暧昧。这气氛有点似曾相识，就像昨天在医院里那样……

想起昨天在医院里那个火热亲密的吻，舒晏脸颊一红。她率先错开了视线，低头拿起他放在茶几上的水杯，做了个简单的手语，示意茶水凉了，自己去帮他加热……可她刚一动，手就被牵住了。

舒晏的心“砰咚”一声，她还没来得及反应，手里的茶杯就被人接过，重新放在了茶几上。

下一秒，她就被一股轻柔的力道带着坐在了他的长腿上，纤细的腰肢被一双修长的手搂住。舒晏无路可退，被他抱着，靠在了他没有受伤的肩膀上。

他似乎很喜欢这样抱着她……

舒晏没有抗拒，因为她发现自己也很喜欢这样……被他抱着。

他的怀抱很温暖，也很有安全感。

梁昱行低头看着她，问："小晏，还记得答应我的事吗？"

舒晏没说话，只是悄悄抓住了他的衬衫，心想：他平时一副正人君子的模样，怎么对那种事情那么热衷和执着……

不想让他白白占了便宜，舒晏控诉他："梁昱行，你别耍流氓。"

这句话舒晏是用手语说的，不知道他有没有看懂。

随即，她就看见他脸红了。

他显然是看懂了这句话。

过了一会儿，他的目光变得温柔，搂着她的手微微用力收紧，他低下头，缓缓靠近，吻住了她。

这是个温柔而热烈的吻，他吮吸着她柔软的唇瓣。男人在这方面总是能无师自通，他很快便娴熟地掌控了这个吻。而舒晏在这方面实在是青涩至极，迟钝笨拙得不知道该怎么回应他，她只能微微张开双唇，任由他攻城略地，手拽着他的衬衫，越来越紧。

没多久，她就感觉他温暖的唇渐渐往下移。过了良久，梁昱行抬起头来，亲了亲她的脸颊，红着脸道："小晏，和我在一起，好吗？"

他温柔深情的凝视让舒晏很快便败下阵来，她没有再像上次那般犹豫，而是轻轻点了下头。

她愿意和他在一起，因为她无论如何也欺骗不了自己的内心。之前她一直坚持的那些都在他温柔的注视下全数击垮，她再也无法压抑自己对他的感情。

而梁昱行在她点头的时候，目光霎时亮起来，他低下头，又重新覆住了她的唇，又给她一个令人沉沦的深吻。

舒晏仰着脑袋承受着他的亲吻，没过一会儿，脖子就有些酸了，她轻轻推了他一下。

梁昱行抱着她，将她平放在沙发上，单手撑在她的脸颊旁，另一只手搂住她的细腰，身体轻轻覆盖在她的上方。他低下头来，沿着她的耳朵、脸颊、脖子一寸一寸地亲吻着……他对这样的事情似乎有些上瘾，抱着她亲了好久，搂着腰的手越收越紧。

舒晏和他靠得近，能感受到他脸颊的滚烫。她微微睁开眼，就能看见那双近在咫尺的那双黑眸。那眸子仿若沉了墨般漆黑深邃，又像深不见底的漩涡，随时能将人吸进去似的。

舒晏感觉到有一丝不妙，再这么发展下去的话……

太快了，而且……她还没做好准备。

不过好在梁昱行并没有做什么过火的举动，虽然做着这么亲密的举动，神情却是认真的。

摩卡在一边待得无聊了，它走过来看着沙发上正在接吻的两个人，以为他们在做什么好玩的事，它的脑袋也凑了过来。

被它脑袋上的毛弄得痒痒的，梁昱行和舒晏才如梦初醒地分开来。

刚做了那么亲密的事，两个人的脸红得都快滴出血来了，接触到彼此的目光，都有些闪躲和害羞。两人对视一眼，颇有默契地挪开视线，又同时转过头来。

舒晏忽然笑了，梁昱行也笑了起来。

他抱着她在沙发上重新坐好，经过刚才一番亲热，她的衣衫被弄得凌乱了，梁昱行伸手帮她整理着衣领。手碰到她衣服上的纽扣时，梁昱行看到了她脖子上自己印下的吻痕，手一顿，脸颊顿时滚烫起来，这回连耳朵脖子也火烧火燎的。

舒晏察觉到他的注视和他神情的变化，她一顿，明白了什么，捂着自己的脖子推开他，有些羞恼地背过身去。

她把衣服的扣子扣好，拉好衣领，觉得不够，还将头发拔到身前来，挡住那些暧昧的痕迹。

身后毫无动静，舒晏整理好衣服后停了一会儿才转头看去，见梁昱行身形笔直地端坐着，双手平放在自己的膝盖上，脑袋微低，温润如玉的面容被绯红占满。应该是觉得自己刚才的行为有些过火了，他这会儿的反应俨然就像个乖乖的三好学生正在等着受训。

舒晏没忍住，弯腰捂着肚子无声地笑了，梁昱行察觉到动静转过头来看着她，问：“小晏，你在笑什么？”

舒晏转过身来靠近他，梁昱行抬手将她揽进怀里。她窝在他的怀里，抬头看着他，摇了摇头。

她看着他俊秀的轮廓，心想，这就是她喜欢的男人，正直，善良，又是那么的……可爱。

梁昱行静默片刻，低下头，乌黑的眼睛注视着她。他又低下头轻轻地吻了她一下，然后道：“小晏，既然答应了便不许反悔了。”

他指的是她答应和他在一起的事情。

“我不会反悔的。”

这么好的他，她怎么舍得错过。

梁昱行勾唇一笑，目光缱绻温柔，他又低头吻了上来。

吻了好一会儿，两人才分开，舒晏静静地靠在他的胸膛上，抬头看了眼挂钟上的时间，还很早。

这样和他安静地待在一起，闻着他身上温暖干净的气息，舒晏觉得就这样度过接下来的时光也很好，可她怕他觉得太无聊了，于是便问：“你接下来想做些什么吗？”刚问完，舒晏就看见他低头看过来，目光深沉，这又让她想起刚才那些事，她连忙道，“不许想着做坏事。”

做坏事……

刚消下去的红润又浮了上来，梁昱行红着脸无奈地笑了。

他反问道：“你累吗？”

舒晏刚想摇头，就打了个哈欠。她不累，只是有点困了。

“要去床上休息吗？”

“还没洗澡。你要看电视吗？我陪你看会儿电视吧。”

梁昱行看得出来她是想和自己再待一会儿，他点头答应了。

舒晏拿起茶几上的遥控器把电视机打开，现在已经过了新闻联播的时间了，她就调了个军事台给他看。

舒晏不太喜欢看这种类型的栏目，没多久，就将视线转移到身旁这个男人身上。他看着电视，神情很认真专注，因为怀里抱着她，他的坐姿不像以往那么笔挺，而是呈现出有些放松的姿态，当然，这也是为了能让她倚靠得更舒服一些。

不知不觉间，困意袭来，舒晏在他的怀里合上眼睛，很快便睡了过去。

感觉到怀里的舒晏脑袋一歪，梁昱行收回视线看过来。她已经睡着了，轻微均匀的呼吸声传来。他半边身子没动，腾出一只空余的手，拿起遥控器，将电视关掉。听闻动静，趴在脚边的摩卡直起身子。梁昱行看了它一眼，它抬了抬头，没多久又重新趴了回去。

夜色静谧，月光温柔地落在客厅里的两人身上，梁昱行抱着她，许久都没有动弹。

直到一通电话打过来。

魏明已经从警局回来了，他打开门看到屋内一片漆黑，门外也没人，就给梁昱行打了个电话。

"喂，老大，我已经回来了，怎么没见到你，你人在哪里呢？"

梁昱行低头看着怀里安稳熟睡的人儿，轻轻道："我今晚暂时不回去了。"

魏明微顿，然后意味深长的"噢"了一声："我知道了，你现在是不是和舒晏待在一起？"梁昱行没说话，魏明道，"老大，你不用解释了，我懂、我懂……我不打扰你了，祝你和舒晏度过一个美好的夜晚，再见。"

听着电话那端的忙音，梁昱行放下了手机。他静静地看了会儿舒晏，脸颊稍红，片刻后，伸手绕过她的膝盖，将她整个人横抱起来。他抱着她走进卧室，动作轻柔地将她放在床上，然后取过一旁的被子，盖在她的身上。

他在床边安静地伫立了一会儿，俯身在她的额头上轻轻一吻，温柔道："晚安，小晏。"

舒晏这一觉睡到次日一早才醒过来，最近这段时间她很少睡过这样安稳的觉，醒过来时她只觉得整个人都神清气爽。只是当她起床的时候，看到身上还穿着昨天的衣服，昨晚那段温存旖旎的记忆才涌上脑海。

梁昱行呢？

已经回去了吗？

她穿好鞋下床，打开房门，看到客厅里没人，手机也毫无动静，便猜测他应该是回去了。她看了眼时间，还有近四十分钟就到咖啡店的营业时间了，她回房间找了套换洗的衣服进浴室洗澡。

梁昱行提着早餐从外面回来的时候，就听到了浴室里传来的“哗哗”的水声，意识到舒晏在做什么，他停在原地，白皙的脸庞微微一红。

舒晏洗完澡从浴室里出来，就看见梁昱行提着早餐站在门边，沉默得像尊雕塑，她没有注意到他的脸颊红了。

“你去买早餐了？”舒晏走过去用手语问他，“你昨晚一直待在这里？”

“嗯……”

他抬起头，舒晏才注意到他眼底淡淡的青黑，她问：“你一晚没睡？”

“睡了一会儿。”

“在沙发上睡的？”

“嗯。”

舒晏心疼他，昨天那么累，他竟然在沙发上将就了一宿。

“魏明没回来吗？”

“嗯……”梁昱行的目光微微闪躲。

结果他们吃完早餐后出门，对面的屋门也打开了。

魏明昨晚也睡了个好觉。不得不说，自己家老大的床实在是太舒服了！一大清早，看到对面两个正准备出门的人，他心情极好地抬手打招呼，笑容满面：“嗨，老大，舒晏，早上好。”

舒晏默默地转头看了梁昱行一眼，后者脸颊微红。

魏明先去警局了，梁昱行要送舒晏去咖啡店。到了店门口，两人停步，舒晏将早上抽空做好的饭菜递给他，打字说：“午饭记得一定要吃。办案要紧，但也记得不要饿坏自己了。”

“好。”梁昱行眼神温柔。

“那我进去了。”

在她转身的时候，梁昱行牵住了她的手：“小晏，未来几天我可能没办法见你了。”

舒晏点头，她明白。

梁昱行淡淡垂眸，脸颊在日光的照耀下忽而红起来：“小晏，我想亲你……”

在这大庭广众之下？

舒晏环顾四周，人来人往的，她有些不好意思，脸也跟着红起来。但想到接下来几天都没办法跟他见面……

舒晏心一软，往前一步靠近他，在他明亮清澈的目光中踮起脚，在他的唇瓣上印下轻轻一吻。

我等你啊，昱行。

第十六章

幕后之人

“哦吼，我看到了哟。”舒晏一进到咖啡店里，小靖就迫不及待地凑上来。

她她她……她刚才看到了什么！她竟然看到舒晏主动上前吻了梁昱行！

“哟哟哟，舒姐，快快从实招来哦，你们是什么时候……嗯？”

舒晏瞥了她一眼。

“很闲吗？不用工作？”每次她都是用这样的话来转移话题的。

“舒姐……”小靖对她撒娇。

舒晏没好气地瞪了她一眼，笑了：“给你五分钟，有什么想问的快问。”

小靖用这五分钟把想问的都问了一遍，舒晏也如实告诉她了，除了昨天在南城大学的部分。她不想让小靖担心，所以就没有提及。此外，她还将梁昱行的真实身份也告诉了小靖。小靖震惊之余，得知她和梁昱行在一起了，比自己谈了恋爱还开心。

“舒姐，我就说梁昱行是个值得托付终身的男人吧！”小靖说，“真好。舒姐，不瞒你说哦，我原本也是想找个警察或者军人作为我的结婚对象的。”

听小靖说到这里，在吧台工作的阿响往这边看了一眼。

舒晏总觉得小靖的话还没说完，可是当她话落，店里就进来了一批客人，不能再继续闲聊了。小靖回去收银，舒晏去帮阿响的忙了。

在吧台调制咖啡的时候，阿响走到舒晏身边，悄声问：“你和梁昱行在一起了？”

舒晏抬头看了他一眼。

阿响继续道：“他是个不错的男人。”

看完他的话，舒晏看他的眼神忽然变得怪异起来。

阿响注意到她的眼神，连忙澄清，一板一眼地说：“我没别的意思，就是替你高兴。”

舒晏笑了，擦干净手拿出手机回道：“别紧张，我知道你没有别的意思。”

这时，小靖想起什么，走过来对舒晏道：“哦，对了，舒姐，何先生一大早就来了，现在在二楼坐着呢，刚才忘记告诉你了。”

本来在舒晏进店的时候就要告诉她的，可刚才光顾着询问她和梁昱行的八卦，小靖就把这件事情给忘了。

何延问来了？

“舒姐，还有一份何先生点的起司，要不你送上去给他吧。”

舒晏点头。

二楼，何延问坐在靠窗的位置，玻璃窗外是车水马龙的街道，阳光照进来，铺洒在他面前的桌子上，气氛温暖而静谧，这个画面宛如一幅刻画着谦谦君子的画卷。他的桌面上摆放着一台笔记本电脑，他端起放在右侧的咖啡，刚抿了一口，就听到楼梯口传来了脚步声。

他抬起头来，看见舒晏端着托盘走了上来。

舒晏将他点的起司摆放在他面前，何延问笑道：“谢谢。”

“不客气。小靖刚刚告诉我你一大早就来了？”

何延问点头道：“是的，在家里待着无聊，所以就过来了。”

舒晏和他聊了几句，谈到了昨天的讲座。

“昨天的事情没给你造成影响吧？”

何延问摇了摇头：“没造成什么特别大的影响，但还是挺遗憾的。”

“确实遗憾，特别是那些期待了许久的学生们。”

何延问敛了敛眸，没继续这个话题，状似不经意地提起：“对了，原来你和昨天那位警官已经在一起了？”

没想到一大早来就有三个人问了她这个问题，舒晏抬起头，这才注意到从他身侧的这面玻璃刚好能看到楼下的场景。

她不答反问：“你看到了？”

“是的。”何延问大方承认了。

既然他都看见了，舒晏也没有隐瞒，如实道：“他就是我说的喜欢的人，我们昨天刚确立关系。”

何延问唇边的笑容微不可觉地一顿，他抬起头来，神情已经如常。他笑道：“恭喜你们了。”

鉴定中心的报告在今天上午就送到了南城警局，报告显示，从那三位女生的饮料里都查到了一种名为“苯巴比妥”的药物残留，这种药具有催眠、镇静的作用。

梁昱行和韩正坤看完这份报告，陷入了沉思。

魏明不太明白这份检测报告能说明什么，他开口问道：“这份报告中显示的药物对人体并没有攻击性，虽然她们三个人的饮料里都掺杂了这种药物，可是能说明什么呢？”

“催眠。”梁昱行指出了药物最关键的功效，然后他接着分析道，“用药物对人进行催眠，再通过一些方式引导被催眠者在黑暗的环境下独自行动。”

“这就能解释为什么她们身边的人都说没看到有人靠近或者将她们带走，因为是她们自己在被催眠的状态下离开的。”韩正坤顺着他的话继续道。

小兵在一旁听得瞠目结舌：“这……这可能吗？”

“验证一下便知。”梁昱行看向韩正坤。

韩正坤意会地点了点头。他找了台电脑，连接了和局里派来协助他们调查的犯罪心理学顾问林祁升博士的视频。林博士是在赵茹娜失踪后才被调来协助他们的，但他人在B市，负责很重要的研究项目，不能来南城，所以只能远程进行辅助。

林祁升听了这个推测之后，在视频那端推了推眼镜，说：“这种情况是有可能的。我们经常会通过催眠这种形式来帮助患有心理隐疾的人，辅助他们进行治疗。至于你们说的用催眠来控制人的行为，也并非没有案例。国外曾经有一位非常著名的心理学博士，他就用过这类的催眠加暗示来引导被催眠者做出无意识的行为及举动。”

“那这种催眠需要很厉害的催眠师或者心理学家才能完成吗？”魏明提问道。

林祁升：“按理来说是的。”

梁昱行点头道：“多谢。”

结束通话的同时，被派去审问那三名女生的警员也回来了。

二个女生的口供一致，都说不清楚发生什么事情了，只记得昨天自己去参加了讲座，之后的事情都没印象了。

这三份口供就更加印证了他们的猜想。

“既然能用这种方式，那嫌犯不就很明确了吗？在场的除了当天演讲的人，还有谁在这方面更加权威或者更厉害？”魏明指的是何延问。

韩正坤却说：“不止。还有南大心理学专业主任，以及从别的地方请来的心理学专家。此外，在场有将近三分之二的学生是心理学专业的，其中不乏优等生。而且我觉得嫌疑人是何延问的概率很小，这么明显的证据和指向，有谁会冒着这么大的风险在自己举办的讲座上做这样的事？这不是自寻死路吗？”

这下又将嫌疑人范围扩大了。

魏明也觉得韩正坤说的话有道理，他转头看向一旁陷入沉思的人，询问道：“老大，你在想些什么？”

梁昱行沉吟道：“魏明，把参加讲座的人员名单调一份给我。”

“是。”

“昱行，你想做什么？”韩正坤问。

“缩小嫌疑人范围。”梁昱行道。

既然没有最关键的证据指向，那就只能一个个筛查。

韩正坤这会儿也想起梁昱行之前做过的人物画像，他灵光一闪，让小兵也调了份资料给他。只要不符合人物画像的、一年前没有在南城大学出没过的、专业成绩不优异的人，以及女性，都可以排除嫌疑，这样筛除，就可以缩小嫌疑人的范围了。

魏明拿起何延问的资料，道：“老大，何延问一年前没有在南城大学出现过，是不是可以排除嫌疑了？”

何延问原本是去年七月受邀参加南城大学的校庆，却因故缺席了。

梁昱行敛眉道：“保留嫌疑，帮我调查一下去年六月他的出入境记录。”

“是。”

没过多久，办公室的门就被人敲响了，一名警员走进来，对韩正坤道：“韩队，局长请你去办公室一趟。”

过了大约一个小时，韩正坤就回来了，他脸色有些难看，小兵连忙问：“韩队，局长说什么了？”

韩正坤抬起头看着梁昱行，道：“昨天南大的事件被媒体曝光了，在网络上引起了不良影响，现在公众舆论的反响很不好，局长让我们在半个月之内务必结案，否则……”

韩正坤话落，梁昱行目光微凛。

制造舆论压力迫使警方妥协，让警方不得不加快破案进度，如果在半个月之后他们仍无法破获此案，最严重的后果就是他们不能再接触这个案件。而对于人民群众来说，他们只要警方能抓住制造这类恐怖事件的幕后主使就可以，他们不会在乎过程以及真凶到底是谁。

他甚至能够推断出，如果半月之后他们毫无收获，一定会有一个完美的替罪羊被推出来，那么，这个案件就能终结了。

梁昱行目光微凛，看向窗外。

这就是你的目的吗？

早上客人不算多，但舒晏忙到中午才有时间给梁昱行发了条消息。

警局里其他人已经去吃饭了，只有梁昱行还在房间里研究着这几起案件的共通点，直到放在桌面上的手机“叮”了一声，他才放下手中的笔，敛起思绪，过去拿起手机。

是小晏发来的消息——

“你在忙吗？有没有吃饭？”

梁昱行的神情一下子就变得柔和起来，他回：“还没。你呢？”

舒晏将吃完的饭盒放好，本以为他应该不会那么快回消息，结果她刚离开座位，手机屏幕就亮了起来。

“我刚吃完。”舒晏看到他说还没吃饭，就猜想他应该是在忙着研究案件，所以才忘了吃饭，她道，“快点去吃饭吧，别饿坏了。”之后还发了个摸摸头的表情过去。

梁昱行敛眸，眼底是浅浅的笑意，他回复：“好。”

魏明吃饱饭进到办公室的时候，就看到老大坐在窗边，桌面上摆着一只饭盒，单手拿着手机，眉目平和，一脸温和幸福的神情。

不用看都知道他肯定是在跟舒晏聊天。魏明走过去，坐到了离他最近的座位上，闻到了饭盒里的香味，问道：“老大，这是舒晏给你准备的午饭？”

“嗯。”

“啧啧啧，有家室的人就是不一样啊。”魏明一脸羡慕地感叹道。

闻着饭香，感觉刚吃饱的肚子又饿了，他凑近道："老大，你能不能赏我一口？"

梁昱行抬起头看着他，问："你还没吃？"

"没，我吃过了、吃过了。"

梁昱行看了他一眼，低下头，淡淡道："吃过就好，做人不要贪得无厌。"

魏明心道：哦。

"叮"的一声，手机又响了，舒晏问："味道怎么样？"

"味道很好。"梁昱行很快回复。

舒晏在这端笑了。

她说："那你慢慢吃，我回去工作了。"

梁昱行："好，不要累坏了，注意休息。"

舒晏："你也是。"

发完信息，舒晏才体会到"一日不见如隔三秋"的滋味。明明只是半天没有见到他而已，她就已经开始想他了，是不是所有情侣都是这样……他呢，梁昱行会不会也在想她？

梁昱行吃完饭，刚想拿起案件相关的资料，他就顿了顿，重新拿起手机，打开相册，找到舒晏的照片。他静静地看了好一会儿，然后将这张照片设置为桌面壁纸。

这样……只要想她的时候，就可以随时随地看见她了……

"南大枪击案"已经被顶上了微博热搜第一，小靖边吃饭边玩手机的时候就看到了这条新闻，她吓得把筷子都扔了，跑出去问舒晏详情："舒姐，你昨天不是去南城大学听讲座了吗？这个事情……是真的吗？"她指了指自己的手机。

"媒体都报道出来了，还能是假的吗？"阿响在旁边插了句。

闻言，小靖脸色一变："舒姐，发生这么大件事你怎么不告诉我？"

舒晏就是担心她知道了之后会有这样的反应。

"我不想让你们担心，更何况，我不是还好好地站在你们面前吗？"

昨天的事情虽然没有造成人员伤亡，但是这种可以称得上是恐怖袭击的案件竟然在校园里发生了，这件事情已经引起了人们的广泛关注。还有网友留言，希望警方尽快抓住罪犯，给公众一个说法。

“舒姐，你家梁昱行是不是也参与了这次行动？”小靖问她。担忧过后，她又开始八卦起来了。

舒晏点了点头。

小靖试着想象了一下梁昱行与犯人搏斗的场景，她仍然无法相信那个抱着吉他坐在窗前温柔地唱歌的男人，竟然是一个一身凛然正气的警察。原本以为只在香港警匪片里才出现的桥段，竟然真实地发生在自己身边。

咖啡店营业时间结束之后，舒晏独自一人回到家里。给摩卡喂食之后，她洗了个澡。从浴室出来，舒晏就去书房找了本书坐在客厅沙发上消磨时光。

以前一个人的时候，她从没觉得时间难熬，但不知道是不是现在多了一个牵挂的人的缘故，她突然觉得时间变得好漫长。

忙碌了一整天，舒晏看书看到一半，就昏昏沉沉地靠着沙发睡过去了。

也不知道睡了多久，舒晏在睡得迷迷糊糊的时候觉得自己的身体好像腾空了。

有人在抱着自己！

有了这一认知，她很快从睡梦中惊醒过来。舒晏睁开眼睛，就看到想念了一天的人出现在自己眼前。

她不是在做梦吧……

梁昱行抱着她一路走进卧室，将她放在床上。舒晏靠着床头，床边的台灯被他打开，在朦胧温馨的光线里，她愣愣地看着眼前的人，然后……抬起手掐了下自己的脸颊。

疼……不是做梦。

舒晏问他：“你怎么来了？”

梁昱行没有回答，伸手扯来一旁的被子盖在她身上，叮嘱道：“小晏，不要睡在外面，容易着凉。”

哦。舒晏在心里答道。

“你还没有回答我的问题。”

梁昱行拿着被子的手一顿，手撑在她身旁，修长的手指轻轻扣住柔软的被角，他似有些难为情地道："小晏……我想你了。"

舒晏虽然听不见他的声音，但觉得他此刻的语气一定无比温柔。

他接着说："我请了假，原本只是想来看看你就离开。"

"你还要回去工作？"舒晏微讶。

她看了眼时间，已经快十一点了。

"嗯，大家都在警局里通宵工作。"公众舆论将所有的压力都集中在警方的身上，他们只能辛苦地彻夜追查线索。

舒晏看到他脸上掩饰不住的疲倦，有些心疼。

"你等一下，我去给你倒杯水。"

可是她刚想下床就被他拦住了。

"不用麻烦，我不渴。"

看他这么说，舒晏没再坚持，她往旁边挪了个位置，拍了拍自己腾出来的床。

"那你躺下来休息一会儿吧。"

梁昱行盯着她刚才挪出来的位置，脸慢慢红了："小晏，我不用……"

话还没说完，他的手臂就被扯了一下，他抬头看到舒晏正看着他。

查案很辛苦，她担心他接下来几天想偷个懒睡个觉的时间都没有。

他的脸庞在灯光的映照下越发红润，梁昱行抿起嘴角，红着脸靠在了她的身旁。舒晏把被子一掀，盖到了他的身上，刚想挪开一点，就被他扣住了手腕。他轻轻一扯，她就靠在了他的胸膛上，腰同时被他伸手搂住。舒晏脸一热，没有挣脱开，乖顺地靠在他温暖结实的怀里。

片刻，她才想起来问他："你是怎么进来的？"

梁昱行别开脸轻咳了一声，在朦胧的光线中，他的脸像一块绯红的血玉，他道："我有……钥匙。"

"你又偷拿我的钥匙。"字刚打完，她的手就被人握住了。

梁昱行脸上的红晕未褪，他道："小晏……"

原本这样"擅入民居"的行为就很令人不齿，现在又被她安了个"偷"的罪名，他有点羞愧。

舒晏不用抬头看都可以想象到他此刻的表情，她在心里偷笑了一声。

“没关系，这把钥匙送给你好了，以后你什么时候想来……就什么时候来，但是记得一定要提前打招呼。”刚才她就差点被吓到了。

梁昱行低头注视着她，眼神清澈，说：“好。”

“你不累吗？快躺下睡一会儿。”舒晏对他道，末了，又加多了一句，“我陪你啊。”

梁昱行原本只是来陪她一会儿，但看到她后面那句话，他犹豫一瞬，红着脸陪她一起躺下了。

舒晏原本是躺在他的怀里的，没过多久，就感觉被人抱着往上躺了一些。她睁开眼，就看到近在咫尺的黑眸。

梁昱行看着她，灯光落入他的眼里，他的眼中仿佛泛着潋滟的星河。他静静地与她对视，几秒后，他垂下眼帘，寻到她的唇，吻了上来。

唇瓣相触，舒晏感觉一阵令人身体酥麻的奇异电流窜进心田，让她整个人都软了下来。

他原本搂着她后腰的手沿着她的后背缓缓往上移，扣住了她的后脑。舒晏能感觉到他微凉的手指贴着她的发丝，她微微一颤。

吻了好一会儿，梁昱行才放开她。他眼睫微垂，红着脸看了她一眼，将脑袋挪到她肩膀处靠着。

舒晏气喘匀之后笑了。他每次一接吻就害羞脸红，这样的反应真是让人的心都软化了。

她眉目温和，抬起手，轻轻揽住他。

两人在这样温柔的夜色中静静享受这片刻的温存。

第二天一早，赵茹娜的父母就来警局里了，一见到韩正坤，二老立马扑了上来，赵茹娜的父亲激动道：“韩警官、韩警官……你们调查出谋害我女儿的真凶没？”

韩正坤连忙将两位扶起来：“两位请放心，这起案件我们警方已经在调查中了。”

赵父揽着自己的妻子，抹了把眼泪，他的情绪有些歇斯底里：“韩警官，算我们求求你了，我们跪下来求你了，请你一定要调查出谋害我女儿的凶手啊……我这一大把年纪了，就这么一个女儿，她从小是被我们当成掌上明珠来宠着的，怎么会……怎么会发生这样的事情啊……”

韩正坤朝自己的属下使了个眼色，示意他们上前安抚这两位情绪崩溃的长辈。他神色沉重，声音沉稳有力，道：“二位，请你们一定要相信警方的办事能力，我们一定会尽快追查出凶手，还二位一个公道。”

玻璃窗外，梁昱行站在窗前，负着双手，神色沉静地看着这一幕。魏明站在他身旁，转头看着他，有些担忧。发生这样的事情，这起案件的主要负责人韩正坤和包括梁昱行在内的调查人员，心里都不会好受。

“老大……”

“魏明。”梁昱行转过身来，眸子漆黑沉静，嗓音低缓，“我需要你帮我一个忙。”

“好的，你请说。”

“这段时间你手里的工作全部放下，我需要你去帮我跟踪一个人。”

魏明微愣，问：“谁？”

梁昱行面无表情，徐徐道：“何延问。”

魏明一怔，问：“老大，你在怀疑他？”

他们昨晚连夜筛查出了五名最有嫌疑的人，何延问虽然也在其中，可是经过分析之后，他的嫌疑其实是这五个人当中最小的，所以魏明不是很明白老大为什么还揪着他不放。

“是。”昨天他让魏明帮他调查去年六月何延问的出入境消息，上面显示何延问没有南城的入境消息，却显示了他在邻市的入境信息。他们调查过，何延问在邻市并没有任何亲戚朋友，那么，他去那里做什么？

韩正坤想将人带回来审问一遍，这样什么疑点都清楚了，可是梁昱行不想打草惊蛇。

而相反的，有一个疑点最多、嫌疑最重的人。他在南城某个知名的心理研究所担任导师，曾经担任过南大的心理学专业老师，他与何延问曾有过学术上的交流，那天也是受邀去听的演讲。更加巧合的是，他一年前仍然在南大授课的时候，开设过一门《心理学入门》的选修课，林欣雅当时还报名参加了那学期的课程。

调查之后他们还发现，他与除了赵茹娜之外的另外两名受害者也曾有过接触。

韩正坤已经派了人去将那位先生请回来协助调查，这会儿人应该马上就到了，魏明却突然接到了梁昱行这样的指令。不过魏明没有多问，知道老大这么做一定有他自己的原因。跟了他那么久，一起破了那么多案件，不管别人怎么想，反正魏明是相信他的判断的。

“老大，那位段晨先生马上就要到了，你要去会会他吗？”魏明问。

梁昱行沉默了几秒，摇头道：“我先去见陈嘉良。”

警方在他家的地下室里搜到了两名受害者，这一证据已经坐实了陈嘉良的罪名，他已经被警方收押进监狱里等待庭审了。可据陈嘉良自己的表述，他只是作为其中一位中介人负责运输这些女生到其他地方，其余的一概不知，连幕后主使是谁也不知道。而关于注射药物的事情，他也是一知半解，只知道每次按照指令去指定地点接这些女生的时候，她们都已经是这副神志不清的模样了。

而事后证明，陈嘉良的确没有撒谎。警方去了他说的那些指定地点，都没有发现什么有用的消息，也就是说这条线索断了。

梁昱行去见陈嘉良的时候，只准备了一台测谎仪和几张照片。

那是他们筛查的五名嫌疑人的照片。

梁昱行把需要询问的问题告诉小兵，让他代替自己进入刑讯室，而他则待在刑讯室的玻璃隔间里观察着陈嘉良的言行。

“我下面要问几个问题，你只要如实回答我就好。”小兵坐在陈嘉良的对面，将何延问的照片推过去，问他，“你认不认识这个人？”

陈嘉良伸长脖子看了眼照片上的人，摇头说：“不认识。”

闻言，梁昱行抬眼看向测谎仪上显示的数据。很平稳，他没有撒谎。

“你确定不认识？”小兵再次询问。

“不认识就是不认识啊，警察先生，我骗你们干什么？”陈嘉良话落，换了副谄媚的笑脸，“警察先生，就是我想问一下，我把所有事情全招了，你们能不能帮我跟法官申请一下减刑？”

“老实回答问题就好，其他的话别问那么多。”小兵换了张段晨的照片，问他，“那这个人呢？你认不认识？”

“这个人……我认识啊。”陈嘉良说。

梁昱行看向测谎仪上的数据。陈嘉良说认识段晨，也没有撒谎。

“怎么认识的？”小兵接着问。

“我们以前在南大当专业老师嘛，肯定认识啦，我还跟他一起吃过饭呢。”

小兵：“你们关系很熟？”

陈嘉良：“也谈不上很熟吧，就是见过几次面，吃过一两次饭。不过那家伙有点高冷木讷，都不怎么喜欢说话的。”

“警察先生，你们该不会是怀疑他吧？”陈嘉良笑道，“哎哟，不可能、不可能……这家伙这么老实，我认识的人里就属他是最不可能犯罪的。”

“是不是轮不到你来说，我们自会查明。”小兵横着眉说。

“梁队，怎么样？有什么结果了吗？”从刑讯室里出来之后，小兵就到梁昱行的跟前询问。

那五名嫌疑人里陈嘉良唯一认识的就是段晨，可他们以前都在南城大学教过书，互相认识并不奇怪。

梁昱行拿起笔在白纸上将段晨的名字圈出来，同时道：“有两种可能。第一种，陈嘉良从未见过幕后主使的长相；第二种，罪犯并不在他们五个之中。”梁昱行放下笔，直起身，“我更倾向于第一种。”

另一边，韩正坤审问完段晨，刚出来，就有人告诉了他一个消息，他随即到自己的办公室里去找梁昱行。他办公室内有一块写满案件线索及疑点的白板，梁昱行就站在这块白板前垂眸深思。

“段晨我审完了。”韩正坤进到房间，将资料放下之后开口道。

闻言，梁昱行微抬起头，转过身看过来。

“除了赵茹娜的事件外，其余两名受害者失踪的时间点，段晨都说自己在家里，但是无人能证明。我已经向上级申请了搜查令，晚点去搜一搜他的家。另外，我们还发现一个至关重要的点，你还记得之前我们有一个疑点——嫌犯到底把那些用来跟踪的车辆弄到哪里去了吗？你知道我调查段晨的时候发现了什么吗？他在半山道有一栋独立的私人别墅，有地下车库……”

这些车不可能无端消失，可他们调查过记录，相关车辆都没有驶离南城的踪迹，那么唯一有可能的就是被人藏在了南城某处。

韩正坤一脸如释重负的神情。种种疑点都已经被指明，他们基本上已经锁定嫌疑人了，只要找到相关证据，就可以定案了。

梁昱行却皱了皱眉，他静默几秒，开口问："段晨，是一个怎样的人？"

韩正坤沉吟道："嗯……怎么说呢，只跟他接触过一次，感觉他这个人有点木木的，性格比较沉闷。"

简单来说就是木讷和沉闷。

梁昱行说："我之前与罪犯交过手，这个人的性格傲慢、张扬，行事高调，喜欢刺激。"

韩正坤："他会不会是隐藏了自己的真实性格？"

"不排除这个可能。"梁昱行眼神静默如水，他道，"但也有一种可能，段晨不是幕后主使。"

韩正坤微微皱起眉，显然对他的后一种说法不太认同。

"老韩，我知道你破案心急，但切记不要过于武断了。"梁昱行对他道。

确实，种种证据和疑点都指向了段晨，可梁昱行总觉得哪里不对劲。依照那人的性格，应该不会那么轻易就让他们把案件破了，如果这么轻易就被抓获，那么那人也太过无所顾忌。相反，太多的巧合反而更容易让人起疑心，这起案件应该没有那么简单。

韩正坤说："昱行，我知道你对这个案件还有很多疑问，但一切等搜查过段晨的家再说吧。"

梁昱行沉默了会儿，点头。

"对了，还有一件事情。"想起刚才出刑讯室之后有人对他传达的消息，他说，"林志平案子的庭审时间提前了，就在三天后。"

第十七章

线索

舒晏接到法院的传票，要求她出庭作为林志平案件的证人。这件事情她之前听梁昱行说过，只是没想到会这么快。

三天的时间一晃就过了，作为检方传召的证人，舒晏在开庭前到达了法院。为了确保她作证的时候没有误解，法院还专门帮她请了位手语翻译。她在开庭前一个小时就被警方护送到法院，在其中一个小房间里等候着。

舒晏这几天有些心绪不宁，在来之前还特意给梁昱行发了消息，问他是否也会前来。梁昱行告诉她自己也会来，她的心才安定不少。他最近都在忙着查案子，他们已经有好几天没有见过面了。

她正在小房间里等候着，门突然被人从外面推开了，舒晏察觉到动静，抬起头来，看见梁昱行出现在门口。

她从位置上站起来，梁昱行看着她，目光温柔如水，他走进来，将门关上。

舒晏紧张得绷紧的身躯在见到他的这一刻终于放松下来，她说不上来心里是什么感觉。她第一次来这么庄严肃穆的地方，也是第一次被传召为证人，可是在庭审中，她最不想面对的是林志平。

那个把她当成女儿一般爱惜的父亲，也是在最紧急的时刻豁出性命去保护她的人……

不过，也确实像梁昱行曾经说的，在这种事情上不能感情用事。

舒晏整理好自己的情绪，梁昱行上前轻轻握住她的手，目光带着怜惜，对她道：“小晏，如果你不愿意出庭，我们可以采取书面形式。”

舒晏微愣，做了个手势问他：“可以吗？”

梁昱行点头，告诉她：“已经向法院申请了，等会儿会有结果。”

没让他们等很久，片刻后，检察方的人就过来告诉他们，法官同意了以书面形式表达的申请。

梁昱行看着她，目光温和平静。他朝检察官微微颔首，然后把剩余的时间留给了舒晏写证词。

开庭时间很快就到了，林志平被狱警带到了被告人的区域。他的精神意识依旧不清，看到法庭上有这么多人，他害怕地瑟缩了一下，藏在头发里的眼睛搜寻着四周，嘴里不停地喃喃道：“小雅……小雅……我的小雅呢……”

舒晏坐在最后一排，看着被告人区域里的人，心头微涩。此时，她放在膝盖上的手被人轻柔地握住了，梁昱行坐在了她身旁。

庭审开始，韩正坤也作为警方证人被传召了。

林志平在一年前就被确诊患有妄想症、精神失常等病症，根据刑法条例，因精神病犯罪的罪犯分为几种，林志平是属于尚未完全丧失辨认或者控制自己行为能力的精神病人，所以他应当负刑事责任。

法官在听完多方证词之后，鉴于林志平并没有做出什么故意伤人的举动，对他的惩处从轻，只是让他在精神病院里治疗，直到病症完全康复为止。

退庭的时候，林志平被狱警带着从另一处离开，走到外面大厅的时候，他抬起头看着四周。

刚刚他好像看到小雅了，小雅也来了……忽然，他的眼睛一定，看到了舒晏的身影。

小雅……我的小雅。

林志平的眼眶微红，偷偷看了眼站在自己身旁的两名狱警，然后找准了机会，挣脱开他们两人的手，还抽走了其中一名狱警身上的枪，往舒晏的方向跑去。

“喂，你站住！”两名狱警反应很快，立马上前喝止他。

人群里爆发出一阵惊呼声。

舒晏也正跟着人群一起退场，她还不知道周围发生了什么事，忽然手臂就被人握住。她身体一震，还来不及反应，就被人护在了身后。

梁昱行最先听闻动静，他反应迅速，率先将舒晏护在身后，看着前方突然失控冲过来的人。

林志平很快就被身后追上来的狱警制住了，他挣扎着，朝舒晏的方向看过来，喊道：“小雅，你过来爸爸这边……过来爸爸这里……”

舒晏怔在原地，看着这突然失控的一幕，她的视线落在林志平身上。他的面容沧桑，眼睛被许久没有修理过的头发微微遮挡住，眼眶微红，直视着她的眼神里流露出强烈的哀伤和困苦，还有祈求……

舒晏心头一震。

“小雅，你过来，来爸爸这边，我不会伤害你的……来……”林志平的声音沙哑，眼眶逐渐湿润，“来……小雅，爸爸求求你了……过来……”

林志平哀求地看着舒晏，眼角慢慢溢出了泪，他哆嗦着唇说：“小雅，我知道你在责怪爸爸……爸爸没有看好你，我对不起你……你能不能原谅爸爸，我求求你……”

舒晏心里一酸，缓缓低下头，不忍去看他眼中的凄楚和哀求。

就在这时，她的手被梁昱行修长的手扣住，舒晏抬起头来看着身旁的人。

梁昱行面容清冷，眼瞳黑沉，看着林志平，缓缓道：“她不是你的女儿。”

林志平忽地一愣，他看着梁昱行，微微睁大眼睛，歇斯底里道：“你在胡说什么！”

梁昱行无动于衷，他声线平缓，对他陈述着一个事实：“你的女儿林欣雅已经在一年前遇害身亡了。”

“你胡说！”林志平的情绪突然变得激动起来，“你胡说，我女儿没死！她没死！你骗我，你别想骗我！”

“林先生，请你认清这个事实。”

林志平怒极，瞪着梁昱行道：“你再胡说一次试试！”

梁昱行面色冷静，他站在那里，像一棵孤直的松，无法撼动半分。

“关于你女儿的事故，我很抱歉，警方已经在竭尽全力寻找凶手……”

“有什么用！”林志平的精神已经崩溃了，他痛哭道，“有什么用啊！你们就只会说这种话！我女儿不见了你们也这么说，出事了你们也这么说……那是我的孩子啊！我唯一的孩子啊……你们拿什么还给我啊，我的小雅……”

韩正坤忽然沉默下来，手握成拳。

林志平情绪失控，忽而跪在地上。

“我的小雅，从小那么听话懂事……她妈妈走得早，她小的时候，我要工作，要养大她，把她放在她姥姥家里，每次我下班回家，她都会第一时间跑过来喊‘爸爸’……后来她长大了，她姥姥也过世了，没人能帮忙照顾她，她就自己一个人乖乖地待在家里写作业，等我下班回来。她再大一些，就跟我说她想学做饭，这样以后就可以做好晚餐等我下班回家，减轻我的负担……”

他断断续续地诉说着往事，舒晏并不能完全看清他说的话，但被他的情绪感染着，她的眼眶一酸。

“我的小雅啊，聪明又漂亮，画画又好，从小就跟爸爸说，以后要成为一名画家……她说，等以后出名了，一幅画能卖很多很多的钱，到时候我们就不用再过苦日子了……

“可是这一切都怪我啊……要不是因为我，她也不会变成这样……都是我害了她呀……”林志平说到后面，已经泣不成声了。

在场的人听完他的话，悲从心来，纷纷沉默无言，偌大的法院大厅里一时间只剩下啜泣和悲鸣声。

梁昱行负手站在原地，片刻后，缓缓走到林志平跟前蹲下。

他的目光沉静，神色有些许动容，他沉稳的声音在这空旷的大厅里回荡：“林先生，我以人民警察的名义向你起誓，接下来的日子，我会尽快查明真相，将罪犯绳之以法，还你和你女儿，以及其他受害者一个公道。”

请你将信任交付于人民警察。

庭审结束之后，舒晏跟梁昱行他们一起回了警局。因为她突然想起来，林志平在绑架她之后，跟她提起过一个男人。

林欣雅在失踪前认识了一个男人，可是林志平并不同意她跟那个男人往来，只是这其中发生了什么事情，暂时无人知晓。

唯一可以断定的是，这个男人应该和林欣雅失踪之后也跟着一同消失的男人是同一个人。

韩正坤一回到办公室，就将文件甩在桌上，双手用力敲打了一下桌面，大声对小兵道：“把段晨给老子抓回来！我要问问他是怎么做出这些丧心病狂的事的！”

先是经历了前几天赵茹娜父母的事，再加上今天听了林志平在法院里说的那番话，任谁心里都不会好受。

小兵被他这一吼吓了一跳，他看了一眼突然暴跳如雷的韩正坤，又看了一眼从进门起就一句话没说的梁昱行。

“去啊！还愣着干什么？！”韩正坤吼道。

“哦哦，好。”小兵回过神来，立马往外面跑。

“段晨不是犯人。”等小兵离开之后，梁昱行忽然道。

韩正坤愣了一下，有些疑惑地看着他。

梁昱行走到白板前，将林欣雅遇害的时间单独列出来，他说：“林欣雅失踪时间是在去年六月八号到六月九号之间，这几天的时间里，段晨去了A市，不在南城。”

“可是这也不能证明什么，不在场证据谁都可以制造。”韩正坤说。

“确实。”梁昱行缓缓抬起头，看着他道，“但有一件事情无法改变，嫌疑人的身高。”

韩正坤稍愣，问：“他的身高怎么了？”

“嫌疑人的身形与我差不多，身高应该在一米八到一米八五之间。而段晨，只有一米七五。”

“所以你的意思是，我们弄错了？”韩正坤一门心思扑在那些最明显的证据上，倒是把这么关键的点给忘了，“那我马上把小兵叫回来。”

“不必。”梁昱行拦住他，“正好借此机会让真正的犯人误会警方的调查方向，放松警惕。”

舒晏跟他们到警局之后就坐在外面等梁昱行，没过多久，就看见他们从办公室里走出来了，她立马站起来。

韩正坤一看到她，忽地想起什么，他眼睛一亮：“昱行，我突然想到一件事。”

一年前，因为林志平突然精神失常，所以他们无法从他的口中得知很多事情，他后来也拒绝与警方合作。但他对舒晏提及那个男人，那说不定舒晏还可以从他的口中得到更多的线索和消息。

“我想，可不可以让舒晏去跟林志平聊一聊？”韩正坤提议道。

既然林志平将舒晏当成了他的女儿，那如果换成她去询问的话，会不会有不同的效果？

舒晏看到他提起自己的名字，愣了一下。

梁昱行没说话，半晌，他转头看向舒晏。

舒晏也同样看着他，眼神有些茫然，她走过来。

“是有什么我可以帮上忙的吗？”

韩正坤将事情简要地跟她说了一遍，然后问：“舒晏小姐，你愿意帮警方这个忙吗？”

舒晏没回答，她转头看向梁昱行。

他眼神平静，缓缓说道：“小晏，如果觉得勉强，可以拒绝。”

舒晏摇了摇头，打字道：“不勉强。昱行，我想帮这个忙。”

第二天，南城某处精神病院里。

舒晏和梁昱行跟随着护士行走在走廊里，同行的还有一名手语翻译。这是韩正坤向局里申请来的，为了帮助她与林志平沟通。

引路的护士在一扇门前站定，跟守门的警察打了声招呼，然后把门推开了。

林志平穿着病号服躺在床上，安安静静地望着天花板，连他们进来了都好像没有察觉。

护士解释说，从进到这里之后他就一直闹到现在，吵着要出去找自己的女儿，他们没办法，就给他打了一针镇静剂，今天早上也注射了一针。

舒晏看着躺在病床上的人。他面无表情地望着天花板，精神气仿佛都被抽走了一般，面如死灰。

昨天在法院的场景依旧历历在目，舒晏看到他这副模样，心里有些难受。她缓缓低下头，伸出一只手来，握住了身旁人温暖的手。梁昱行察觉到她的情绪，侧头看着她。感觉到他的目光正落在自己身上，舒晏抬起头来，对上他关切的双眼，她浅浅一笑，摇头示意自己没关系。

梁昱行眼帘微垂，没说话，只是握紧了她的手。

舒晏走过去，见林志平的双眼一直盯着天花板，她伸出手，在他眼前轻轻晃了一下。

林志平缓缓将视线转过来，一看到是她，他的眼眶一红，眼神中立马流露出思念和渴望，哽咽地喊着：“小雅……”

“林先生，我很抱歉，但我确实不是你的女儿。”舒晏用手语道，手语翻译在旁边同时传达她的话，“我先自我介绍一下，我叫舒晏。”

林志平摇了摇头，显然是不相信她说的话：“小雅……”

舒晏抬头看了梁昱行一眼，他对她摇了摇头，舒晏便没再继续这个话题，她换了个话题道：“你还记不记得小雅在去年六月七号失踪之前发生过什么事？”

“七号？今天不就是六月七号吗？”林志平转了转眼珠子看着她。

舒晏顺着他的话用手语说：“对，今天是六月七号，那小雅在哪里呢？”

“小雅……小雅不是在家里吗？”林志平茫然地眨了眨眼，像是突然想起什么，他瑟缩了一下，“都是因为我把她锁在家里，所以她才会自己撬窗户离开的，对……都是因为我，都怪我……”说着，他的情绪突然变得激动起来。

舒晏皱了皱眉，和梁昱行对视了一眼。

过了许久，等他的情绪平复下来，舒晏才接着问：“是因为那个男人吗？”

“男人？”林志平似乎不太记得有这么个人了，他想了很久，才开口道，“对，就是因为那个坏人，都是因为他骗了小雅！对，小雅肯定是被他带走了！她说过要跟那个坏蛋出去玩，我不肯。小雅肯定是被他给带走了！快点，你们快点让警察去抓他……快……”

他兀自说完，又转过头来看向舒晏，神情变得纠结起来：“小雅，爸爸都跟你说了不要跟那个男人来往，你怎么不听我的话呢？你小时候很懂事的，为什么这次不听爸爸的话呢？！”

舒晏想了想，问：“为什么不让我跟他来往？”

“他是个坏人啊，很坏很坏的人……”林志平神秘兮兮地说，“专门来害人的。小雅，你一定不要被他骗了。”

“他害过什么人？”舒晏接着问。

“小雅，你一定要听爸爸的话，爸爸都是为了你好，绝对不会害你的。”

接下来不管舒晏问什么问题，林志平都一直重复地跟她说这句话，她问不出别的内容了。

但从与他的谈话中基本可以断定，林欣雅在失踪前曾经认识了一个男人，林志平可能无意间发现这个和女儿密切来往的男人某些不好的事情，所以才反对他们来往。林欣雅七号应该是要跟这个男人一同出去，林志平发现之后就将她锁在家里，结果林欣雅自己撬开房间的窗户逃跑了。也是自从那个时候开始，她就失踪了。

梁昱行忽然想到一个问题，他打电话给韩正坤求证：“林志平是什么时候开始精神失常的？”

“你等等啊，我翻下记录。”过了会儿，韩正坤回答道，“在林欣雅失踪之后，具体时间没有提及，我也不清楚。怎么突然问起这个了？”

“我怀疑他的精神病是人为导致的。”梁昱行想起了林志平刚才说的那番话，“他可能见过罪犯的长相。”

“你是说有人故意……你这么一说我之前还一直觉得奇怪，怎么一个人好端端的，突然说精神失常就精神失常了呢？而且时间点那么巧，就在林欣雅失踪之后。”

如果林志平真的见过那个人的长相，那么他的处境就危险了。

梁昱行说：“这段时间派人加强对林志平的看守，不要让任何人靠近他。”

“好，我立马就去安排。”

梁昱行结束通话后返回房间里，舒晏还坐在床边的椅子上，林志平已经睡着了。看见他进来之后，她才抬起头来。

“怎么样？刚才的对话有提供什么线索吗？”

舒晏有些担心自己没起到什么作用。

梁昱行握住她的手，带着她走到外面，眉目温和道：“有，作用很大。”

舒晏眉目一松。

“那就好。你今晚还要继续忙碌吗？”

梁昱行摇头。大家都已经忙碌了许多天，精神和体力都跟不上了，所以韩正坤让他们回去休息一个晚上。

“那我带你去吃顿好吃的吧。你看你，这几天都变瘦了。”

打完字，舒晏伸手摸上他的脸颊。

梁昱行身体一顿，脸和耳朵因为她的触碰都红了。

他抬手抓住她的手，脸颊微红。

他的目光含着温情，直视着她，舒晏忽然有些不好意思起来，她想抽回手，手指却被他牢牢握住。

梁昱行垂眸，几秒后，他拉着她到一个无人的角落，将她按在墙上，低头吻住她。

舒晏微微睁大眼。

这个人……

片刻后，她无声笑了，闭上眼睛抱住他。

从精神病院出来之后，舒晏就带梁昱行去了一家新加坡料理店。这是上次她和小靖他们一起来吃过的，味道还不错，她就想下次有机会带梁昱行来尝尝。说起来，这还是他们确立关系之后第一次一起外出吃饭。

进到店里，舒晏跟门口的服务生报了用餐人数之后，服务生就带着他们进去，找了个两人座让他们坐下。

周围环境有些嘈杂，但好在他们的位置僻静，身旁隔了道屏风，倒也显得清幽。

舒晏拿着菜单跟服务生点了蔬食拼盘、菠萝海鲜炒饭和风味火锅，然后给梁昱行点了几道清淡的菜。

她昨天抽空在微信上跟魏明打听过，他们这几天在警局里吃的都是盒饭，梁昱行吃得很少，每次一投入到案件中，他就把自己关在室内好几个小时都不出来，都是过了饭点、饭菜都冷了之后，他才出来吃上几口。

难得他不用留在警局里加班，舒晏就想带他来吃顿好的，接下来的日子他肯定又会非常忙碌。

菜很快就端上桌了，舒晏把炒饭放在他面前。

“你试试这个，味道很鲜，你应该会喜欢的。”

“好。”

接下来，基本每端一样菜上来，舒晏都会把好吃的让他先尝尝，他面前的碗和碟子里都放满了舒晏给他夹的食物。

梁昱行看着自己面前堆成一座小山的菜，目光温柔，他抬眼看着眼前的人，微微一笑道：“小晏，我可能吃不下那么多。”

舒晏看着他，打字道：“你可以的。”

“好的……”

梁昱行很快就吃饱了，他拿着茶水慢慢饮，视线一直落在舒晏的身上。

他不能吃辣，舒晏就一个人把火锅里的东西全部吃完了，她的脸颊染着淡淡的绯红，嘴唇也变得通红无比，梁昱行的视线随之落在她娇艳欲滴的唇瓣上。

“小晏，吃饱了吗？”

舒晏点点头。她很饱了，点的东西太多了，特别是这道火锅，她吃完之后都有些撑。

吃饱喝足之后，两人休息了一会儿，才让服务生过来买单。舒晏原本是想这一顿她来请客的，可她刚准备打开手机支付，就被梁昱行阻止了，他把自己的卡递给服务生。

“不是说好我请客的吗？”

“小晏，你是我的女朋友，吃饭理应由我来买单。”梁昱行这么告诉她。

看到那句“你是我的女朋友”时，舒晏的脸颊微微一红。她知道，虽然他表面看起来温温和和的，但实际上在某些方面有点固执和霸道。可舒晏并不反感，好像只要是关于他的，无论哪一面，她都会很喜欢。

这家料理店在一个购物商城里，既然来了，舒晏就提议在附近逛一圈，梁昱行自然会答应她。

只是……

舒晏和他牵着手走在商城宽阔的通道上，转头看着他。

“你怎么一直盯着我看？”

梁昱行看完她的话，白皙的脸颊悄悄爬上了一抹红晕，他别开视线。

从刚才出了店门后，舒晏就察觉到他的目光时不时停留在自己的脸上，是她的脸上沾了什么东西吗……

刚好路过一家服装店，店面的橱窗里摆放了一面镜子。舒晏停下来看着镜子里的自己，发现除了因为刚才吃辣嘴唇有点红之外，其他并没有什么。舒晏也没太在意，带着他去坐电梯。电梯里没人，舒晏按了要去往的楼层之后，腰就被人搂住了，梁昱行把她的身子转过来，将她轻轻压在电梯轿厢内壁。

舒晏抬起头来，对上他漆黑的瞳仁，几秒后，唇瓣一暖，他的唇落了下来。

梁昱行轻轻咬住她绯红的唇瓣，搂着她的腰的手微微用力，让她贴近自己。

狭小的空间里，梁昱行的脸颊迅速升温。

他从刚才起就想这么做了……

舒晏被他桎梏在怀里，动弹不得，因他的吻脸颊燥热。

怎么才过了几天，他的吻技已经娴熟成这样了？还知道怎么样才能让她最无法抗拒……

眼见着电梯就快到了，舒晏伸手抵着他的胸膛，想推开他，可是梁昱行就是不让她动。

他怎么……这样坏……坏死了。

电梯“叮”的一声提示他们所通往的楼层已经到了，电梯门徐徐展开的时候，梁昱行才放开她。

舒晏不用照镜子都知道，自己的嘴唇肯定是火红一片。她捂着嘴，没好气地瞪了刚才做了坏事的男人一眼。

梁昱行缓缓垂眸，脸颊更红了。

好在出电梯之后这一路都没遇见什么人，但想起刚才在电梯里的场景，舒晏仍然有些羞窘，还有一点点恼他。

所以梁昱行要上来牵她的手时，舒晏不让。

“小晏？”

舒晏别开眼，装作没看见。

只是下一秒，她的手就被他牢牢牵住了。

舒晏也不是真的生气，她拿出手机，低头打字：“梁昱行，这里是公众场合，在外面你就不能克制些吗？”要是被人看见了怎么办……

梁昱行看完这行字，睫毛微垂：“对不起，小晏……”

舒晏见他这副模样，心里一软，告诉他：“下次……不许这样了。”

她的脸颊绯红，目光盈盈温润，红艳的唇瓣微微抿着。梁昱行的目光从她的脸颊上转移到她的唇上，目光微动，克制住心里的冲动。

他点头应承下来：“好。”

他们绕着商城转了一圈，没什么好逛的，有点无聊，舒晏也有些累了。

“我们回去吧。”

梁昱行自然应了。

他们出了商城之后就去门口拦的士，回到小区时已经快晚上九点了。他们牵着手上楼，到家门口，舒晏掏出钥匙刚打开门，摩卡就从门缝里钻出来了。

舒晏微微笑起来，摸了摸摩卡的脑袋，梁昱行就在这时问她：“晚上要不要来我这边？”

“会不会不太方便？你家不是有人在吗？”舒晏想起魏明还住在他家里。

同时，对面的门被人打开了。房子里开着暖气，魏明就穿着一件长袖和短裤。

他正在吃泡面，听到门外有声音，知道应该是梁昱行他们回来了，便端着碗泡面走过来开门。

“嗨喽，老大，舒晏，你们回来了？”魏明嘴里嚼着泡面，边吃边说。

说着，一道黑影扑过来，魏明吓得大叫了一声：“妈呀，这是什么鬼！”

他定睛一看，发现是一条站起来半人高的阿拉斯加犬。

摩卡是闻到泡面的香味了，所以才扑上去的。这段时间它长胖了许多，舒晏担心它体重超标，所以在控制它的饮食，每天给它的量是平时的一半，摩卡自然不满足，现在是闻到香味就蠢蠢欲动了。

魏明怕狗，尤其是怕这么大的狗，见它扑上来，他赶紧捧着自己的泡面躲到一旁。可他的速度哪里有一条狗快，很快，他的裤子就被摩卡扒拉住了，他单手举着泡面，另一只手想从它的爪子里抢回自己的裤子。

“老大，救命……快救我……”魏明哀号着。

最后还是舒晏把他从摩卡的爪子下解救了出来，魏明赶紧躲到梁昱行的身后，护着自己的泡面，瞪了它一眼。

摩卡抬起脚掌上前，对他叫了一声。

魏明吓得赶紧躲起来。

舒晏将摩卡安抚好，才拿起手机对梁昱行道：“我今晚不过去了，摩卡有好几天没有出门了，我要带它下去溜一圈。”

梁昱行看完她的话，沉默了一会儿，转头看向身旁的魏明。

魏明看着他的眼神，往后退了一步，微微颤抖了一下，心道：老大，我泡面还没吃完呢，你想干什么……

“哈哈，老大，你们忙，我先进屋了……”魏明打着哈哈就想开溜。

“魏明。”

魏明听见梁昱行喊他，条件反射性地站住了。

“我想和小晏单独相处一会儿。”他的嗓音温和，偏偏又是让人无法拒绝的口吻。

片刻后，楼下小区，魏明牵着狗绳，穿着短裤衩，在冷风中奔跑着，摩卡奔跑的速度太快，他几乎要赶不上了。

“大哥、大哥，你跑慢点……跑慢点啊……”

第十八章

怀疑对象

遛完摩卡之后，魏明就回到了梁昱行的家里，此时，梁昱行和舒晏都坐在客厅里。他悄悄靠过去，在梁昱行的耳边说道："老大，我有些情况想跟你汇报一下。"言外之意是想让梁昱行借一步说话。

梁昱行摇摇头，示意他不必回避，有话明说就好。

魏明看了一眼坐在另一侧沙发上正在逗摩卡玩的舒晏，斟酌了一下才对他道："我跟踪了何几天，没有发现什么异常。他的作息很规律，每天早上七点会准时起来跑步健身，八点返回酒店，一直等到中午饭点才会出趟门去超市买食材，然后又回自己的房间，等到下午两点会去他在碧澜居买的新房看装修进度。他现在没有固定工作，基本上每天不是待在酒店就是去看新房，最后就是去……舒晏的咖啡店。"说到"舒晏的咖啡店"时，魏明停了一下，抬头看了眼梁昱行的反应，见他神色沉着，并无异常，才接着往下道，"我跟踪他的这几天，也没见他和什么人来往。我向酒店前台要了份外来访客记录看了下，只有他的访客记录上是一面空白，他住进这里的这段时间，没有人去找过他。

"不过昨天发生了一件事情，何好像想自己独立开办一间心理咨询工作室。昨天下午两点，他开车从酒店出去，去了很多个地方，都是些办公大厦，在每个地方都会停留一段时间。我之后找了时间去了这些地方，找了人问才知道他是想为自己的工作室选址。我跟了他几天，并没有发现他有什么异常或者可疑的地方。"

"他昨天下午在什么时间返回住所的？"梁昱行听完他的汇报，提出了疑惑。

"五点半。"

梁昱行眼神沉静，没说话。

"老大，是有什么奇怪的地方吗？"魏明见他沉默不语，便开口问道。

梁昱行微微摇了下头。没有，并没有任何可疑的地方，但就是因为没有任何让人觉得奇怪的地方，才让他心里存疑。

是他从一开始就弄错了对象，还是这一切都是对方设好的局，做的这一切只是为了混淆他们的视线？

梁昱行觉得事情并没有表面看上去那么简单，他沉吟道："魏明，这段时间还是继续跟踪他。另外，你帮我查一下他跟段晨之间的关系。"

"是。"

舒晏原本是坐在一侧的单人沙发上陪摩卡玩，转过头看见梁昱行和魏明神情肃然的模样，似乎是在聊公事，她便转过头来没去打扰。她揉了揉摩卡的下巴，摩卡很享受她的抚摸，蹲在她面前，尾巴一直在身后摇来摇去的。

直到她的手机一振，小靖给她发了条微信消息："舒姐！李响那家伙今晚竟然约我来看爱情片，你说他是抽什么风了！？"这行字之后还附带了一个"震惊"的表情。

舒晏笑了，想了下一贯沉默的阿响带着欢脱的小靖去看爱情片的场景。没想到他为了让小靖开窍，竟然做到了如此地步。

她询问了一下片名，是一部由小说改编的电影，最近很火。

舒晏："这部电影你不是一直很想去看的吗？"

小靖："是啊！可是他一个大男人来看什么爱情片。啧啧啧，我真没想到他竟然还有这种癖好。"

在心里默默心疼了阿响三秒钟，舒晏决定帮他一把，她问："小靖，你觉得阿响这个人怎么样？"

对方很快就回复道："不怎么样。自大、傲慢、狂妄，高冷又目中无人，全身上下都是缺点。"

舒晏心道：阿响，自求多福吧。

电影院里，阿响正在排队买爆米花，忽然打了个喷嚏。不知道谁在背后骂他，他转头看向等在一侧的小靖。

小靖刚好也抬起头来和他对视了一眼，几秒后，她捧着手机傲娇地别过了脑袋。

阿响心里纳闷：我又是怎么招惹这位姑奶奶了？

梁昱行和魏明聊完了案件，转头看了眼一直坐在一旁背对着他们的舒晏，目光变得柔软下来。

小靖在那端跟舒晏说电影快要开场了，先不聊了，舒晏刚结束和她的聊天，梁昱行就走了过来。她抬起头来，打字问："你们聊完了？"

"嗯。"梁昱行轻声应道。

舒晏站起来，梁昱行对她道："小晏，我明天早上要去警局，接下来这段时间可能没办法陪在你身边，你介意我在你手机里装一个追踪器吗？"

最近这些日子南城不太太平，他无法随时随地陪在她身边，所以他需要清楚她的位置，确保她的安全。

舒晏自然明白他的用意，她点头同意了。

梁昱行带她进了自己的卧室，开了电脑，用数据线连接了她的手机。舒晏坐在他身旁，看着他修长的手指在键盘上飞快地按了几下，屏幕上骤然浮现出一堆代码数据。

"你还会这个？"

"嗯，以前学过。"

"好厉害。"

"谢谢……"因为她的夸奖，梁昱行的脸微微红了一下。

他在键盘上操作，很快就帮她把追踪器装好了，梁昱行把手机还给她，说："好了。"等她接过手机，梁昱行看着她道，"小晏，还记得我们之间约定的信号吗？"

舒晏点头。

"记得，如果遇到什么麻烦，就给你打电话。"

梁昱行嘴角含笑："我一定会尽快赶来你的身边。"

他第一次说这样的话的时候，舒晏还不知道他的身份。而她被刘武抓走之后，拼尽最后一丝希望给他打电话，他真的就如同他们约定好的那样，尽快地赶来她的身边。时至今日，再次听到这样的话，舒晏的内心免不了又经受了一次波动。

"梁昱行，谢谢你，你真好。"

给他看完这句话，舒晏伸手搂住了他。梁昱行神情一怔，片刻后，他抬起手来，回抱住了她，眉目温柔如水。

自从知道梁昱行只要忙起工作来就会忘记吃饭这件事，舒晏接下来的每天都会在饭点前准备好饭菜，然后让人把饭送到他那边。

下午的时候，她还会亲自做几杯饮品，包括他最喜欢喝的美式咖啡，让人帮忙送到警局里，给他们当下午茶。

几次过后，警局里的同事都知道梁昱行有个女朋友了，韩正坤有次还特意问他：“你和舒晏在一起了？”

“嗯。”

韩正坤对他们俩走到一起这件事还挺意外的，毕竟梁昱行当初是为了执行任务才接近她的，他没想到这两人最后能走到一起。

韩正坤也没说什么，只是恭喜他。

今天已经是第六天了，离上级给的破案截止时间只剩下八天，魏明也已经调查清楚何延问和段晨之间的关系了。原来他们不止在学术交流上有联系，何延问还是段晨的债主，段晨在南城开的这家心理咨询室的资金就是向何延问借的，最开始的一些生意也是经由何延问介绍的。直到目前为止，他的咨询室还处于亏本的状态，据说钱也一直没还清，但何延问也没主动去找他讨要。

这就很奇怪了。这些事情的巧合太多，先是罪犯锁定在南城大学犯案，凑巧的是何延问和段晨同时在场，之后又发现段晨与最近几起事件的被害者都有过接触，然后就是他和何延问之间的联系……

就像是故意设下的圈套，将警方套进去，然后让他们一直在里面兜圈子。

“会不会是我们从一开始就想错了？”案件线索太多，零零散散的，就是无法找到最直接最关键的那一个，韩正坤抓了抓脑袋，开口问道。

梁昱行没说话，他沉思了片刻，忽然问：“开讲座那一天，有谁看见何延问离开了？”

所有人心里“咯噔”一声，面面相觑，其中一名队员举起手来：“我，是我带着他离开的。”

“之后呢？”韩正坤连忙问。

“我带着他和几位学校领导从后台撤场之后，去到安全的地方我就离开了。”

“之后还有谁见到他？”

所有参与那天行动的警员都摇了摇头。人太多了，根本就没人留意他。

就在这时，梁昱行接到了魏明的电话。

“老大，我要跟你说件事情，舒晏现在和何延问在一起。”

舒晏这几天也特别忙碌，来光顾的人很多。她已经在跟小靖他们商量着要多雇两三个人来帮忙了，然后这几天也在忙着面试店员。

这天下午，舒晏收到了何延问发来的消息，说他在碧澜居的新家安置好了，想邀请她明天去家里做客。

这件事情舒晏是知道的。他常年居住在伦敦，这边也没有亲人，孑然一身的，在这边也没有固定的居所。他是在今年年初决定要回国内发展，才在南城这边买了房子，所以他前段时间一直住在酒店里，等到最近才搬进新家。

舒晏收到他的消息后很快就答应了下来。既然明天被邀请去做客，自己得给他准备样礼物恭贺他搬新家。

想来想去也不知道送他什么好，她就决定去家居城看看，结果却在那里遇见了他。

舒晏遇见他的时候，他正在挑书柜，年轻的导购员站在他身旁，脸颊微红地看着面前英俊不凡的男人，一直滔滔不绝地向他介绍面前这款书柜。何延问耐心地听着，偶尔会回复一两句。

他转过身来，就看见了站在不远处的舒晏，他微愣了一下。

舒晏对他笑了，何延问也朝她露出笑容。随后他礼貌地推辞了身旁一直给他推销的导购员，朝她这边走过来。

“好巧。”

寒暄过后，何延问道：“来这边买家具？”

舒晏摇头，她想了会儿，还是如实告诉他：“我来这边挑礼物，庆祝你搬新家。”

何延问浅浅地笑起来：“人来就好，何必这么客气。”

“只是一点小心意。”

其实说起来，以前他就经常帮她的忙，认识他的这些年，舒晏倒是很少能为他做些什么。这次他搬新家，她也帮不上什么忙，只好送点礼物表示下心意。

“你来买家具吗？”

“嗯，新家书房里还差一个书柜，在网上一直找不到合适的，所以过来看看。”何延问说。

“需要帮忙提供意见吗？”

何延问舒展开眉目，笑道："最好不过。"两人结伴往前走，何延问忽然侧过头问她，"今天怎么就你一个人，梁警官没陪你一起吗？"

"他在忙。"

"是在调查之前在讲座上发生的事情吗？"他随口问道。

"应该是的。"

她并不太清楚梁昱行他们现在的调查重心，也不了解案件的进展情况，这些都属于他要保密的范围，舒晏也不会主动去问。

何延问也没再继续询问。

魏明一直按照梁昱行的指令在跟踪何延问，今天他跟踪何延问来到这里，为了不让自己暴露，他跟何延问保持着一定的距离，躲在一旁也装作在挑选家具。唯一让他觉得郁闷的是，身旁这位导购员一直在跟他孜孜不倦地介绍这款按摩椅有多舒服，功能有多齐全。

"先生，要不您试坐一下？我们让您全方位地感受我们产品的功能和好处。"

"不用了……"

导购员的话不断钻进他的耳朵里，害得他有些分心，稍不留神，人就看丢了。

人呢？

魏明愣了愣，赶紧搜索着四周，然后在二楼的某处专柜前看到了何延问的身影。他松了一口气，但同时，他看到何延问的面前还站着一个人。魏明定睛一看，咦，那不是舒晏吗？舒晏怎么也在这里？

看着看着，魏明觉得有点不对劲，两个人怎么有说有笑的？他想了想，拿出电话，把这件事情报告给了自家老大。

梁昱行接到他的电话之后，立马向韩正坤借了辆车往这边驶来。

他到达的时候，舒晏已经陪着何延问把家居城差不多逛了一遍。她征求了他的意见，给他买了一些简洁大气的装饰品，用来摆在客厅里当点缀。至于书柜，他还是找不到心仪合适的，他们就找了家能够专门定制书柜的门店，按照他的需求下了订单。

他们走出家居城的时候天色已经晚了，街道旁的路灯都亮了起来，何延问对她道："时间不早了，我先送你回去吧。"

舒晏其实想说"不用"，但何延问已经看出她下一秒想说些什么了，他道："这段时间是下班高峰，坐公交会堵在路上，地铁人多也不太方便。路程不远，还是我送你吧。"

他都这么说了，舒晏也不再坚持，刚准备跟他往停车场的方向走，就看见站在不远处的路灯下的男人。

舒晏的脚步倏地顿住。

梁昱行往他们这个方向看了一眼，然后迈开长腿，朝他们这边走来。

路灯将他的身影拖长，他的身形挺直如松，面容温润，眉目却静若深水。他走到舒晏面前站定，低头看了她几秒，缓缓垂下眼帘，半晌，伸出手来牵住她。

舒晏刚想问他怎么会出现在这里，就见他将视线挪向何延问，目光有些沉。他开口道："我的女人，不需要别的男人接送。"

他的声音清冷沉静，何延问听完之后没做反应，片刻后，才轻笑了一声，道："既然如此，那我就先回去了。"

话落，他转头看向舒晏，微笑道："舒晏，我明天在家里等你，再见。"

舒晏微微颔首。

何延问走了之后，舒晏看着静默不语的梁昱行，好奇地问道："你怎么会在这里？"

梁昱行静静地看完她的问题，视线落在她的身上，他淡淡道："我先送你回去。"说完，他别开了视线，带着她往前走。

舒晏有些摸不着头脑。上车之后，她看着身旁这个从刚才起就沉默不言的人，能察觉到他的情绪有点低沉，只是她有点没想明白……他怎么突然间就心情不好了？

不过，在开车途中舒晏不敢让他看手机，怕他分心，所以两人就一路沉默着回到了家中。

到家门口时，舒晏见他背对着自己打开了屋门，她上前一步扯了下他的衣袖，想询问他怎么了，结果手就被他牵住了。他用了点力将她拉向自己，舒晏脚下一个踉跄，随着他一起进了屋内，下一秒，他把门关上了。

屋内大灯没开，视野里一片漆黑，没过多久，舒晏就被他压在了墙上，他靠了过来。

她愣了一下，紧接着，他就吻了上来。

他今晚情绪不佳，含住她的唇之后轻咬了一下，很快便闯入她的牙关，与她纠缠在一起。

一吻结束之后，舒晏微微喘着气靠在他的怀里，半晌，她举起手机问他："你怎么了？"

这个问题在上车之后她就打好了，一直没找到机会问他。

屋内太黑，舒晏看不清他的反应和神情，她刚想伸手去开灯，下一刻，灯就被人率先打开了。

突如其来的灯光有些刺眼，舒晏的眼睛被他体贴地护了一下，等到适应了光线，梁昱行才松开手。

屋内灯光明亮，落在他的眼里，他的瞳仁漆黑，眼神有些情绪难辨。

舒晏顿了会儿。

"你……吃醋了？"

梁昱行轻"嗯"了一声，轻轻地别开眼，脸颊绯红。

他在她面前一直都是温润平和的模样，舒晏倒是第一次看到他这样的反应，她忽地笑了起来。

梁昱行用余光看到她的笑靥，他愣了愣，问："小晏，你在笑什么？"

舒晏抬起双手搂住他的脖子，踮起脚在他的脸颊上亲了一下。

"笑你啊，我的男人怎么那么可爱。"

梁昱行看到"我的男人"四个字，眼睛微微亮了一下，随即目光落在最后的"可爱"两个字上。他一顿，抿唇道："小晏，不要用'可爱'来形容一个男人。"

哦。

可是就是很可爱呀。

舒晏笑了笑，不再逗他。

"梁昱行，何延问是我的朋友。"

看完她的话，梁昱行敛了敛眸，静默不语。

舒晏其实能理解他的心情。如果梁昱行有一个十分要好的女性朋友，她虽然能坚信他们之间并没有任何暧昧来往，可是只要一想到他和别的女人待在一起，她会觉得很不舒服。这跟相不相信他没有关系，这是一种本能的感受。

在爱情面前，有谁是不小气的呢？

只要他是属于自己的了，舒晏就希望他永远只属于自己一个人，无论别的女人和他是什么关系，之前有什么交集，她都不想看到他和其他女性独处。

既然她自己都是这般想法，更何况是他呢？所以舒晏能够理解他现在的心情。

于是她后面加上了一句："但如果你不喜欢的话，我会和他保持距离的，以后也避免和他独处，这样可以吗？"

虽然何延问跟她是两三年的朋友了，他们之间的交情还不错，但这些远远都没有眼前这个男人重要。她将他摆在心里的第一位，也甘愿为他做出让步。

梁昱行淡淡地"嗯"了一声。

舒晏见他的情绪还是有些低沉，想到了什么，打字道："对了，何延问明天邀请我去参加他新居入伙，既然这样的话，那我就不去了。"

反正礼物已经让快递送货上门了，人不去应该也没什么关系，到时候跟他说一声"走不开"就好了。

她打开微信界面，正准备跟何延问说一声时，手就被梁昱行握住了。

舒晏抬起头来。

"不必拒绝。"梁昱行看着她，声音沉缓道，"我和你一起去。"

碧澜居是南城近几年才新开发的全功能型高档别墅区，环境清幽，是众多富豪名商聚集的地方。

南城虽然属于二三线城市，但随着一线城市的房价高涨，这里的房屋定价也是普通人无法承受得起的，因而居住在这里的人非富即贵。

早几年这里的房子公开售楼的时候，舒晏还想搬到这边来住，但了解了价格之后，便打消了这个念头。房价太昂贵了，她承担不起。

何延问的新家在其中一栋公寓里，舒晏和梁昱行按照他给的地址找过去，在楼下保安亭登记了访客信息之后，就乘坐电梯上了楼。

他们出了电梯间之后，正好遇到何延问在清理鞋柜，他转过身就看到了舒晏。当看到跟在舒晏身后的人时，他愣了一下，而后笑了："梁警官今天怎么也有空一起过来了？"

梁昱行朝他轻轻颔首，脸上神情平静，开口道："何先生在外可以直接称呼我的名字。"

何延问微挑起眉梢，没说什么，随后看向舒晏，轻点了下头之后笑道："来了？"说着，他侧开身子把门打开了些，"你们先请进吧。"

把人请到客厅，何延问："你们想要喝些什么？水、茶还是咖啡？"

"水就好，谢谢。"舒晏用手语道。

梁昱行和她一样。

何延问便去厨房帮他们倒水了。

梁昱行端坐在沙发上，抬头静静地环顾四周。

何延问刚搬进来，家里除了一些必要的家具外，有很多东西都还没来得及收整，箱子也是整齐地堆放在角落，显得整间屋子有些空荡。

这是一套三房两厅的套房，从客厅的阳台望出去，可以看见周围林立的别墅群和楼下的绿荫道，空气清新，环境也怡人。这确实是一个极为注重生活品质的人会选择居住的地方。

梁昱行收回目光，看到他们面前的茶几上摆放着一份报纸。报纸对半折叠起来，正面的头条新闻就是之前的南大礼堂事件。

耳边传来脚步声，梁昱行不动声色地挪开视线，看向从厨房里走出来的人。

何延问把水递到他们跟前，然后就在他们对面坐下了。

"对了，我听舒晏说你们前不久已经在一起了。"何延问率先开口，话是对梁昱行说的，"恭喜你们了。"

梁昱行眉目不动，道："多谢。"

何延问笑了一下，随后找了别的话题跟他们聊起来。

"抱歉，我接个电话。"在何延问和舒晏聊天聊到一半的时候，梁昱行的手机响了，他打了声招呼，拿着手机站起来，走向阳台。

"老大，你已经进入到何延问的家里了？"魏明在那端问。

"是的。"

"好，我这边也接到画面了。"魏明坐在电脑前，看着屏幕里呈现的画面。这是由微孔摄像机拍出来的。

梁昱行今天要陪舒晏来何延问的家里，所以他昨天晚上就让魏明在他的衬衫顶端的纽扣里装入了摄像机，方便他们用来监视。

"老大，如果真是我们想的那样，那这个人也太恐怖了吧，舒晏会不会有危险……"魏明在电话里说道。

如果他们假设的是事实真相，那这个人也太恐怖了，平日里一副谦谦君子的模样，背地里却在做那种勾当，想一想就让人觉得胆寒。

越想越觉得可怕，魏明继续道："老大，要不我们还是跟舒晏说一声，让她保持警惕？"

"先不要让她知道。"梁昱行说，"一切都还在猜测阶段，不一定是事实真相。"

魏明："那好吧，老大，那你自己万事小心。他知道了你的身份，如果他真的是罪犯，肯定会对你多加防备的。"

"好。"

结束了和魏明的通话之后，梁昱行透过阳台窗看向坐在客厅的人。

客厅里的男人无论是谈吐还是举止都给人一种教养良好的感觉，并不太像是会做出那种事情的人。梁昱行起初对他也没有任何怀疑，直到南大礼堂事件发生。他们请教的心理专家告诉他们，高程度的催眠是需要顶级催眠师及这方面的心理学专家才有可能完成的。虽然他们筛查出的五名嫌疑人都有可能完成，但在当时那种条件下，能够做到的就只有何延问而已。

在黑暗的环境中，他完全可以做出任何指令完成这项高难度的催眠。

而最关键的是，五名嫌疑人当中，只有他与罪犯的身形最为相似。

就是因为这些，梁昱行才将他列为怀疑对象。

在阳台上静静地站了一会儿，梁昱行才重新走回客厅里，他刚走回原位坐下，何延问就抬起头来看了他一眼，说："我准备了些食材，中午就一起留下来用餐吧。"

舒晏刚想拒绝，梁昱行修长的手就轻轻搭在她的手背上，她转头看着他，就看见他正对着何延问的方向，轻轻点了下头，说：“好，多谢款待。”

何延问的视线落在他们相握的手上，看了一眼后，他不着痕迹地挪开了视线，礼貌地笑道：“应该的。”

临近饭点，何延问对他们说了句“你们自便”，然后就去厨房准备午餐了。

舒晏觉得奇怪，按梁昱行的性格，他应该是不太喜欢麻烦别人的才对，怎么这回倒是主动答应留下了？

“小晏，你喜欢这种类型的房子吗？”舒晏正疑惑着，就看到身旁人忽然开口。

舒晏微愣了一下，然后点点头。这种豪华装修的大房子有谁不喜欢呢？

像看出她心中所想似的，梁昱行的眼中泛着浅浅的光泽，他温和一笑：“小晏，不必羡慕，我在 B 市居住的地方比这里还要再大一些。”

舒晏读懂了他的话之后顿了一下。B 市属于一线城市，地皮造价不知道比这里贵了多少倍。

“你怎么那么有钱？”

梁昱行笑道：“你还记不记得我之前说，我会定期投资一些金融证券？魏明的父亲是投资证券公司的董事长，有私人的证券分析师，我会定期将钱汇入一个户头，由他帮我投资及管理，已经持续了两三年，收益还不错。不过这些钱我并没有用来买房，房子是我父母留给我的，去年刚重新装修过。”

看他说完这些，舒晏有些吃惊。联想到他的真实身份，她原本还以为他之前说的那些话都是瞎编出来的，没想到竟是真的。

“看不出来你竟然是个‘隐形富豪’。”

梁昱行温和地笑起来。

不过想到他最开始说的那句话，他的言外之意就是她去到 B 市也可以住在这样的大房子里，可是……她并没有想好是否要跟他一起去 B 市。

之前和他在一起，她是不愿意提及或者说想起这个问题，但现在被他这么不经意地提起，舒晏才想到这是他们迟早要面对的事。

见她忽然陷入沉默，梁昱行微敛起眸，没有说什么，只是握紧了她的手。

何延问在厨房里忙碌了一阵，后来舒晏也进来帮忙了，他转头看着她，问：“怎么进来了？”

“我来帮忙。”

何延问看了眼外面，随口问了句：“梁警官呢？”

“他去上洗手间了。”

和舒晏聊完天之后，梁昱行找了个借口离开，他走到主卧门口，眼睛凝视着这扇紧闭的门，静立不动。

这厢，何延问和舒晏在厨房里忙碌着，他忽然听到了一阵手机铃声，便拿起抹布擦干净手，对舒晏道：“舒晏，这里麻烦你看一下，我出去接个电话。”

说完，他把围裙解下来就出去了。

手机铃声是从卧室里传出来的，他径直走向自己的房间。

卧室门紧闭着，何延问打开门。房内窗帘闭合，没有一丝光亮透进来，整个房间是昏暗的，只有他放在桌面上的手机亮着光。他走过去拿起手机，因为长时间没有接听，电话已经自动挂断了，屏幕上显示的是一个外地的陌生号码。

他走出房间的时候就遇上从卫生间里出来的梁昱行，何延问的视线落在他微湿的双手上，随即将目光挪向他，笑道：“可以准备开饭了。”

梁昱行朝他颔首：“有劳了。”

何延问准备的是西餐，他常年待在国外，简单地学了些厨艺，以便应对自己的一日三餐。

“梁警官。”用餐到一半，何延问刚开口，就抱歉地笑了一下，“不好意思，一时改不了口。”

“我看新闻说，南大的事件，群众和媒体将舆论压力都施加在了警方的身上。”何延问话音一顿，然后道，“实不相瞒，我以前也辅修过一些关于犯罪心理这方面的课程，如果有任何需要，我愿意尽一点绵薄之力。”

梁昱行停下手里的动作，抬起头来，看着对面神色如常的人。还不等他开口，他的手机突然响了，这次是韩正坤打来的。

他一接通，对方就直奔正题：“昱行，果真被你说中了，今天有人来袭击林志平，被我们的人抓住了。另外……这个人已经承认了自己是这一系列案件的幕后主使。”

被警方抓住的人叫钱昊，他今天去精神病院里意图袭击林志平，被值守的警察当场抓获。被带回警局审问的时候，他对自己的行为供认不讳，说他今天去找林志平，就是有预谋地想将林志平杀害。

韩正坤询问他这样做的原因，钱昊说，是因为林志平在一年前看到过他的长相，虽然林志平现在患有精神病，但他还是不放心，所以才想把对方杀害。之后，钱昊也向警方承认了从去年到现在的几起女大学生失踪案都是他所为，包括林欣雅被害的事件也是他做的，他还对警方陈述了作案过程。

一年多前他遇到林欣雅的时候，因为贪图她的美貌起了邪念，他知道她心高气傲，所以故意伪装成学识渊博的富二代去接近她，几次接触之后，林欣雅果然也对他上了心。眼见着就要成功将她拐骗的时候，不料，林志平无意间听到他在跟别人打电话，听到了他说他准备的这一切都是用来欺骗林欣雅的。那之后，林志平和他发生了争执，并勒令他离开自己的女儿。钱昊担心东窗事发，当场就离开了，那之后的一段时间，他都没有再见到林欣雅。

计划失败，钱昊还是不甘心，所以他用手机给林欣雅发了条短信，告诉她自己已经准备好了车票，想带她出去玩两天。原本想着因为林志平发现了他的事，她不会出现，没想到等到约定时间她竟然真的如约来了，而且还是逃出来的。上次林志平回去之后就将自己发现的事情告诉了林欣雅，可林欣雅不愿意相信，所以林志平将她锁在房间里，她也是没办法，趁着父亲不注意逃了出来。

钱昊就是这样顺利地把林欣雅拐了。他把她关在自己一早就准备好的一处隐秘的住所，将她囚禁在不见天日的房间里，供自己玩乐。后来听别人说将人卖到老挝、越南那一带可以狠狠地发一笔财，他才起了念头，要将林欣雅卖到那边去。他还给她注射了能让人陷入痴迷的药，防止她逃跑。

可是没想到最后还是让林欣雅逃跑了，她在药效还没发挥作用的时候趁机逃了出去。好在她跑得不远，钱昊很快就抓住她了，在两人发生争执的时候，林欣雅的抗拒激怒了他，他失手将她杀害了。他担心被人发现，就将她藏到了附近一处公园的花坛中。

事后，他离开了南城很长一段时间，直到这件事情慢慢平息下去，他才回来继续第二桩案件。

后面几起案件他也如法炮制，伪装身份接近赵茹娜和其他受害者，将她们囚禁在房间里，玩乐够了之后，就将她们转交给陈嘉良卖到那些地方去。只是没想到，还没开始行动，陈嘉良就被警方抓获了。

还有南城大学的事件，也是他提前将带有安眠成分的药物加入到三位女生喝的饮品当中，然后用了些手段将她们骗出来。等人昏迷之后，他把她们关在后台的小房间里，想等着晚点无人注意的时候再将她们运出去。

韩正坤让人去查证了钱昊的陈述，发现无论哪个时间点都对得上，证实了他确实是这几起案件的幕后主使。

以及最重要的一点，在南大礼堂事件中，他们一直以为那三名女生是被催眠之后自己走到后台去的，可似乎钱昊的口供更加让人信服些，毕竟，同时催眠三个人，确实是一件前所未有的或者说是荒唐的事情。

跟韩正坤结束通话之后，梁昱行陷入了沉思，半晌，他才转过身来，看着餐桌上言笑晏晏的何延问。

何延问移过视线，接触到梁昱行的目光，微微笑起来："梁警官怎么这样看着我？是有什么事吗？"

韩正坤在电话里让他回去一趟，梁昱行原本想告辞离开，可这会儿，他暂时不想走了。他敛眸，一言不发地重新坐回餐桌前。

他坐下之后，舒晏偷偷给他发了条微信消息，问他怎么了。

梁昱行看完信息之后，眉目一松，朝她安抚地笑了一下。

"何先生，我有个问题想请教你一下。"用餐完毕，梁昱行忽然开口道。

何延问抬起头来看着他，示意他继续。

"我前两天读的一本书里说到一名国外的顶级催眠大师，据说他可以在短时间内同时催眠几个人。在我们国内，是否有人也曾经这样实现过？"

何延问沉吟了一会儿，道："的确有。"他跟梁昱行举了几个国内知名的例子。

梁昱行微微垂眸，问："那不知何先生是否也能完成如此高难度的催眠？"

何延问动了下眉，看了他一眼，笑道："我的水平尚且达不到那种高度。"

梁昱行和舒晏离开碧澜居的时候已经临近傍晚了，梁昱行对舒晏道："小晏，我先送你回家。"

"你呢？"

"我要去一趟警局。"

舒晏点了点头。

送舒晏到她家门口，梁昱行对她道："小晏，今晚不用等我，我可能不回来了。"

"要忙到很晚吗？"

"嗯。"

"那你自己要注意休息。"

"好。"

舒晏指了指自己的家门，示意他自己要进去了。梁昱行目光温和，就在她要进门的前一秒，他握住了她的手。

梁昱行扣住她的双手，等她回身，低头吻住了她的唇。

依旧是耐心温和的吻，他的唇瓣很温暖，轻轻覆住她的，舌尖温柔地舔舐着她的唇。就这么亲了好一会儿，分开之后，他们额头抵着额头，相视一笑。

看见她脸上的笑容，梁昱行心里一动，眸色微深。他抱着她，刚想低下头继续吻她，就被她拦住了。

再这么亲下去他就走不了了。她温和一笑，靠在他的怀里，打字道："梁昱行，等你结束任务之后，我们一起出去玩吧。

"但是在这之前，我要你保护好自己，一定要平平安安的。"

警察这个职业不确定性太多，他很容易遇到危险，舒晏在他那次受伤住院之后就一直心有余悸。抓获罪犯固然重要，但她希望他以自己的生命安全为先。

"好。"梁昱行答应她，沉默了几秒，他道，"小晏，再让我亲一下……"

舒晏脸红无语。

将人送走后，舒晏刚进到屋里，摩卡就跑过来。它乖巧地蹲坐在地板上望着她，朝她甩了甩尾巴，一副求食的模样。

舒晏被它乖巧的模样逗笑了，再加上心情好，她蹲下来揉了揉它的脑袋，告诉它："今晚加餐。"

摩卡兴奋地叫了一声。

帮摩卡准备好狗粮之后，舒晏随手放在桌面上的手机亮了一下，她走过去拿起来查看，看到是何延问发来的微信消息——

"舒晏，抱歉，我临时接到伦敦那边的通知，说让我这两天抽空回去一趟，需要处理一些紧急的事情。但我接下来一个星期都约了钟点工定时来清理房子，所以想请你帮我一个忙，代我保管钥匙，到时候可能得麻烦你帮阿姨开门。"

要回伦敦？这么突然？

舒晏也没多想，保管钥匙只是一桩小事，她很快答应下来："好的，你什么时候离开？"

何延问："应该就这两天，还没定，我到时候告诉你。"

第十九章

证据

梁昱行到南城警局时，正好遇上韩正坤派出去搜查的人回来，他就跟他们一起进入了刑讯室。

在录完钱昊的口供之后，韩正坤就派了人去搜查他说的那处用来囚禁林欣雅的房子，去搜查的警员果然发现了许多用来囚禁人的工具。

另外，还有一个至关重要的发现，那就是他们在房子的地下车库里找到了许多车辆。他们一一对过车型和车牌号码，证实这些就是那些用来跟踪受害者的失踪车辆。

这一重要的发现就是最有利的直接证据，钱昊的罪名基本已经落定了。

经过这么长一段时间，终于抓获了幕后真凶，韩正坤顿时松了一口气。在听属下汇报完发现的信息之后，他回头看向一脸沉静的梁昱行。和他合作了这么长时间，韩正坤太了解他了，看到他这样的神情，韩正坤心里顿时有了些不好的预感。

“怎么了？”他看着梁昱行，继续道，“你觉得钱昊不是幕后之人？”

梁昱行负手立在窗前，没说话，静默片刻后开口道：“我想要见他。”

韩正坤顿了一下，说：“好，我马上去安排。”

“不是现在。”梁昱行道，“我要凌晨审问他。”

凌晨是一个人精神状态和意识都最薄弱的时候，所以他选择在这个时间点见钱昊。

凌晨一两点的时候，梁昱行让人将钱昊带到了刑讯室。钱昊一脸极不耐烦的模样，一进门就对梁昱行嚷道：“喂，你们这些警察有完没完啊？该交代的我都交代了，你们还要让我说些什么？三更半夜的还把人拎起来，你们不睡觉我也要睡觉啊。”

梁昱行静立在原地，眉目不动，开口道：“犯下这么严重的罪行，你面临的不是无期徒刑就是死刑，你原来还能睡得着。”

闻言，钱昊的表情一滞，收起了脸上不正经的神情。他在桌前坐下，挥了挥手，说：“行了，有什么就快问吧，我认还不行吗？”

梁昱行仍旧站在原地没动，他抬起头朝门外的警员轻轻颔首，那人会意，退出去，将刑讯室的门关上了。

“请你将杀害林欣雅的过程完整地复述一遍。”梁昱行站在灯光下，目光沉静地看着他，缓缓开口道。

钱昊闻言皱起眉头，不耐烦道：“你们这些警察怎么来来去去就只会问这种问题？”

梁昱行：“请你回答。”

钱昊看了他一眼，答道：“你让我想一下……嗯，那天她趁我不注意的时候逃跑了……”

“几月几号，什么时间？”梁昱行打断他。

钱昊似乎不满他这样打断自己，瞥了他一眼，想了会儿，答：“六月二十一号，下午三点。”答完，见他没有开口，钱昊继续道，“她趁我不在的时候挣脱开锁链然后逃跑了，我回到房间之后就发现她不见了，然后我立马就追了出去……”

梁昱行：“你去哪里了？”

“我去买烟了啊。”

“几点出的门？”

钱昊不耐烦地用手指敲了敲桌面，答：“两点半。”

梁昱行看着他道：“离得最近的商铺在两公里之外，正常人走过去需要半小时，而你，用了半小时来回。”

钱昊正在敲击桌面的手指一顿，道：“我跑步去的不行吗？”

梁昱行没有揪着这个话题不放，他话锋一转，问：“那天天气如何？”

钱昊皱了下眉：“很好，出太阳。”说罢，他忽地笑了起来，调侃道，“警察先生，需不需要让我把那天的温度也说出来啊？”

梁昱行看了他一眼，点头道：“你说。”

钱昊被噎了一下，悻悻然地闭上嘴巴。

“六月二十一日，阴天，阵雨转小雨，微风三级，气温二十五摄氏度至三十摄氏度。”梁昱行面不改色地陈述道。

话落，他便不再开口，刑讯室里陡然间陷入一片凝滞的氛围中。

钱昊狠狠地皱了下眉头，说：“我记错了不行吗？那么久以前的事情，谁还记得那天下雨还是出太阳啊。”

梁昱行没说话，昂了昂下巴示意他继续。

钱昊挠了挠头，道："我追出去之后……就在门口看见她了，她见到我之后很快就跑了。我赶紧追上去抓住她，扯住了她的头发，想把她带回去，可她死命挣扎着，还咬了我一口，我一时气急就掐住她的脖子，等我回过神来之后，她就没气了。我当时很慌张，只想着不要让人发现，把她拖回房间之后，我就去外面找了个可以抛尸的地方。刚好在附近有个公园，我就趁着天黑把她的尸体埋进了花坛里。"

"不记得那天下雨，却记得她咬了你一口。"梁昱行慢慢地说，看着他，眼神沉静。

钱昊似乎有些心慌了，他刚想开口说话，倏地又想起什么，低下头，看着面前的桌子，陷入沉默。

"验尸报告上显示林欣雅身上有多处骨折，怎么造成的？"梁昱行继续提问。

钱昊这回过了会儿才答："被我打的，她不听话，我就拿棍子打她。"

梁昱行不再提问，他徐徐垂眸，看着前方被光照亮的地面，缓缓道："说出幕后主使，我可以帮你向法官求情。"

钱昊抬起头来，似乎没听懂他在说些什么，道："什么幕后主使？我说了呀，这些事情都是我一个人做的，没有什么幕后主使……林欣雅是我杀的，其他女生也是我拐走的……"

"你选择替人顶罪，至少把事情的原委弄清楚。验尸报告上显示，林欣雅身上的骨折和伤痕不是被人殴打导致的，而是遭受了强烈的外力撞击。你说的那处房子，连接二楼的是一道很长的楼梯，如果没错，她身上的伤痕是从楼梯上滚下来造成的。"

钱昊猛地怔住。

梁昱行淡淡地看了他一眼，说："破绽百出，你的所有供词全不可信。"

钱昊闻言，忽然变得歇斯底里起来："我记错了不行吗？！我绑了那么多女生，哪里记得哪个是哪个……"

梁昱行的眼底泛起冷意，他直视着钱昊，平缓沉静的声音响起："我给你最后一次机会。"

刑讯室里的一切，韩正坤都看在眼里，等梁昱行从房间里出来之后，他看着出现在玻璃窗上的人影，沉默片刻，开口道：“抱歉，昱行，是我太武断了。”

在黑暗中摸爬滚打得太久了，好不容易见到一丝光明，人就会迫不及待地往那一处跑去。韩正坤正处于这种状态之中。案件拖了那么久，一直找不到突破口，而且赵茹娜父母和林志平的事情也让他压力很大。

梁昱行站在他身旁，看着清冷的月色，眼神深如黑夜，神情沉着冷静：“老韩，越是这个时候越不能过于急切，既然他已经躲了那么久，那么这一次，我会让他再无退路。”

如果钱昊不是他们要抓的幕后主使，那么，真正的犯人就算再沉得住气，这几天应该也坐不住了，他很快就会离开。

梁昱行目视远方。

与此同时，他放在一旁的手机响了起来。

是魏明打来的，他的语气有几分凝重：“老大，我让我留意的事情有动向了，何延问订了两天后的航班飞往伦敦。”

梁昱行在何延问家客厅、卧室这两处地方装了摄像头，电脑屏幕分割成两个画面。本来何延问正待在自己的卧室里，魏明出了趟门回来之后就看到屏幕上显示卧室里没人了。他愣了一下，开口问：“他出门了？”

“嗯。”梁昱行轻声回答。

魏明在位置上重新坐下，问：“老大，那我们现在怎么办？没有找到直接证据，没办法定他的罪啊。”话落，他忽然灵光一闪，说道，“我有个主意。赵茹娜还有几个受害者不是还在医院吗？我们把她们康复的假消息放出去，你说他会不会就急了？到时候我们守在医院里，来个瓮中捉鳖。”

梁昱行看了他一眼，随即收回视线，继续盯着屏幕，声音沉缓：“既然出现了第一个钱昊，就会有第二个钱昊，不排除会有第三个、第四个，这样的人越来越多，只会扰乱警方的视线。”

“混淆视听是他最擅长的。”梁昱行徐徐垂下眼帘，接着道，“魏明，我们的职责是保护人民群众，不能为了逮捕凶犯让他们深陷危险之中。”

永远把人民群众的安危放在第一位，这才是人民警察应尽的职责和义务。

魏明沉默了半晌，问："那我们该怎么办？"

只有不到两天的时间，已经迫在眉睫了，一旦何延问逃到国外去，要抓他就难如登天了。

"找其他证据。"梁昱行道，"西街酒吧、南城大学，去这些地方找人问，一定会有人见到他和受害者接触过。另外，他一定不止去年六月份回过国，帮我调查他去年一整年以及今年的出入境记录。"

小靖今天被舒晏安排去采购物料，在回来的路上看到何延问把车停在路边，她走过去一看，发现驾驶座的车窗开着，里面坐着人。

"哈喽，何先生。"小靖朝车里的人打了声招呼。

何延问原本闭着眼睛靠在车座上休憩，闻声，他睁开眼，侧过头看到站在车外的小靖，他朝她笑了一下。

"何先生怎么不进去啊？"小靖看了眼咖啡店，从这个角度刚好可以看到在吧台忙碌的舒晏。

何延问摇了摇头，说："刚好路过，等会还有事，就不进去叨扰了。"

"你看起来很累的样子，不进去休息一下，喝杯咖啡提提神？"小靖说。

何延问沉吟了片刻，伸手熄灭引擎，推开车门，笑道："好吧，那我就恭敬不如从命了。"他绕到后车座提了个袋子出来，跟着小靖一起进到咖啡店里。

已经习惯了何延问三天两头就来咖啡店里小坐片刻，这会儿看到他，舒晏也没太多惊讶，只是问他："还是老样子？"

何延问笑着点头，同时把手里提着的袋子递过去。

"这是什么？"

"朋友去了趟南美洲，帮我带了当地的特色咖啡豆回来。我明天离开南城，接下来也不知道什么时候才会回来，放我那里怕坏了，所以就拿来借花献佛了。"何延问笑着回答，见她不接，他也知道她在想些什么，他道，"如果觉得不好意思的话，就请我喝咖啡吧，就用这包咖啡豆煮，如何？"

"没问题。

“对了，钥匙……”

舒晏想起他拜托自己的事情。

“我忘记带备份钥匙了，如果你嫌麻烦的话，明天我送过来吧。”

舒晏想到他是明天下午的飞机，还要来回这一趟给她送钥匙，这一来一回的路程就很耗时间了。

“还是我去你家拿吧。”

“也行。”

何延问等会儿还有事要离开，就没上二楼，在一楼等着。舒晏做好咖啡给他送过去的时候，不小心被人撞了一下，何延问赶紧起身扶住她。好在咖啡是打包好的，没有溢出来，舒晏站稳之后对他道了声谢。

“我等会还有事，就不久留了，我们下次有时间再约。”何延问拿起她打包好的东西之后就离开了。

“何先生还有什么事啊？怎么走得那么匆匆忙忙的。”小靖擦着杯子，不解地嘀咕了一句。

舒晏也不清楚。

晚上的时候，舒晏得知梁昱行和魏明待在家里，便打包了两份外卖上去，她按了门铃之后，是梁昱行来开的门。

他把她手里的外卖接过去，眉目温和。

“老大，我好像闻到了饭菜的香味。”魏明从房间里跑出来，然后就看到站在门边的舒晏。

他脚步一顿，笑眯眯道：“原来是舒晏来了。”说着，他走过去，调侃道，“难怪老大刚才拿着手机一副心绪不宁的样子，原来是在等你啊。”

魏明话落，梁昱行的脸微微红了起来。

“老大，不要不好意思嘛，要让舒晏知道你有多想她。”魏明继续道。

看完他的话，舒晏抬头看着眼前眉目温润的男人。

“你很想我？”

梁昱行脸上的红晕更深了。

舒晏笑了起来。

为避免被强塞狗粮，魏明抱了自己的外卖盒就开溜了。

玄关处一时间只剩下梁昱行和舒晏两个人，梁昱行牵着她走向饭厅，问："小晏，吃了吗？"

舒晏点头，她是吃完饭之后才过来的。她把外卖盒拆开，把菜一一放在他面前。

"你吃吧，我陪你。"

她坐在他身边陪着他，见他一直只吃青菜不吃肉，她取了双干净的筷子，夹了点肉放进他的碗里。见他的视线转过来，她才道："别光吃青菜，要多吃点肉，你看你那么瘦。"

"小晏是……嫌我瘦？"

舒晏点头。特别是这段时间他忙着查案，都瘦了不少。

"我喜欢你结实一点。"

不知道想到了什么，梁昱行忽然红了脸，看着她说："小晏……你大概是没见过我不穿衣服的模样……"

舒晏愣了一下，随即反应过来他指的是什么，她的脸颊一烫。

"梁昱行，你学坏了。"

梁昱行骨节分明的手伸过来，握住她正在打字的手，他温和地笑起来。

知道他们还在忙，等梁昱行吃完饭之后，舒晏就自觉地收拾了碗筷去厨房。清理完之后她想给他们泡两杯咖啡，可梁昱行这边没有咖啡豆，她就回了趟家。刚打开厨房的柜门，她才想起自己这边的咖啡前两天刚喝完了，然后她目光一定，落在了今天何延问送她的那袋咖啡豆上。

这边，梁昱行和魏明还在翻看着从去年到现在所有案件的资料，想再找找看有什么遗漏的线索和信息。

他们和韩正坤那边分工协作，韩正坤带着属下去酒吧和南城大学找当年目睹过何延问和受害者接触的人。

"老大，有了。"魏明调查了何延问去年和今年的出入境记录，"这里显示他去年二月、四月、五月和六月都分别在 A 市、Y 市、Z 市有过入境记录。"他说的这几座城市都离南城很近。

应该是怕暴露自己，所以何延问都是选在离南城较近的几座城市降落，再通过别的交通工具到达南城。

“老大，我们现在要出发去抓人吗？”

梁昱行摇头。证据还是不够，就算抓了人，没有更关键的证据，到最后也只能把人给放了，他说：“再等一等。”

话落，房门就被敲响了。

舒晏端来了两杯咖啡，魏明闻到咖啡的香味立马站了起身，对她道：“舒晏，你真是太贴心了。”

梁昱行也对她笑了。

舒晏把咖啡递给他们，浅浅一笑。

知道他们查案辛苦，她在这方面也帮不上他们什么忙，就只好在这些微小的事情上贡献自己的一份力。

魏明品尝了一口咖啡，赞道：“好香啊，这是什么咖啡？回头我也买一包自己回家煮。”

“这边应该买不到，是南美洲产的。这是何延问的朋友送给他的，只是今天刚好转送给了我。”

看到“何延问”三个字，梁昱行和魏明同时顿住了动作，上一秒还在称赞咖啡味道香醇的魏明立马将手里的咖啡放到一边。

“他今天去店里了？”梁昱行问道。

“他刚好路过，来点了份咖啡带走。”

打完字，舒晏能感觉到气氛产生了微妙的变化。

“是有什么问题吗？”

魏明看了眼自己的老大，斟酌了一番，才道：“舒晏，你这段时间可能要离你那位朋友何延问远一点了。”

舒晏皱了皱眉。

梁昱行垂眸看着她，目光深邃平静，声音温和：“小晏，你可能会有些难以相信，但你那位朋友确实隐藏着一些不为人知的事情，等过几天我再把详情告诉你。”

舒晏陷入沉默，似乎有些难以理解他话里的意思，但她没再追问，只是点了点头。

他们在办正事，舒晏也不方便久留，没多久，她就转身准备离开。只是她脚还没踏出房门，就被人握住了手腕。

她一顿，然后就感觉脖子一凉。舒晏转过身来，就看见梁昱行修长的手指拿着个圆形的类似于纽扣的物件。

舒晏和他对视了一眼。

魏明在一旁问："老大，你手里拿着的是什么？"

梁昱行目光微沉，静默不语，把手里的东西递给他。

魏明接过这一物件，骤然间睁大了双眼。

这是……窃听器！

惊讶过后，魏明看见梁昱行朝自己使了个眼色，他立马会意，把窃听器放在一边，岔开话题道："老大，你要送舒晏离开了？好的，你去吧，这里交给我就行。"

舒晏看他们的反应就知道从她身上拿下来的东西是什么，可是……怎么会……是谁放在她身上的？

然后她不经意间看见了魏明身后的电脑屏幕上正在播放着的画面，她忽地怔住。

这是……何延问的家？

在这一刻，舒晏明白了什么，她霍然抬起头来与梁昱行对视。他也同样看着她，目光平静。

舒晏在这一刹那感觉到浑身的血液一凉。

原本梁昱行是不打算在这个时间点告诉她的，可似乎……也隐瞒不住了。梁昱行垂下眼帘，上前牵住她有些冰凉的手，目光温和平静地看了她一眼，带她走出了房间。

梁昱行带她回了家，何延问送她的那袋咖啡豆就放在厨房的料理台上，舒晏还没来得及收拾。梁昱行转头看了她半晌，往厨房的方向走去，他拿起那包咖啡豆，舒晏没看清他怎么弄的，很快，他的手上就多了枚比刚才更加细小的窃听器。

这枚窃听器就嵌在包装袋上，舒晏看着这个物件，任凭自己刚才如何不敢置信，这一刻事实也已经摆在眼前，不容她有半分质疑。

梁昱行让她稍等片刻，他去处理这枚窃听器。

舒晏坐在阳台的椅子上，摩卡蹲在她的身旁，尾巴在身后一晃一晃的，慵懒又惬意的模样。梁昱行背对着她站立，目光始终平静地望着如墨的夜空。这个夜晚，这一时刻，原本应该是恬静而美好的，可是舒晏觉得心情万分沉重。

梁昱行原本望着窗外，眼角余光看见舒晏走了过来，他转过视线。

“他……真的是……吗？”舒晏觉得喉咙有些干涩，她抬起手，用手语问他，每一个动作做出来都很艰难。

虽然还没找到能给何延问定罪的关键证据，但实际上他们调查的这些信息都指明了他就是幕后主使。

“是。”梁昱行点头。

舒晏慢慢垂下手臂。这一消息给她带来的冲击实在是太大了，她一时之间很难将那个儒雅博学的男人和那个泯灭人性的凶残罪犯联系在一起，她沉默了几秒。

“林欣雅也是他杀害的吗？”

“是。”

“赵茹娜也是他抓走的？”

他点头。舒晏看到他额头上还有一道细微的伤疤，是那时候车祸留下来的。

“也是因为他……你才受伤的？”

梁昱行凝视着她，眉目间流露出深深的怜惜。

舒晏说不出心里是什么感受，她没再提问，也没任何动作，只在心里无声无息地消化这一让人震惊的消息。

她想起躺在精神病院里终日浑浑噩噩的林志平，想起那时候在医院里看到的赵茹娜和其他受害者懵懂无知的神情，还有报纸上报道的被残忍杀害的林欣雅……这所有的一切，原来都是他做的……他竟然是所有罪恶的主谋……

震惊过后，舒晏的心里只剩下沉寂和怒火，她抬起头来，神情已经平静下来。

“有什么是我能做的吗？”

没想到她这么快就接受了这个消息，梁昱行微微一怔。看着她眉目间的坚定和平静，他只觉得怜惜更甚。

“不需要，小晏，你只要放下心把一切交给我。”

听到开门的声音，魏明摘下耳机看过来。见只有梁昱行一个人回来了，他有些好奇，顾及还有窃听器，他直接用手机打字：“老大，你把所有事情都告诉她了？”

梁昱行点了下头。

“那她……有什么反应吗？”

梁昱行想到她刚才的神情，心里一片柔软，他拿了张纸，在上面写：“很平静。”

魏明小小地惊讶了一下。知道身边的朋友竟然是十恶不赦的罪犯，普通人的正常反应都是震惊、恐慌，甚至是不知所措，舒晏的反应竟然是……很平静？

他默默地竖起了大拇指——不愧是我们老大看上的女人。

他们刚结束对话，梁昱行的手机就响了，他走出房间接通电话。

“老大，是谁啊？”魏明也跟着走到外面，开口问道。

梁昱行刚好挂断了电话，说：“老韩。”

韩正坤他们在钱昊说的房子里搜到了几辆用来跟踪受害者的车辆，还有一些锁链和工具，他们拜托了侦查科的同事去搜集指纹加以验证。他刚刚打来电话说，暂时没有发现任何属于何延问的指纹。

时间过了那么久，很多东西都已经蒙上了灰尘，再加上那人做事细致，断不会留下这么明显的证据给警方，就算有任何痕迹，也早已抹除了。

梁昱行沉吟道：“魏明，我们去一趟钱昊说的那栋房子。”

坐进车里，魏明系好安全带之后看向坐在驾驶座上的人。魏明原本想问他，那栋房子侦查科的人和韩正坤都已经搜过了，所有有用的东西都已经带回了警局，那他们还去做什么。可仔细一想，老大这么做肯定有他自己的道理，自己只要跟着他就是了。

那栋房子位置很偏僻，周围都是平房，他们过了将近四十分钟才到达。房子常年没人清理，已经布满了灰尘，魏明进门之后被呛得直咳嗽。他挥了挥手，举着手电筒把眼前的地面照亮，然后就听见梁昱行说：“魏明，你在这里搜索，不要放过任何角落。”

“是。”魏明依言留在客厅里，他看着这黑漆漆的客厅，心里忽然生出些寒意，他搓了搓手臂，在客厅搜索起来。

梁昱行独自上了二楼。二楼有三间房，他推开其中一间的房门。因为门窗紧闭，没有空气流通，房门一打开，一股腐朽的气息就弥漫过来，梁昱行打着手电筒认真地搜寻着房间里的每个角落。

墙壁上挂着锁链，旁边的柜子里是空的，里面原本放满了棍子、刀、钳子等工具，但被侦查科的人收走了，他们在上面发现了属于林欣雅的血迹。房间里还有一张床，现在只剩下床垫和木架子。

梁昱行拿着手电筒在这些地方一一查看过，忽然，他动作一顿，将手电筒的光打在床垫靠着的那处墙壁上。他取出一双手套戴上，将夹在床垫及墙壁中间的那张纸拿起来。

这是一张买完东西之后的收银单据，上面的字迹已经模糊不清，只能依稀辨认出“便利店”三个字，时间显示是去年六月。

“魏明，搜索一下离这里最近的便利店。”

魏明回头看见梁昱行从二楼下来了，他应了一声，立即拿出手机。没过多久，他道：“找到了！”他把手机递给梁昱行看，“老大，你是发现什么了吗？”

梁昱行把搜到的单据递给他看，魏明看了一眼，说：“老大，这上面的字迹都看不清了，我们怎么知道是哪家呢？离这里最近的一条街上都是这种便利店。”

梁昱行把手机还给他，道：“逐家询问。”

像魏明说的，离这里最近的一条街道上有很多家便利店，他们仅凭着这样一张纸，也很难找到什么线索，他们问了几家还在营业的店主，店主都说没印象了。

已经过了一年多了，就算真的遇到过，也不会有人记得。

“老板，你再仔细想想，真的没见过这个人吗？”魏明拿着何延问的照片，问这家店的店主。

老板戴着老花眼镜，眯起眼睛瞅了瞅照片上的男人，摇了摇头：“哎哟，警察先生，不是我不配合，我是真的没印象了啊。每天来来回回这么多客人，你就算问我早上的客人长什么样子我都未必记得，更何况是那么久以前的事情。”

这已经是这条街上最后一家在营业的店铺了，魏明回头看着梁昱行，无声地用口型说："老大，怎么办？"

梁昱行看了他一眼，然后抬起头来看着墙壁上挂着的摄像头，询问道："老先生，店里的摄像头是什么时候装上的？"

老板想了想，说："好像是去年八月份吧。这个我也不记得了，只记得已经装了很久了。"

"爷爷，这您就老糊涂了吧，明明是去年六月份装的。"话落，一名十多岁的女生就从里面的房间里走了出来。

"来，囡囡，你记性好，帮这两位警察哥哥看看有没有见过这个人。"老板招呼着女生过来。

女生走过来看着照片上的男人，仔细回忆了一下，说："我见过这个人。"

魏明闻言眼睛一亮，开口问："什么时候？"

"去年吧，这个人来我们店里光顾了好几次，但每次来都戴着帽子，神神秘秘的。"

魏明："你确定你没认错？"

女生摇摇头，语气肯定："我不会认错的，长得好看的人我看一眼就记住了，就像……"她看了眼梁昱行，语气忽然变得娇羞起来，"就像这位大哥哥一样。"

梁昱行眉目不动，看着女生，询问道："六月二十一日，这个人有没有来过？"

女生思索了一阵，点头："六月二十一号……来过！我记得那天天气不好，下着小雨，我爷爷的风湿病犯了待在家里，店里就只有我一个人。"她想起什么，凑到收银台旁边的电脑前，说，"我给你们找找当时的监控视频。"

视频很快就找到了，画面上显示，去年六月二十一号下午两点二十五分的时候，一名戴着帽子的男性走进了店里。他走到收银台结账的时候，不小心露出了侧脸，魏明看到这个人的容貌，看着梁昱行激动地说："老大，真的是他！"

最有力的证据已经找到了，梁昱行抬起头，神情清冷："魏明，通知老韩，我们去抓人。"

第二十章

隐藏的真相

联系上韩正坤之后，韩正坤说他们那边在西街酒吧也找到了目击证人。在赵茹娜失踪的那天晚上，有位女性曾经看到何延问在酒吧后门出现过。梁昱行也言简意赅地说了他们的发现，商量好直接在何延问家门口集合。

坐在车里，魏明想到等会儿就可以把这一系列案件的罪犯逮捕起来，有些隐隐的兴奋。梁昱行坐在驾驶座上，眼睛始终盯着前方，一言不发。

等他们到何延问的家里，已经是半个小时之后了。韩正坤他们先一步到达，带了人闯进他家里，但结果还是晚了一步，房子是空的，人已经逃跑了。

韩正坤手握成拳捶了下墙壁，低骂了一句，转身对小兵说："立马带人在附近搜查，如果找到人，第一时间通知我。"

"是！"

梁昱行和魏明赶到时，韩正坤正好从房子里出来，看到他们，他摇了摇头，说："被他跑了。"

梁昱行站立在原地，眉目冷冽，开口道："魏明，通知人在通往机场的路上设路障，彻查所有经过的车辆。另外，通知机场严查乘客信息。"话落，他看向韩正坤："老韩，立马向局里申请通缉令。"

在来的路上，他就已经设想过这种情况。以那人的性格，他不会那么轻易地就被抓住。既然他知道在舒晏身上装窃听器，想必他也猜到了警方已经将他列为怀疑对象了，他不可能坐以待毙，一定会采取措施，为自己留一条后路。

所以他们现在要做的，就是封锁他离开南城的所有途径。

只要他还在南城，抓获他只是迟早的事情。

现在让梁昱行在意的，是另外一件事情。

舒晏是在大四那年认识何延问的，至今已经有将近三年的时间，而林欣雅是在一年多前遇害身亡。

在林志平绑走了舒晏之后，韩正坤曾经给他对比过林欣雅和舒晏大学时期的照片，照片上两个人的容貌至少有五六分相似。何延问将林欣雅作为犯罪目标，是巧合还是预谋已久的？如果是早有预谋，他为什么不直接将舒晏当成目标，而是要抓一个和舒晏有着相似容貌的女生？这是梁昱行一直想不通的地方。

梁昱行走进房屋里，周围的其他警员已经在搜索这间房子了，他径直走进卧室里。那天和舒晏来的时候，因为时间有限，他只在房间里装了一个监视器。

何延问卧室里的一些家具和物品摆放仍旧跟上次他来的时候一样，大部分地方都已经被搜查过了，靠墙的地方摆放着一个行李箱。除了何延问的护照和身份证之类的证件不见了，其他东西都还在，应该是走得匆忙，连衣服都没有整理。

梁昱行的视线从这些物品上一一扫过，然后落在面前的墙壁上。

他在墙面前静静地站立了一会儿，然后走近墙壁，屈起修长的手指，轻轻敲击着这面墙。韩正坤从外面走进来，就看见这一幕，他走过来问："昱行，你在干什么？"

"你听。"梁昱行敲击了两下墙面。

空洞、沉闷的声响。

韩正坤愕然："墙面是空心的？"

"嗯。"

韩正坤发动属下让他们找找有什么物品可以开启这面墙。既然这里是空心的，那这背后一定隐藏着什么东西。

开关很快就找到了，在另外一间房的书柜里藏着另一道隐秘的门。找到开关之后，门就自动打开了。魏明在旁边低低地惊叹了一声，这年头居然还有人会采用这种暗室。

门打开之后，梁昱行伸手取出随身携带的枪，神情清冷平静地率先走了进去。

其他人跟在他身后，以戒备的姿势走了进去。

这间暗室空间很小，室内只摆放了一张桌子和椅子，然后就是四面密不透风的墙，墙面上挂满了照片。

当看清照片上的人之后，梁昱行神情一僵，怔在原地。

梁昱行离开之后，舒晏就自己一个人待在家里，她盘腿坐在客厅的沙发上，摩卡就在她身边，一人一狗就这样安安静静地待在一起。也不知道坐了多久，她站起来之后两只脚都是酸麻的，摩卡见她起身后，也跟着她一起站起来。

舒晏看了眼时间，已经快十二点了，她刚准备去浴室洗漱，手机突然亮了。

有人发了条信息给她。

舒晏拿起手机，看到发件人的名字时，她怔了一下。

是何延问。

“舒晏，我就在你家门外，方便开下门吗？”

在今晚得知他的真实面目之后，舒晏现在看到他发的这条信息，心里骤然间涌起一阵寒意和恐慌。

这样一个可怕的人，竟然在她身边潜伏了那么多年，还与她以朋友相称。

舒晏想都没想，直接把这条信息截屏然后发给了梁昱行。她等了一会儿，手机一直没有动静，他没有回信。

她又给魏明发了同样的消息，魏明很快就回复了：“舒晏，你不要轻举妄动，老大已经往你那边赶过去了，我们现在也在赶过去。”

舒晏想到今晚梁昱行跟她说的，他们只要找到关键证据，就可以逮捕何延问了，那他们现在是已经展开行动了吗？

舒晏原本想装作没看到何延问的这条信息，可是想到梁昱行他们现在就在抓捕他……她是不是要想办法拖住他？

犹豫了几秒，她看着那扇紧闭的门，手指慢慢地蜷在一起。最终，像是下定了某种决心，她走了过去。

舒晏透过门上的门镜看外面的情形，看到何延问果真站在门外，她静了几秒，伸手按下门把，把门打开。

“你怎么过来了？”

舒晏半开着门，看着站在门外的人。她只开了一道内门，外面还隔着一层防盗门。

何延问看着她，眼神有些深邃，半晌，他将手伸进衣兜里。

舒晏看着他的举动，下意识地后退了一步，手扶在门框上，像是随时准备把门关上。

何延问将她的举动看在眼里，缓缓敛眸，从衣兜里拿出一把钥匙，微微笑起来：“临时改了凌晨的航班，所以过来给你送钥匙。”

舒晏没有动静。

何延问挑了挑眉，问：“舒晏，不给我开门吗？”

舒晏心里一紧，站在门后沉默地与他对视。

片刻后，她低下头来，看到自己身上的睡衣，她急中生智。

“我……现在不太方便，你等我一下，我回去换身衣服。”

还不待她转身回屋，何延问已经敛起了脸上的笑意，开口道：“你怎么了？我们下午不是刚见过面吗？怎么感觉你对我这么生疏。”

舒晏刚抬起手，她一直握在掌心里的手机忽然亮起屏幕。

何延问的视线落在她的手机上，舒晏心中一凛，急忙将手机背到身后。她抬起头来，就撞见他骤然深沉的目光。

何延问深深地凝视了她半晌，随后咧开嘴笑了：“舒晏，我们会再见面的。”

说完，他转身离开了。

舒晏杵在原地，脑中充斥着他刚才露出的那一抹诡异的笑容，心底冷意横生。

没过多久，梁昱行就赶到了，舒晏还杵在门边。当看到门外站着的人时，她才回过神来，上前一步给他开门。

门一开，她就被搂进了熟悉温暖的怀中。舒晏闭了闭眼睛，抬手抓住他身上的衣服，闻着他身上的气息，心才逐渐安定下来。

等缓过了神，舒晏才离开了他的怀抱。她抬起头来，看到梁昱行的眼底布满了关切。

像是知道他要问些什么似的，舒晏轻轻摇了摇头：“我没事，我没给他开门。”

梁昱行沉默了一瞬，又将她拉进怀里。

“梁昱行，他刚走不久，你不去追他吗？”舒晏打字问他。

“魏明他们已经去了。”梁昱行说。

“我给魏明发消息的时候，他说你已经在赶来的路上了，你怎么知道何延问在这里？”

梁昱行缓缓敛眸，道：“我不知道，小晏，我只是来确认你的安危。”

他对舒晏说了谎。

刚才他们在何延问家中的暗室里看到了那些挂在墙壁上的照片，每一张都是舒晏的。从三年前到现在，每一张照片上都标注了地点和日期，以及何延问当时的心情。原来这么多年来，他一直将舒晏当成他的狩猎目标，他埋伏在暗处一直默默地关注着她，近乎迷恋地喜欢着她，所以才会隐藏起自己的真实性格，重新塑造了一个他认为舒晏会喜欢的形象去接近她。

他一方面默默享受着和舒晏相处的时光，另一方面又觉得不满足。但内心深处的爱恋让他不愿意去伤害舒晏，他想等她喜欢上自己时再对她剖白一切。

因为得不到满足，所以他才想要去发泄，也是在这个时候，他遇到了和舒晏有着相似容貌的林欣雅，才会想着把这个女生当成舒晏的替代品，当成自己的玩物，禁锢在手心里，喜欢时就疼她，不喜欢时就糟蹋她。

这种长年累月的病态心理让他整个人极度扭曲，才会有那么多女生遭受迫害。

所以，在看到暗室里的照片时，梁昱行才会心急地往她这边赶来。

现在何延问已经暴露在警方的视野当中，无法再像以前那样正大光明地接近舒晏，他担心何延问被逼急了，会危害到舒晏的安全。

夜色沉寂，梁昱行眉目温和地看着她，眼底亮着光，认真道："小晏，无论发生什么，只要有我在，我都不会让你受到半点伤害。"

魏明和韩正坤兵分两路去追捕何延问，可是人已经不知道跑哪里去了，他们把这附近都搜索了一遍，都没有看见他的身影。午夜，空荡的大街上只有警车刺耳的警报声在回响。

接下来的几天，他们都在进行抓捕何延问的行动，南城的每条街道、每条小巷他们都派人搜过了，可这人仿佛人间蒸发了似的，自从那天晚上过后就消失了踪迹。

舒晏小区的监控录像他们也搜查过了，却没有发现他的踪影，他们猜测小区的监控视频是被何延问做了手脚，要不然不可能连进出的人影都没有拍到。

人逃出南城也是不可能的，在发现他逃跑之后，梁昱行已经当即下令封锁他所有能离开的通道，在离开南城的必经之路上也设下了关卡。

距离局长给出的破案日期只剩下最后三天，梁昱行和韩正坤他们已经不眠不休了两天。

何延问逃跑后，根据他留下的线索以及钱昊的供词，韩正坤已经带人前后捣获了三四个贩卖人口的据点，抓获的罪犯有十余人之多，成功解救了几十名少女。

因为担心何延问的存在会危及舒晏的安全，所以梁昱行向上级申请派人对她进行贴身保护，而他自己，也是时刻待在舒晏身旁。

韩正坤已经请舒晏去警局里协助调查了两三回。在所有人里，她认识何延问的时间最长，所以韩正坤想着能不能从她这里捕获某些重要的信息。可是这也是在做无用功，时至今日，他们仍旧一无所获。

今天已经是舒晏被请到警局的第三回了，小兵坐在她对面，年轻的大男孩有些腼腆，他道："舒晏小姐，很抱歉又让你专程跑过来一趟，但能不能请你再仔细描述一遍三天前见到何延问的场景。"

另一边的会议室里，韩正坤坐在椅子上一根接一根地抽着烟，他单手扶着额头，另一只手翻看着之前的资料。梁昱行负手站在白板面前，梳理着眼前罗列的线索。他已经将何延问所有能逃跑的路线都设想了一遍，圈出了其中最有可能的线路，已经让人去搜查了，现在只能等待。

搜查的人很快就回来了，其中一名队员回来报告说："梁队、韩队，我们根据提供的线路搜寻过了，没有发现嫌犯的踪迹。"

闻言，韩正坤眉头紧锁："确定没有任何发现吗？"

"已经确定过了。"

韩正坤低低地骂了一句，猛吸了一口烟，看向一直在白板前静止不动的人。

这会儿连梁昱行都遭遇到了瓶颈。

何延问为了躲避警方的抓捕，制定的逃跑路线有可能是随机的，因此他们搜索起来更加困难。

韩正坤将烟熄灭，深深地呼了一口气，从座位上站起来，像是做了什么重要的决定般，他满脸毅然道："昱行，我有个想法。"

梁昱行转过身来看着他。

韩正坤道："我们派一个人去做饵。"

"这样盲目搜寻下去不是办法，南城说大不大，说小也不小，他要躲起来你也别无他法。既然如此，那我们就只好引蛇出洞，派一个人去引诱他出来，然后我们再进行逮捕。这样比漫无目的地搜查要快许多。"

梁昱行静默不语，眉目沉静，让他接着说下去。

韩正坤声音一顿，继续道：“至于要派谁，我心里已经有了个人选。”他抬头与梁昱行对视，从嘴里轻吐出一个人名，“舒晏。”

“不行。”梁昱行目光微沉，果断拒绝道。

韩正坤就知道他肯定会拒绝，但是他们已经没有别的办法了，韩正坤解释道：“我知道你在担心什么，但我可以跟你保证，我们一定会以舒晏的安全为先。现在已经没有人比她更合适的了，我们都知道何延问早就将她当成目标，现在也只有舒晏才能把人引诱出来。我到时候会跟局里申请加一支队伍协助我们，一定不会让舒晏有任何危险，你大可放心。”

“不需要走到这一步。”梁昱行眉目淡然，他侧过身子，“我能找到办法。”

“能有什么办法！”韩正坤狠狠地掐了一把自己的眉头，“如果我们再抓不到人，你知道有什么后果吗？！”

他看着沉默静立的人，道：“昱行，我知道你破案很厉害，也相信你能找到何延问，这对你来说只是时间的问题。可是你要知道，我们现在最缺的就是时间。这个案子拖太久了，再不给交代上面没法说得过去，而且等过段时间我们设立的这些关卡松懈了，他就有很大机会逃出去。我们只能冒险一搏。”

梁昱行目光深沉，看着远处，房间内霎时陷入了沉寂。就在这时，敲门声响起，韩正坤双手叉腰，扬声道：“进。”

门被打开，魏明、小兵和其他队员一脸尴尬为难地站在门口。

房间的隔音效果不是很好，韩正坤刚才的声音又那么大，站在门外的人全听到了。而站在小兵身后的，正是刚刚协助调查完的舒晏。

舒晏虽然听不见刚才房间里两人的对话，但从大家的神情上多少也猜到发生了什么事情。

舒晏站在门边，抬头看向侧对着她站立的人，梁昱行的视线也转过来，与她对上，舒晏朝他微微笑了一下。

她神情平静，笑容带着安抚和坚定。

梁昱行一怔，心里忽然升起了不太好的预感。

小兵走到韩正坤的身边，犹犹豫豫地看了梁昱行一眼。

“有事就说，别磨磨唧唧的！”韩正坤道。

“是！”小兵立马收回视线，挺直了腰板，“报告韩队，我已经按你的吩咐把计划跟舒晏小姐说了。”

因为在之前就预计梁昱行肯定不同意他们的计划，所以韩正坤先派小兵去跟舒晏说了这件事情。既然他们要以她为饵，肯定要尊重当事人的意见，如果她不愿意，他们就放弃，但如果她肯冒险协助，那他们就可以执行计划。韩正坤告诉梁昱行，并不是为了获得他的意见，只是为了……让他获悉这件事情。

闻言，梁昱行神情一僵，转头看向舒晏。

舒晏同样回视着他。

是的，刚才小兵已经将所有的一切，包括他们的计划，全部告知了她并询问了她的意见。

半晌，她走到他的面前，目光平静温和地看着他，抬起手做了个简单的手语。

“昱行，我愿意参与这次行动的。”

这么多天来，舒晏一直看着他们在忙碌，在做周详的分析和计划，已经有好几天不眠不休了。每个人都在尽自己的一份力，希望能早日将人逮捕归案。直到现在，他们承受的压力依然有增无减。她也希望自己能尽一份力，所以当小兵跟她提起这个计划的时候，她几乎是立刻就同意了。

这个潜伏在她身边多年的犯罪分子，这个伤害了众多女性的恶魔，这个害许多家庭家破人亡的畜生，舒晏想尽一份力将他抓住。

而那个在她的印象中儒雅博学的何延问，舒晏就当他已经飞往伦敦继续自己的研究，并且永远都不会再回来了。

“小晏……”梁昱行如深潭般宁静的眸子有波光微动。

舒晏知道他想说些什么，她摇摇头打断他的话。

“昱行，你不是跟我说过，无论发生什么，你都会保护我的吗？”她温和地笑起来，“我一直都是相信你的。”

会议室里，韩正坤正在跟舒晏讲解这次行动的安排和计划，他说完，担心她一时间消化不了，道：“我先跟你说这么多，等晚一些我再跟你说说详细的计划和安排。”

舒晏点点头。

时间很紧，他们必须争分夺秒，今晚注定又是一个不眠之夜。

小兵他们点了外卖，韩正坤跟她说完这些之后就出去跟他们一起吃饭了。舒晏还留在会议室里看他制定的计划，她一边看着，视线又忍不住抬起，落在站在门外走廊上的男人身上。梁昱行背对着会议室站立着，静立在窗前，不知道已经站了多久。

从刚才开始，他就不跟她说话了……是在生气吗……还是在责怪她的自作主张？

毕竟这件事情她确实没有事先跟他商量，又关乎她的生命安全，他担忧、责怪，也实属正常。

舒晏静静地看着他的背影好一会儿，才站起身走过去。

窗外夜色幽静，梁昱行静默地看着外面的光景，直到面前的玻璃窗映出了一个人影。

他身形一顿，转过身来。

舒晏在他面前站定，抬起头来与他对视了几秒。

“你是在生我的气吗？”

梁昱行一愣，随即反应过来她指的是什么，他眼神一软，道：“我怎么舍得生你的气。”

“那你为什么不理我了？”

梁昱行眼睫微垂，目光平静却带着一点黯然，他越过她看向远处。

“小晏……我只是需要一个人冷静一下。”

在这之前，梁昱行破获过许多重大案件，瓦解过许多犯罪组织，抓捕过数不清的犯罪分子，他从未想过有朝一日竟然要倚靠自己的女人去逮捕罪犯。

法医给他看过林欣雅的尸检报告，她生前曾遭受过非人的虐待，死状也极其惨烈，再加上这些被救回来的女生一个个都被注射了药物变得神志不清，能看出何延问就是个内心极度扭曲的人。梁昱行不敢想象舒晏如果落入他的手中，会有怎样的下场。

再缜密的行动都会有疏漏和意外，尽管韩正坤已经跟他再三保证，可他仍旧无法放下心，他只是……担忧她的安全。

舒晏怎么会不知道他在想些什么，看到他眼中微微流露的自责与愧疚，她就觉得心脏一疼。可是在这件事情上她也无法说些什么，她只好上前握住他的手。

“我饿了，我们去吃饭好不好？”

他今天一整天都没怎么吃东西，再这样下去，舒晏担心他把胃饿坏了。

魏明给他们俩留了两份外卖，把其中一个办公台留给他们用餐，舒晏和他面对面坐着吃饭。她看着对面安静吃饭的人，想起了第一次遇到他的场景，浅浅地笑起来，等他抬起头来她才问道：“警察都像你这样满身技能吗？又会弹吉他又会唱歌的。”

看完她的话，梁昱行无奈地笑起来：“小晏，弹吉他只是我的兴趣爱好。”

哦，只是兴趣爱好都可以这么出色，还有什么是他学不会的。

“昱行，等你们完成这次任务，你弹首曲子给我听好不好？”

她还从未享受过他只为她一人的独奏，尽管她无法用耳朵倾听，但是她很想让他为自己弹奏一次。

梁昱行看着她，眼神诚挚认真，道：“好。”

舒晏对他笑了，拿起旁边的手机打了行字，同时用勺子挖了块牛肉放到他嘴边。

“喔喔……”看到这一幕，身旁有警员都在起哄。

都是些年轻的小伙子，他们中大部分人又没交过女朋友，所以看到这一幕难免会有些兴奋和八卦。再加上最近工作压力大，也极少会有这样放松的时刻，他们其中有人带头，其他人也跟着一起闹起来。

被他们这么一闹，梁昱行的俊脸顿时红起来，他红着脸看向舒晏，说：“小晏……注意场合，别这样……”

“那你是吃还是不吃？”

“吃……”他的脸更红了。

等他把肉吃掉，舒晏才满意地收回勺子，然后稍微抬起头来，这才发现大家都盯着他们看，她稍愣了一下。

舒晏不知道什么时候周围站了这么多人……难怪刚才他说要注意场合。

想到被这么多人盯着看……舒晏脸颊一烫，也有些羞赧起来。

魏明上完洗手间回来，看到这一幕，有些没反应过来，等到看到自己老大红扑扑的脸颊时，他才明白过来。为了维护老大在众人面前的威严形象，魏明赶紧走上前把那些围在一旁起哄的人全赶走：“去去去，看什么看，没见过人吃饭啊，快，干活去……”

把人都赶走了，魏明转过身对梁昱行狗腿地道：“老大，闲杂人等已清理完毕，你们继续，继续哈……”

舒晏对他笑了笑。

饭后，他们趁着难得的休憩时间在警局附近散步，等差不多消食完毕才回去。在准备上楼梯的时候，梁昱行忽然牵住她的手，将她带到了一个隐秘无人的转角口。

这是要做什么？正当她疑惑不解的时候，他已经把她压在了墙壁上，她一愣，唇上一暖，他的唇已经贴了过来。

舒晏猝不及防，唇齿已经被他撬开，他的舌尖探进来，寻找着她的……

她轻轻推了推他，两人唇齿分离。

“注意场合啊。”

梁昱行单手撑在她脸颊旁的墙壁上，脸颊绯红，轻声道：“没关系，小晏，这里没人。”说完，他又吻了上来。

在那一瞬间，舒晏的脑海里闪过一个词——道貌岸然！

参与这次行动的警员都被召集在会议室开会，梁昱行和舒晏到达的时候已经全员到齐了，看到他们出现门口，房间内的人纷纷把目光投过来。

舒晏被大家看得不好意思，特别是想起刚才和梁昱行在楼道做的事……她低了低头，手背在身后，悄悄地捏了下梁昱行的手。

都是你做的好事。

梁昱行低头看着她。舒晏没理他，径直找了个位置坐下。

等人员到齐之后，梁昱行对韩正坤点了点头，示意他可以开始了。

其实这次任务的内容很明确，就是由舒晏出面引诱出何延问，他们再将人一举抓获。这次的任务大功告成后，这场延续了一年多的连环案件也能最终画上句号。

这次的行动非常重要，事关能不能将人一举抓获，而每个人在行动中负责的每项任务也关系到这次任务最终能不能成功，所以韩正坤对全体队员的要求是零失误。

韩正坤跟他们讲了大致的部署。明天是持续一整天的行动，因为不知道人会出现在哪里，所以他们必须时刻跟着舒晏，一分钟都不能松懈。他们准备了跟踪器、窃听器等微型工具让舒晏携带在身上，以防万一。

韩正坤还提醒舒晏，如果发生了什么意外，例如她不慎被抓走，一定不要慌张，要保持镇定。她也不必做什么举动，他们一定会以最快的速度把她解救回来。

这场行动会议中，梁昱行全程极少说话，他坐在舒晏身旁，修长的手始终紧紧地握着她的手。

会议持续了很长时间，等结束的时候已经是深夜了，韩正坤让大家回去收整一下，凌晨五点在局里集合，准备行动。

在会议结束之后，梁昱行只跟韩正坤提了一个要求——他需要一辆车和一台定位器。

“你要自己一个人？”韩正坤问。

因为是集体行动，所以他只安排了两三辆车，基本上一辆车里会安排几个人，到时候会分散在不同的地点跟着舒晏。

“是。”梁昱行点头道。

原本这样是不符合规定的，但是他考虑到人越少越方便行动，而且应对突发状况，一个人也容易随机应变，保证舒晏的安全，这是他能做到的最大让步。

韩正坤同意了：“行，我马上去申请。我们负责抓人，你负责保护舒晏，我会让小兵他们那一组的人配合你。”

韩正坤这回是执意要赌一把了。何延问不一定会按照他们设想的出现，他也已经将最坏的结果想好了。但是如果他不搏一搏，那很有可能会永远都抓不到何延问，所以这已经是最后的办法了。

“昱行……”在他转身离开之前，韩正坤忽然喊住他，等他转过身来之后，又有些欲言又止。

梁昱行眼神清明沉静，他敛了敛眸，忽然道："大餐。"

"啊？"韩正坤愣了。

梁昱行一笑："老韩，还记得吗？我说过，任务结束请吃大餐。"

韩正坤笑了："怎么不记得？这是你欠我的。"

"但是，如果舒晏在这次行动中有一丝一毫的损伤，这个承诺便不作数。"他又道。

"嘿，你这人！"没想到他后面还有这个"但是"，韩正坤瞥了他一眼，嘀咕道，"搞得我很稀罕你的大餐似的。"

梁昱行定定地看着他。

韩正坤叹了一口气，忽而笑了，走上前拍了拍他的肩膀："你现在就可以预定南城最贵的五星级餐厅了，你这小子，等着啊！我非得把你吃到破产不可。"

舒晏这一晚都歇在警局里，魏明帮她清理了一个空房间出来，让她在沙发上将就一夜。她躺在沙发上，毫无睡意，除了有些认床的原因，她对接下来未知的事情还有些紧张。刚才在大家面前她不敢表现出来，现在独自一人时，这样的情绪就在心底无声无息地蔓延开来。

忽然，门缝有光亮倾泻进来，房门被人推开了，舒晏赶紧闭上眼睛。

梁昱行推门而入，手臂上搭着一条毛毯。他进门之后第一眼就看见躺在沙发上熟睡的人，他在原地安静地凝视了她好一会儿才走过去，将手里的毛毯展开，铺在她的身上。然后他就在沙发前蹲了下来。他单膝跪地，动作轻柔地将舒晏额前的发丝拂开，他的目光落在她安然的睡颜上，带着温柔和怜惜，然后，他在她的额头上轻吻了一下。

舒晏的眼皮动了一下，终究还是没睁开眼睛。不知道是否因为身旁有人陪伴，她很快便安心地沉睡过去。

第二天早晨五点，大家在局里集合。出发之前，梁昱行走到舒晏面前，拿出一个微型定位器放在她的耳后，舒晏抬头看着他。

梁昱行低头与她对视，道："小晏，我只有一个要求，保护好你自己。"

第二十一章

抓获

韩正坤让一名从未露过面的警员开车载着舒晏离开警局，而他们伪装成寻常车辆默默跟随。警员在指定地点放舒晏下车，然后就离开了，而舒晏则按照计划那样，一直沿着这条街往前走。她下车的地方是南城最大的采购批发市场，她走在路上，假装要来采购商品。

梁昱行驾驶着车辆跟在她身后不远处，在舒晏停下来的时候，他也跟着停下来，眼睛一直注视着那道清丽的身影。魏明抱着电脑坐在副驾驶座上，时刻留意着屏幕上显示的定位以及韩正坤下达的命令。

时间悄无声息地一点一滴流逝，现在已经是上午九点左右了，批发市场的商铺和摊位已经开始营业了，路上的行人也逐渐变得多了起来。人越多，也就能更好地隐藏自己，韩正坤让全体队员留意周围的动向，一有什么风吹草动立马向他汇报。

魏明听完韩正坤下达的指令，再转头看向驾驶座上的人。老大从上车后就没再说过一句话，目光始终跟随着舒晏的身影。在这场行动中，想必不会有任何人的内心比他更受折磨。让自己心爱的女人去做饵，这是任何一个男人都不愿意看见的事情，更何况是曾经破过无数案件、年纪轻轻就被破格提拔为B市刑警副队的梁昱行。

昨晚在行动会议结束之后，只有梁昱行一个人在会议室里通宵。他把舒晏小区的平面图以及小区的监控录像全调出来，从头开始看，把所有线索从头梳理一遍，不放过任何细节。他昨晚其实根据找到的线索列出了一条何延问极有可能采取的逃亡路线，只是这条线路途经的地点太多，他们实在没时间一个一个地方去搜寻。

魏明只是替梁昱行感到心酸。他收回视线，目光落在前方的大街上，只能祈祷他们今天能够顺利抓住何延问。

舒晏走到街道上，韩正坤在行动前告诉她尽量表现得跟往常一样就好了，不需要留意周围，也不需要她做任何举动。相反，如果她的行为举止过于异常，更容易让人起疑心，他们想抓的人很有可能就不现身了。

舒晏现在身处的地方正是她平时经常和小靖来的批发市场，如果何延问一直在留意她的话，应该是知道她会经常来这里买东西的。

韩正坤他们现在也什么都做不了，只有等。可是他们等待的人一个早上都没有出现。

中午的时候，舒晏在附近找了家餐馆坐下吃饭，韩正坤安排了几个没露过脸的队员跟着她一起进去。小兵也带人去买了盒饭回来，他们轮班，有人负责留意周围动向，有人先填饱肚子，然后再换过来。

魏明接过小兵递来的两份饭，把其中一份递给梁昱行："老大，你先吃饭吧。"

梁昱行："我不吃。"

魏明讪讪地放下饭盒。老大不吃，他也不好意思动筷，索性也放下饭盒不吃了。

没过多久，放在中控台的手机忽然响了一声，有人发了信息过来。

魏明伸长脖子看了一眼，出声提醒："老大……是你的手机。"

梁昱行拿起手机，看到屏幕上显示的信息，他微怔了一下。

"记得按时吃饭。"是舒晏发来的信息。

"魏明，把饭盒给我。"放下手机，梁昱行说了句。

"啊？"魏明愣了一下，心想：老大怎么突然又想要吃饭了？

梁昱行放下手机的时候，魏明趁机瞄了一眼，看到"小晏"两个字，恍然大悟。他边把饭盒递给梁昱行，边道："老大，你以后一定会变成'妻管严'的。"

闻言，梁昱行乌黑沉寂的眸中忽然泛起了一丝笑意，他道："没什么不好的。"

魏明心道：没救了。

这时，耳中的无线电耳机里传来"滋滋"的电流声，有人道："韩队，有两个男人在饭店里闹事！"

魏明顿了一下，转头看向梁昱行。

梁昱行的动作顿住，他抬头看向饭店。

韩正坤："什么情况？"

跟随着舒晏进入饭店的警员简要地说明了一下情况，他们也不太清楚两个男人怎么就闹起来了。韩正坤让他们看好舒晏，要保证她的安全。

两个闹事的男人坐得离舒晏很近，为了避免被波及，她想赶紧结账走人，可是也不知道是有意还是无意，舒晏站起身的时候，两个男人就扭打在一起，挡住了她出门的通道。

魏明坐在车里，还在注意听耳机里传来的动静，几秒后，就见身旁的人将车门打开了。

舒晏看着挡在自己面前的两个男人，心里忽然有了些不好的预感，她刚想绕道，那两名正扭打在一起的男人突然转头朝她看过来。

舒晏的脑袋“嗡”的一声，她往后退了一步，没多考虑，转身就想跑。与此同时，那几名警员看形势不对，正想上前保护舒晏，饭店里其他顾客都站了起来，三三两两地挡住了他们的去路。

一切都是计划好的！

梁昱行晚了一步，赶到的时候舒晏已经被两个牛高马大的男人带着往后门走了。他目光一冷，迅速往他们离开的方向追过去。追到后门的小巷时，他就看到舒晏被他们拖着上了一辆黑色的面包车。

梁昱行追上去的时候，车子已经发动了，车里的人见到他，立马下达指令：“开过去！”

驾驶员接到命令，踩着油门笔直地朝梁昱行冲过来。被他们捆绑在后座的舒晏看到这一幕，吓得心都快跳出嗓子眼了。

车辆快速行驶过来，梁昱行眼神一凛，迅速躲开，面包车趁机加速往前驶离。

“魏明，立刻将车开到街口！”

韩正坤这边了解到情况，也迅速根据舒晏身上携带的定位器找到她的位置，然后追了过去。

魏明根据梁昱行的命令把车开到街口，然后就把驾驶座让给了他。梁昱行一上车就立马挂挡踩油门，往那辆面包车离去的方向追去。

“老、老大！”魏明看着屏幕上显示的定位，忽然喊道，“他们怎么上了通往关口的高速路？这是要离开南城啊！”

梁昱行趁着前方红灯把车停了下来，他接过魏明手里的电脑，手指在键盘上灵活地操作了半晌，他目光一沉，道：“定位被篡改了。”

魏明凑过去看了眼屏幕，惊讶地道：“什么时候的事情？”

梁昱行没作答，他的视线落在屏幕上，忽然目光一定，问：“魏明，昨晚我查到的那条路线最终会通往哪里？”

梁昱行将这一情况告诉韩正坤的时候，他们已经跟随着定位上了高速路，暂时无法掉头返回。韩正坤让梁昱行这组人先去追犯人，他们到下一个关口再掉头回来。

舒晏被带上车之后就被人用绳子捆绑住了手脚，她挣扎了几下，紧接着就被身旁的男人摁住，她整个人被控制在座位上。

“轻点、轻点，要是弄伤了人，到时候不好交代。”坐在副驾驶座的另一个男人说。

“喂，虎子，那群警察不会跟上来吧？”有人道。

叫“虎子”的男人坐在副驾驶座上，跷着二郎腿：“不会、不会，那帮警察还没那么有能耐。再说了，何先生已经承诺过了，我们如果有任何闪失他来负责，所以放心，放心啊。”他抖了两下腿，回头对同伙说，“做完这单生意，老子带你们兄弟几个一起去吃香的喝辣的。”

“虎子，我们可都听你的了。那我们现在是去何先生交代的地方吗？”驾驶座上的男人问。

虎子说：“不急，先围着这条路绕几圈，等彻底甩掉那帮警察再去何先生那里。”

舒晏看不到他们的对话，起初挣扎了两下，之后就不再动弹了。车里有四个男人，后座上就坐了两个，一左一右分别坐在舒晏两边。逃跑是不可能的，挣扎也无济于事，她干脆就老实待着不动，保存体力和精神。

这四个男人都是生面孔，梁昱行他们这次的行动目标是逮捕何延问，可是在这辆车里并没有见到他的人，这几个男人会是他派来抓她的吗？他人现在又在哪里？

看着他们在路上兜圈子，舒晏尽量减弱自己的存在感，害怕他们会发现自己身上的定位器和窃听器。

“咦，哥，这姑娘怎么那么安静？”坐在舒晏左边的男人看到她如此老实安静的模样，反而起了疑心。一般人被绑架了不是应该又哭又闹吗？怎的她这么平静？

“可能是被吓傻了吧。”

大约半个小时之后，虎子往后丢了个头套过来，示意他们把舒晏的头套上。视线被遮挡住，舒晏感觉自己被人拉扯着下了车，她脚步踉跄着，被人拉上了另外一辆车。不知道过了多久，车停了下来，有人拽着她的胳膊带着她往前走。走了很长一段路，终于停了下来，拽着她的人松开手，把她留在原地，人也不知道去哪了。她的双手被捆绑住，听不见也看不到……舒晏的心里升起了一丝恐慌。

她在原地等了许久，忽然，头套被人摘了下来，突如其来的光线刺得舒晏的眼睛一疼。

她低着头，看到眼前站着的人穿着精致上乘的皮鞋，视线再往上，是笔挺的西裤、剪裁得体的西装，最后……是那张依旧儒雅的熟悉面容。

何延问对她笑了笑：“舒晏，我说过，我们会再见面的。”

得知他做了那么多丧尽天良的事情之后，舒晏再次面对他，只觉得内心深处涌起了一阵恶心和寒意，明明不久前他们还在一起愉快地相处。她原本以为他是个谦谦君子，没想到却是个卑劣的小人。舒晏努力平复着自己的情绪，压下心里的惧意，半晌才抬起头来，神色平静地与他对视。

何延问微微俯低身子，看着她的眼睛道：“怎么，见到朋友不高兴吗？”

舒晏微微敛眸，想说些什么，可是她刚抬起手来才发现她的手还被绳子捆绑着。

何延问见状，缓缓抬起手，手指搭在她的手背上。舒晏心中厌恶，立刻就想躲开。像是知道她的意图，下一秒，何延问就牢牢拽住了她的手。他的神情一瞬间就沉了下来，片刻后，他笑道：“你躲什么？”他边说着，边帮她解开手上的绳子。

绳子落地，舒晏的手也重获自由，她握住自己红肿的手腕。何延问看着她，笑了一声，道：“舒晏，这才过了几天，你对我的态度真是一个天一个地啊，你以前……不，你在今天之前，从来不会用这种眼神看着我。”

舒晏淡淡地抿起唇，抬头直视他。

“你一直都在骗我。”

何延问单手插进裤兜里，微挑了一下眉，一副漫不经心的神情，说：“你说我骗你，呵……我什么时候骗过你？”

舒晏不答。

“怎么不说了？你说说看，我摆在你面前的，有哪一样是不真实的？”何延问抬起手，用食指缠起她的一缕发丝在手里把玩。

舒晏沉默下来。

刚下车的时候，韩正坤给她随身携带的那些窃听器和定位器都被毁了，现在就只剩下她耳后的这枚定位器。梁昱行知道她被抓了之后应该很快会根据定位找过来了，她现在要做的，就是尽量拖延时间。

何延问是学心理学的，她一点微小的神情和动作落在他的眼里，他就能知道她此时在想些什么，他轻声笑起来：“舒晏，你不必想着如何拖延时间，不会有人来的，他们也不可能找到这里。一切都是你们的计划吧？安排你来引我现身。不用再想了，你身上的定位器被我篡改了位置，他们现在应该按照反方向追踪去了。”

看清他的话之后，舒晏一怔。

何延问放开她的头发，冷笑了一声：“梁昱行竟然舍得让你以身涉险，他这个警察也当得太无能了一些。还有南城的那些警察也是，我给了他们那么长时间，竟然一个比一个没用，都过了这么长时间了，还抓不到我。”

看到他这么说梁昱行，舒晏顷刻间冷了眉眼，心里升起一股怒火。

可是越是这种时候她越要冷静，他说的话也不一定都是真话，就算她身上的定位器真的被篡改了，她也相信梁昱行一定能够找到自己。她目前唯一要做的，就是争取时间，还有不要激怒他，要保护自己。如果她因为这次行动受到任何伤害，梁昱行一定会很内疚，舒晏不想他有任何愧疚。

见她长时间没有任何动静，何延问微微皱起眉，就在这时，舒晏抬头看着他。

“你……为什么要做这些事情？”

何延问看着她好半晌，突然笑了，他不答反问：“你知道我为什么要挑林欣雅作为第一个下手的对象吗？”

看到从他嘴里说出的“林欣雅”这个名字后，舒晏顿了一下，想起那张和自己有着五六分相似的容颜。一个答案在脑海里呼之欲出，她猛地震了一下，抬起眼来定定地望着他。

她从来没有想过……竟还会有这一层因素……

原来一切的根源都是……因为她……

“舒晏，你把我当成朋友，可是我不仅仅是把你当成朋友看待。我对你做过的事、说过的话，我不信你没有任何感觉，你只是不愿意承认，不愿意接受。”何延问极轻地笑了一声，“你不爱慕我，没关系，多的是女生喜欢我，林欣雅就是一个非常好的例子。”

“我只需要伪装成她们喜欢的模样，制造一个偶然的时机出现在她们的视线里，那些女生就会乖乖上钩。”何延问说，“林欣雅这个人，清高、虚荣、自傲，尤其是长着一张和你相似的面容，我每次看到她，脑海里总是不自觉地浮现你的身影。”

看完他的话，舒晏只觉得浑身僵硬，指尖顷刻间涌起了阵阵寒意。她低下头，闭上眼睛，不想再看他说下去。

可下一秒，她的下巴就被人狠狠钳制住抬起来，舒晏迫不得已睁开了眼睛，就见他继续道：“舒晏，我把她想象成你，每当她痛苦地蜷缩成一团……你知道那个时候我多有成就感吗……我现在都还记得她痛苦的叫声，真是悦耳极了。”

舒晏紧紧咬着下唇，身体僵硬而冰冷，她的心里充斥着愤怒和无力，眼眶渐渐红了。

何延问松开她的下巴，手缓缓抚摸上她的脸颊，轻声道：“别担心，我不会这样对你的。舒晏，我舍不得这样对待你。”

舒晏咬着牙别开脸，避开他恶心的触碰。

她的心情难以平复，一阵接一阵的怒意涌上来。

何延问看着她这副愤怒难言的神情，自嘲一笑，看着她身后的房门：“舒晏，你永远都是这样，不过没关系，你很快就不会用这样的眼神看我了。”

说完，他弯腰捡起地上的绳子，拽住舒晏的双手，将绳子一圈一圈地缠绕上去，舒晏挣扎未果，手又被重新绑住。

舒晏看着他，不知道他接下来要做些什么，何延问低头看了她一眼，然后就拉着她走进了一间卧室。

舒晏力气不敌他，很快就被他扯进了卧室，她还没来得及反应，人已经被他推倒在床上。舒晏心里一慌，想从床上坐起来，可是紧接着，她的双脚也被他捆住。

她心中慌乱，喉咙里传出断断续续的破音。

忽然间，她怔住了，何延问的手贴在了她的小腿上，温热的手掌贴着她光滑冰凉的肌肤，一点一点地往上抚摸。

舒晏摇头挣扎着，可是双腿被他牢牢地禁锢住。

“舒晏，别怕。”何延问看着她笑了笑。

他松开手站了起来，走到一张摆满瓶罐的桌前，取了其中一个瓶子，拿出一支还未开封过的针管。见到这个情景，舒晏呼吸一滞，想起了赵茹娜她们在医院里痴痴傻傻的模样……

听说她们是被注射了某种药物……

何延问拿着针走过来，说：“舒晏，其实我一直很好奇你为什么会喜欢上一个只认识了几个月的人，而我与你相识两年多了，你却从未真正将我放在心上。”他在她面前蹲下来，“不过没关系，这个答案我已经不好奇了，因为你很快就会忘记所有的事情，忘记自己的名字，忘记自己的出身，忘记自己的朋友，忘记自己喜欢的人……

“你只会记得我，从此你的生命中也只剩下我一个人，这样你就能永远属于我了。”

“老大，你真的确定是这里？”魏明根据梁昱行昨晚推算出来的线路，最终找到了这里，让他大吃一惊的是，这里竟然是何延问曾经用来囚禁林欣雅的那栋房屋！

一开始推算出来的时候梁昱行也有些惊讶，但确实就是在这里。

“嗯。”梁昱行静静凝视着这栋房屋，眸色黑如深渊。

何延问按住她的双手，让她动弹不得，舒晏看着他将针头刺入她的皮肤，她手臂一痛，心瞬间凉了一大截。

突然，她感觉到身旁的人动作一顿。何延问不知道听到了什么，眉头一皱，神情变得有些难以置信起来，他飞快地低头看了她一眼，手推着针管，迅速将药物注射进她的血管里，然后给她的腿松绑，扯着她从床上站起来。

发生什么事了……

舒晏脚步踉跄地跟在他身后，走了没多久，就到了一间地下车库。何延问开启了其中一辆车，打开后车座的门，将舒晏推进去，自己再坐到驾驶座里。

他早就想好了后招，如果被人发现，他还有机会可以离开。

他扭动着钥匙，可是发动机迟迟没有动静，他猛地一怔。

车被人做了手脚！

何延问神色一沉，迅速从车里的储物柜里拿出一把枪，然后打开车门。正当他准备打开后车门把舒晏带出来时，随着“砰”的一声枪响，他的手臂被子弹擦过，划出了一道血痕。

何延问捂着自己的手臂，神情变得愤怒起来，他抬起枪往前方连发了两颗子弹，却什么也没有打中。

紧接着，一颗子弹破空而来，射中了他身后的墙壁，何延问冷笑了一声，举起手往子弹射来的方向开了一枪。

他一边开枪一边打开后车座的门，正准备把里面的人带出来时，他倏地一怔。

舒晏不见了！

药效好像开始发挥作用了，舒晏渐渐觉得四肢酸乏无力，脑袋变得有些沉重起来。她并不知道此时外面发生了什么，她闭上眼睛摇了摇头，想让自己保持清醒。她的手还被捆绑着，何延问不知道下车干什么，舒晏想趁这个机会打开另一侧的车门，然后跑出去。

她心里有种预感，梁昱行他们应该到了，舒晏不想在这个时候给他们拖后腿，她担心何延问会把她作为人质胁迫他们。

舒晏撑着身子，艰难地挪到另一侧的车门前，她抬起被捆绑着的双手，刚准备把车门打开，门却自动开了。

她微愣，见车门被人小心翼翼地打开。魏明蹲在车旁，将身体探进来，跟舒晏对上了眼。他朝她做了个噤声的动作，然后又对她招手，示意她从车里出来。

看到他出现，舒晏心里顿时一松。

魏明带着她从车里逃出来，他猫着身子，将车门重新掩上，然后带着舒晏远离这里，躲到另一辆车的背后。

在行动之前，梁昱行和他分好工了，梁昱行负责开枪引开何延问的注意，而他则需要找准时机带舒晏离开。

躲起来之后，魏明帮舒晏把手上捆着的绳子解开，然后伸手按着耳机，低声道："老大，我已经顺利将舒晏救出来了。"

那端的人应了一声："做得好。"

被老大表扬了，魏明笑了两声："老大，需不需要我过去帮你？"

"不用，保护好舒晏。"

"是。"

结束通话，魏明转过头来，就看见舒晏正盯着他看。他看了眼四周，他们还处于敌人的范围之内，行事说话还需要很小心，他压低声线，近乎无声道："舒晏，你别担心，接下来你就等着看老大怎么将那个卑鄙无耻的小人打得落花流水就好了。"

舒晏看清他的话之后对他笑了一下。

脑袋有些晕，她低头，轻轻将头靠在自己的膝盖上。

半晌，手臂被人轻轻碰了一下，她抬起头来。

魏明看着她，问："舒晏，你没事吧？有没有哪里受伤？"

舒晏对他摇了摇头。

魏明松了一口气："没事就好。你都不知道，我们老大快被这事儿折磨死了，我跟在他身边，他全程一个字都没说，我都能感觉到他内心深处的煎熬。"

舒晏沉默了一会儿，光是想象就能知道梁昱行当时的心情。她敛了敛眸，向魏明借了手机打字："是我害他担心了。"

"没事，我就是随口一说，你也别放在心上。多亏了你，我们才能顺利将何延问逮到。这次的案件要是解决了，你就是最大的功臣，到时候让老韩弄个最佳市民奖颁给你。"

知道他是为了不让自己心里有负担才在这种时候开玩笑，舒晏没说什么，只是对他感激地笑了笑。

舒晏不见了，何延问心里骤然浮起一丝烦躁。从他刚才在房间里听到了一丝动静开始，他就已经落入了对方的圈套。对方知道他肯定留有后招，所以提前对这里所有车辆都做了手脚，阻断了他所有的退路，然后再安排人把舒晏带走，让他连唯一的筹码都没有，最后，再让他陷入进退两难的境地。

好一个梁昱行。

他还真没想过竟然能被他们找到这里。

何延问目光微沉，他刚往前走一步，一颗子弹就射了过来，他的一举一动仿佛都被人监视着，他稍有动静，对方就会开枪。更可恶的是，这里的视线范围太狭窄，他找不到对方的藏身之处！

何延问站在原地，忽然笑了，他开口道："既然来了，为什么不敢出来见人？这样躲在暗处玩偷袭，有意思吗？还是说你们警察都喜欢用这种阴险狡诈的伎俩来对付人？"

话落，不出片刻，就有人从几米外停着的一辆车后走出来。何延问看着缓缓出现在视线里的人，嘲讽地笑了一声："梁警官怎么那么沉不住气呢？被我几句话就激出来了？"

梁昱行站在原地，骨节分明的手里执着枪，神情清冷沉静，深邃的眼里凝着冷意。

"何先生也曾经用过你口中所谓的阴险狡诈的伎俩，不知你是否还有印象？"他道。

他指的是上次在南人礼堂的时候。

何延问神情一僵。

梁昱行眼神平静，接着道："我只是以其人之道还治其人之身。"

何延问冷笑了一声："梁警官还真是大言不惭啊。"

魏明带着舒晏一直躲在暗处，想着要怎么从这里逃出去。

然而就在这时，他的手机突然响了。

手机铃声一传出来，魏明心想：完蛋了！

他慌慌张张地把电话挂断，可是已经来不及了，声音已经传到了另外两个男人的耳中。

魏明赶紧拉着舒晏从地上站起来，而与此同时，何延问听到手机铃声，辨认出了声音传出的方位之后，意味深长地看了梁昱行一眼，掉头往声源处跑去。

梁昱行目光一沉，立马追上去。

魏明拉着舒晏东躲西藏，不住懊悔：自己怎么犯了那么低级的错误！行动之前竟然忘记关机了！

停车库总共就那么大，再加上舒晏双腿乏力，根本就跑不了多远，魏明没办法，只好让她自己先往前跑，他留在原地挡着何延问。

可是他掏出枪刚一回头，眼前一黑，就被人击倒在地。

另一边，舒晏也跑不了多远，她越剧烈运动，血液流动的速度越快，药效也就发挥得越快。不知道何延问给她注射了什么，她觉得脑袋很沉，像是随时都会晕倒在地。

很快，她的手就被人握住。舒晏一怔，想挣脱开那人的钳制，可随即，那双手轻轻一用力，她就跌进了一个温暖熟悉的怀抱中。

舒晏的鼻尖接触到他身上柔软的衣服面料时，眼眶霎时红了。

是梁昱行……

她刚想抬起头来，脑袋就被人按住，没过几秒，身前的人松开她，握着她的手，将她挡在了身后。

梁昱行将舒晏挡在身后，眼神冷峻地看着面前这个用枪指着自己的男人。

何延问占据上风，用枪指着他说："真正强大的人是不能有软肋的，这个道理还需要我教给梁警官吗？"

话落，他的视线落在梁昱行手里拿着的枪上，他一笑，忽然数起数来："一、二、三、四、五……那里面应该没有子弹了吧？梁警官，你要怎么办呢？这一局好像又是我赢了。"

舒晏看着这样的局面，心里一紧，她抬头看着身前的男人。

"这样吧，我给你一次机会，你把舒晏交给我，我就放你一马，如何？"何延问微微偏了偏脑袋看向舒晏，向他提议道。

梁昱行没说话。

何延问看他毫无动静，轻声笑了："梁昱行，你以为你自己还有退路吗？摆在你面前的无非就两条路，一条是把她交出来，我放你一马，第二条就是我杀了你，再把她夺过来。"

梁昱行修长的手指扣着扳机，他抬眼，声音很平静："何先生是否永远都是如此自信，以为所有一切都在自己的掌握之中？"

"难道不是？"何延问挑起眉。

"当然不是。"魏明出现在他身后，同样举着枪对准他，"何先生当我们警察都是吃素的吗？随随便便被你敲一下就晕过去了？"

何延问闻声一愣。

就在他愣神的瞬间，几乎不给对方反应的机会，梁昱行抬起枪，对准他的手，扣动扳机，"砰"的一声，何延问手里的枪掉地。他的反应速度也很快，知道自己不敌，立马转身就往一侧跑去，梁昱行立即追上去。

"魏明，你留在原地，看好小晏。"

"好嘞！"

梁昱行一离开，舒晏双腿一软，就跌坐在地上，魏明赶紧上前扶住她："舒晏，你怎么了？"

舒晏摇了摇头，做了个简单的手势，骗他自己是被刚才那一幕吓到了。

魏明信了她的话，安慰她道："没事，别怕，有我们老大在，什么都不用担心。"

舒晏点了点头。

韩正坤很快就带人来到这里，听魏明汇报完情况之后，立马带了一小队人往他们离开的方向追去。

何延问其实已经没有退路了，可是被梁昱行追上之后还不死心，拿出随身携带的小刀与他搏斗。可是近身攻击他不是梁昱行的对手，很快就被对方按倒在地。梁昱行的动作快得让人晃眼，一瞬间何延问就被他用手铐铐住了。

他挣扎了两下，未果。

韩正坤随即赶到了，梁昱行把人交给了他们。

何延问被人带走前，抬头看了眼梁昱行，忽然诡异地笑了：“梁昱行，你以为抓住我一切就都结束了吗？不，好戏才刚刚开始。”

说着，他不知从哪里拿出一个遥控器，梁昱行还来不及阻止，他已经按下了按钮。

可预料之中的爆炸声没有传来，何延问愣了愣。

怎么回事？他明明已经在别墅停车库里设置了炸弹，怎么没反应？

就在这时，小兵带着人过来汇报：“报告，梁队，韩队，拆弹专家已顺利解除炸弹，任务完成！”

刚才在停车库的时候，梁昱行就发现何延问在这里设置了炸弹，他立马通知小兵联系拆弹专家过来。为了给他们争取时间，梁昱行其实一直都在跟何延问耗着。

梁昱行眼神清冷地看了眼愣在原地的何延问，下了命令：“带下去。”

第二十二章

案件结束

已经是黄昏时刻，日薄西山，红霞满天。

舒晏被魏明护送着上了警车，他取了张毛毯裹在她身上，然后取了保温瓶倒了杯热水给她喝，顺便暖手。

看到他准备得那么周全，舒晏转头看着他，魏明见她看过来，解释道："不关我的事啊，这些都是老大为你悉心准备的，原本应该是他亲自做的，但他这会儿不是抓犯人去了吗？就只好由我来代劳了。"

舒晏微微一笑，用手语向他答谢。

自从梁昱行开始学手语之后，魏明也耳濡目染了一点，简单的手语他还是看得懂的，他笑起来，道："不客气。"

舒晏的脑袋依旧是昏昏沉沉的，她不知道何延问给自己注射了什么，可是她想起何延问说的那些话，心里忽然害怕起来，害怕自己也会变得跟其他受害者一样，忘记所有的事情，变得神志不清，甚至……连他都不再认得。

所以她一直强撑着精神，害怕自己昏睡过去之后，醒来就会是另一副样子了。

还有……也不知道他现在怎么样了，抓住人了没有。

没过多久，身旁的车门被人打开，座位一沉，有人坐了进来，舒晏转过头，看到身旁人温润如玉的脸庞。她笑了起来，正准备靠过去，忽然脑袋一沉，眼前一黑，她闭上眼睛陷入了昏迷。

再次醒来的时候，舒晏正躺在医院的病床上，外面天是亮着的，晨光清澈，有温暖的日光从窗外照射进来。

她刚一动，就有人靠了过来："小晏，你醒了？有没有觉得哪里不舒服？"

舒晏借着他的手从床上坐起来，后背靠在枕头上。昏迷前身上那种酸乏无力感已经消失了，她摇了摇头，朝他笑了笑。

"现在是什么时候了？"

"二十号早晨。"

舒晏吃了一惊："我睡了两天？"

"嗯。"梁昱行缓缓握住了她的手。

舒晏这才注意到他有些憔悴疲惫的面容，她问道："梁昱行，你是不是连续两天都守在这里，没有休息过？"

梁昱行静静垂下眼帘，忽然道：“小晏，对不起。”

舒晏微顿，好端端的为什么要道歉……

“不会再有下一次了。”梁昱行握着她的手缓缓收紧，“我不会再让你以身涉险了，我保证。”

舒晏看他眉目间流露出自责和愧疚，心脏一疼，脸上却浅浅地笑起来。

“我真的没事，你看我不是还好好的吗？你别担心，我不会让自己受伤的……”

手语还没做完，她的唇瓣就被他吻住，手指也被他扣住。她微仰着头，承受着这个炽热而又带着怜惜的吻。他的舌闯进来，与她温柔地缠绕，舒晏对上他深邃的视线，心脏渐渐柔软下去，她抬起手来抱住他，迎合着他的亲吻。

结束这个亲吻之后，两人都微微喘着气，舒晏对他温和地笑了一下，抱着他，顺势靠在他的怀里。

过了一会儿，舒晏直起身来，看着梁昱行，问：“你是不是两天两夜没有合眼了？”

梁昱行还没说话，就看见她拍了拍自己身旁的床位，问他：“你要不要上来躺一会儿？”

舒晏是真的心疼他，之前他为了查案件已经忙碌了很多个夜晚，现在又在她的床前守了两天两夜，就算是铁打的身体也经受不了他这样的折腾。

医院的病床不大，两个人如果躺在一起，身体一定会紧紧挨着……梁昱行的俊脸微微红了，半晌，他点头应道：“好。”

舒晏往里面挪了一下，等他躺上来之后，把自己身上的被子分给他。

不知道是不是睡了两天的缘故，舒晏醒过来之后大脑很清醒，她闭上眼睛，也毫无困意。反观她身旁的人，兴许是真的累了，他躺下没多久就睡着了。

舒晏睡不着，干脆就侧躺着看着他。他的肤色原本就偏白，这几天没好好休息过，这会儿看上去显得更加苍白了。他的睫毛纤长，眼睑底下铺着淡淡的青黑，让他看上去很憔悴。

舒晏看着他，有些心疼，她想，等这些事情都结束之后，一定要好好补偿他。

他们刚躺下没多久，医生带着护士来循例检查，当看到两人同躺在一张床上时，他们愣了一下。舒晏也没想到会有人进来，她从床上坐起来，看到护士小姑娘意味深长的笑容时，脸一烫，有些不好意思起来。

医生是知道梁昱行这两天都守在床边的，他走到舒晏床边，拿出手电筒，循例帮她做检查，完毕之后问她："有没有哪里不舒服？"

舒晏摇摇头。

医生点了点头，在她的病历表上签字，说："没什么大碍的话，过两天就可以出院了。"

舒晏点点头。

在医生临走的时候，舒晏打字问他："医生，我是怎么了，为什么会昏睡那么久？"

她把自己昏迷前的情况说了一遍。

医生说："有人往你的身体里注射了安眠剂，所以你才会觉得头脑昏沉和四肢乏力。好在注射的剂量不多，不会对身体造成什么伤害，通常睡一觉就好了，你放心。"

安眠剂？

医生接着道："没什么大问题，你让你身边那小伙子也别太担心了啊。"

检查完，医生就带着护士走了，病房里一时间安静了下来。舒晏转头看向窗外，外面日光清朗，白云悠悠，她的脑海里浮现出那天何延问说的话——

"别担心，我不会这样对你的。舒晏，我舍不得这样对待你。"

她忽然觉得又心酸又可悲，人性真的是这个世界上最难琢磨的东西，一念成佛，一念成魔，看自己如何选择而已。

但同时她心里又万分庆幸，自己拥有着这世上最纯良正直的男人，他与正义为伍，有自己的原则和底线，坚定地守护着自己的信仰，永远是那么的正直善良。

在出院之前，小靖和阿响来看她了，他们也知道了这次舒晏以身涉险的事情。小靖来了之后把她前后左右都看了一遍，确认她没受什么伤之后才松了一口气："舒姐，你也太大胆了吧，这万一要是出了什么事怎么办？"

舒晏一笑。

“我这不是好好的吗？”

“幸亏没事，这么大的事情你怎么也不跟我们商量一下？”小靖说。

如果不是舒晏好几天没去咖啡店，她还真不知道发生了那么大件事。

“没事，有梁昱行在我不会有事的。”

谁知小靖却道：“哎，舒姐，我拒绝吃这碗狗粮啊。”

舒晏笑了。

阿响说：“小靖吵着要来见你，我不放心她一个人，就跟来了，店里没人，我们就自作主张把店门关了。”

小靖：“舒姐，你不会怪我们吧。”

舒晏摇头，当然不会。

小靖看了她一眼，张了张嘴，有些欲言又止。

舒晏看着她，让她想说什么就直说。

半晌，小靖犹犹豫豫地问：“舒姐，何先生他真的是……啊？”

舒晏顿了一下。

“舒姐，我就是随口一问，那个……你……”

“嗯，他是。”

起初得知这个消息的时候，小靖还很震惊，这会儿从舒晏口中亲自确认之后，倒没有那么惊讶了，她道：“可怕，真的是知人知面不知心。”

舒晏出院当天，韩正坤带着小兵来了趟医院。他们进门的时候，舒晏正坐在床沿看着梁昱行帮她收拾行李。见他们来了，梁昱行停下手里的动作直起身。

“怎么样，身体没什么大碍了吧？”韩正坤看着舒晏，开口问道。

“已经好多了。”

“那就好。”韩正坤转头看向梁昱行，问道：“藏着掖着那么多天，休息也休息够了，这下可以了吧？”

梁昱行低头看了舒晏一眼，轻轻点了下头。

舒晏目光疑惑地看着他们。

韩正坤解释道：“犯人抓获了，原本循例是要在你醒来那天找你录份口供的，可是昱行拦着我，说录口供的事情不急，让你再休息多一段时间，所以就一直拖延到现在。”

舒晏抬起头看向梁昱行，他同样看着她，眼底含着温和的光。

办理完出院手续之后，他们就跟着韩正坤回了趟南城警局，舒晏随后被人带进了刑讯室。因为还有些案件的细节需要探讨下，韩正坤让梁昱行跟他去一趟办公室。

会谈结束之后，韩正坤办公室的门就被敲响了。小兵已经帮舒晏录完口供了，他走进来，在韩正坤耳边说了些什么。

梁昱行临走前，韩正坤走过去拍了拍他的肩膀：“她什么都知道了，好好安慰一下。”韩正坤指的是何延问绑架林欣雅的动机。

舒晏录完口供之后就坐在外面的椅子上，她静静地看着窗外，直到有人靠近，坐在了她的身旁。她回过头来，梁昱行看了她一眼，把她从位置上抱起来，让她坐在自己的腿上。

舒晏愣了一下，想到这里是什么场合，她刚想站起来，就被他按住了。

梁昱行看着她，外面的日光跃入他的眼底，他的眼睛黑亮，舒晏注视了他片刻，就看见他问：“累不累？”

舒晏缓缓摇了下头，她垂眸，拿出手机打字。

“梁昱行，你唱首歌给我听吧。”

“好，你想听什么？”

“什么都可以。”

……

梁昱行眉眼温柔，搂着她的腰，在她耳边浅唱低吟。

舒晏搂着他的脖子，靠着他的胸膛，能感觉到他的胸膛在微微震动。即使她听不见，她也依然觉得这是这个世上最动听的声音。

这一幕落在旁人的眼里，有种难以言明的温暖和感动。

案件顺利结束之后，韩正坤组织大家举办了一场庆功宴，舒晏也受到邀请，跟着梁昱行一起去了。

这场长达一年多的连环案件顺利告破，大家终于能彻底地松一口气了，特别是前段时间在警局里通宵熬夜的警员们。

韩正坤连续三四杯酒下肚，完事之后他又给自己倒了一杯，对着梁昱行和舒晏的方向说：“来，让我们敬这次案件最大的两位功臣。”

舒晏正在专心吃着梁昱行给她剥的蟹肉，不知道韩正坤点了自己的名，直到魏明悄悄碰了下她的手臂。

“舒晏，喊你呢，要敬酒。”

舒晏抬起头，看到韩正坤又说了些什么，她才反应过来。她正准备去端酒杯，就被梁昱行伸手拦了一下，他换了杯橙汁给她。

等跟韩正坤碰完杯坐下之后，舒晏才在餐桌底下打字问他：“为什么不让我喝酒？”

梁昱行看了她一眼，脸悄悄红了，嘴唇微启，欲言又止。

这回不用他说，看到他这副模样，舒晏顿时就想起上次喝醉酒之后轻薄他的事情，她的脸颊也跟着一红。她浅酌几杯还可以，一旦喝多了，就容易做一些……大胆的举动，他应该也是担心她会在众人面前酒后失态吧。

舒晏浅浅一笑，没再追问他。

酒足饭饱散席之后，大家各自离场，韩正坤在所有人都离席之后又拉着梁昱行陪自己多喝了几杯。虽然案件告破了，可是能感觉到他今晚的情绪明显不佳，舒晏多少也知道一些原因，为了让他们两个单独交谈，她和魏明在外面的大厅等他们。

过了一段时间，梁昱行就扶着醉得意识不清的韩正坤从包厢里走出来了，他应该也喝了不少，舒晏看到他的脸也红红的。

他们在饭店外面叫了辆车，魏明送韩正坤回去。等他们离开之后，舒晏正准备拦第二辆车，手就被身旁的人牵住了。

她转过头来，对上他熠熠闪光的眸子，梁昱行对她道：“小晏，我们走路回去吧。”

舒晏看着他绯红的脸颊，能闻到他身上沾染的酒气，她点了点头。也好，散散步让他醒醒酒。

梁昱行牵着她的手，沿着街道慢慢行走，他的手指有些冰凉，与舒晏十指相扣。街道两旁的商铺灯牌明亮，徐徐的晚风拂过，很是惬意。

喝醉酒的梁昱行看起来和平日里并没什么区别，除了脸颊浮着红晕之外。舒晏转头看着他，他的侧颜被灯光照亮，眉目精致如画。

舒晏觉得他这副模样真是好看极了，她的脑海里忽然闪过了一个词——秀色可餐。

像是感觉到她正在打量自己，梁昱行转过视线，黑润的眸仿佛也凝了些雾气，他问："小晏，看我做什么？"

舒晏眉目微弯，微微一笑，没回答他这个问题，而是问："喝了那么多酒，你头晕吗？"

"有点……"

"我回去泡杯蜂蜜水给你喝吧。"

"好。"

饭店离他们家不算太远，走路二十多分钟就到了。舒晏站在自己家门前，跟他说自己先回家一趟，等会再过去找他，可是没想到她刚打开家门，梁昱行也跟着一起进来了。

"你怎么……"

梁昱行目光微敛："等下魏明会回来，看到我们两个……不太方便。"

舒晏轻轻笑了，知道他的言下之意就是不想让别人当电灯泡。

将门敞开，她在玄关拿了拖鞋给他换上。

"你先去客厅坐着，我去给你倒水。"

"好。"

舒晏在厨房里给他泡了杯蜂蜜水，梁昱行安静地坐在客厅的沙发上，摩卡就蹲在他的脚边，他伸手轻轻抚摸着它的脑袋。

舒晏走过去把水递给他。

"谢谢。"梁昱行接过水杯道谢。

舒晏站在他面前，伸手指了指自己卧室对面的客房。

"你累不累，要不要进去休息一会儿？"

梁昱行摇了摇头。

他把手里的杯子放在面前的桌子上，随即，握住了她的手。他轻轻一扯，舒晏就坐在了他的身旁。他低下头静静地凝视了她好一会儿，然后靠过去吻住了她。

他身上的酒气钻入舒晏的鼻间，却意外的不难闻，他的唇齿间也带着酒味，微烈的醇香让舒晏也跟他一同沉醉在这个吻里。

这样的姿势维持久了，她的脖子有点酸，而且这个吻持续的时间太长了，舒晏有些透不过气来，她轻轻推了他一下，想让他先停一下。

梁昱行之前从来不会在这种事情上强迫她，但不知道是不是因为今晚喝多了酒，他和平时表现得不太一样。他没有松开她，修长的手握着她的后颈，将她压倒在沙发上，然后再靠上来吻住了她。舒晏轻轻拉住他的衣领。

他的亲吻很有技巧，亲得她浑身酥麻，脑袋混混沌沌的，完全无法思考，只能沉沦在他的亲吻里。

两人靠在一起，呼吸相闻，舒晏在迷蒙的视线里看到他越来越红的脸颊，感觉到他越发滚烫的气息……

舒晏鬼使神差地忽然抬起手来，轻轻碰了下他红润滚烫的脸颊，然后就感觉到他明显怔了一下，随后便吻得更深。

没过多久，舒晏就感觉自己的衣服下摆被人轻轻撩开，一双微凉的手探了进来。她温热的身体被他微凉的指尖触碰到，顿时一阵战栗。舒晏小小地惊了一下，连忙握住他的手。

像是知道她此时在想些什么，梁昱行的唇稍微离开，浅浅地吻了下她的眼睛，轻声安抚："别怕，我不会……"他红着脸接着道，"小晏，我就是……摸一下。"

舒晏看到他在说什么之后，脸颊的温度倏地升高，她微微抿起唇。

她眼里的惊慌失措太明显，梁昱行轻吻着她的脸颊，缓缓一笑，温柔地抚摸着她，舒晏害羞地闭上眼睛。

片刻后，她才重新睁开眼。接触到他深沉的视线，舒晏别开眼。

"梁昱行，你太坏了……"

梁昱行握住她的手，在她的手背上轻轻吻了一下，舒晏想收回手，他却不让。

半晌，梁昱行帮她整理好身上的衣服，再把她从沙发上拉起来。舒晏靠在他的怀里，想着下一次也不许他喝那么多酒了，他喝醉酒之后……太霸道了……

虽然是这么想的，她的嘴角却控制不住地扬起。

她伸手搂住他的脖子，静静地和他靠在一起，没多久，就感觉脸颊被他轻轻碰了一下。

“小晏，抱歉，我今晚自制力有点差……”梁昱行对她道。

知道就好，还说出来。

舒晏瞪了他一眼，随即笑开了。她重新靠在他的怀里，拿出手机打字：“梁昱行，你还记得我之前跟你说过等你任务结束之后我们就去玩吗？”

梁昱行点头：“记得。”

“那你接下来有时间吗？”

任务告捷，接下来也确实没有什么事了，梁昱行点点头。

见他点头，舒晏继续打字：“那我们接下来找个地方一起去玩吧，我们都还没有好好约会过。”

他来南城原本就是来执行任务的，和她确定关系之后，因为需要查案，两人确实没有多少时间能够像普通情侣一样约会。舒晏虽然没觉得有什么，但还是希望有时间能和他好好地享受一下二人世界。

梁昱行自然会答应她：“好。”

这个重大案件告破之后，南城警局召开了一场新闻发布会，警局局长和刑警队队长，以及这次案件的主要负责人韩正坤都会去参加，梁昱行和魏明届时也需要穿着制服出席。

表彰大会当天，梁昱行穿着警察制服站在人群的最中间，身姿笔挺，舒晏只看了一眼，就认出了他。

他们在里面开会，舒晏只能站在外面看电视上的现场直播。进行表彰的时候，镜头一直对着梁昱行等人，面容英俊的男人神情严肃认真，眉目却是一如既往的温和清朗，舒晏看着他，浅浅地笑了起来。

大会结束之后，舒晏就在外面等着他，没过多久，就看见人出来了。她眉目染上笑意，站在原地等着他走过来。

梁昱行走到她面前，眉目温和地笑了，瞳仁漆黑清亮。

“等很久了？”

舒晏摇了摇头，情不自禁地伸手将这个英俊的男人抱住，轻轻靠在他身上。

从未有过像这样的一刻，她为他感到如此自豪。

身旁陆陆续续经过一些警员，都是刚参加完大会退场的人。路过他们身旁时，众人的视线黏过来，漫不经心地吹了声口哨，起哄声骤起。魏明、小兵他们也在其中，吹口哨的声音属他们几个最响。

梁昱行的脸颊慢慢红了。

舒晏靠在他怀中，听不见这些起哄声，但能感觉到他身体微顿，她抬起头来，刚想问他怎么了，就瞥见周围围着的人，她顿了顿，瞬间明白过来发生什么了。被那么多人盯着，她的脸颊也倏然红了。

梁昱行抬手轻轻抚摸了下舒晏的头发，说：“小晏，别管他们。”说完，他就握住她的手带她离开了这里。

接下来的日子就很清闲了，任务结束，就等于给他们放了一次长假。魏明整天宅在家里打游戏，有空就带着摩卡出门遛圈。这段时间住在梁昱行这里，他和摩卡一人一狗已经结交了深厚的友谊，摩卡现在见到他比见到舒晏还兴奋。

而梁昱行又恢复了之前还没暴露身份的日子，每天带着吉他去舒晏的咖啡店里弹唱，一天到晚都陪着她。等到舒晏有空了，他们就会出去看电影或者逛街，日子过得十分惬意。

阿响现在对他跟之前比起来简直是一个天上一个地下，以往是连余光都不会分他一下，现在是巴不得天天往人面前凑，搞得小靖有点替舒晏担心。

在他第 N 次凑到梁昱行跟前时，小靖忍不住对舒晏道：“舒姐，我觉得阿响最近有点毛病啊，他不会想不开那个啥了吧……你要看好你家男人啊……”

舒晏无语。

“许小靖，你又在胡说什么？”阿响走过来正好听到她说的这番话，脸顿时黑了下来。

小靖一脸无辜道：“我没说什么啊，我说什么了？干活干活……”

阿响“啧”了一声。

他转过头来，对上舒晏的视线，她笑了一下，朝他投来一个“任重道远”的眼神，然后继续忙碌去了。

下午的时候，她打扫着店内卫生，忽然看到摆在一旁的花瓶，里面的桔梗花灿烂鲜艳，她顿了一下，然后想起了现在被囚禁在监狱里的男人。

这束桔梗是他在几个月前送到店里的，明明是没多久以前的事情，舒晏现在想起来却觉得恍如隔世。

何延问在被关进监狱之后曾经要求过想见她，但被舒晏回绝了。现在在里面的那个人已经不再是她所认识的人，所以没有再见面的必要了。

舒晏将花取出来，一起清理进了垃圾桶。

第二十三章

美好的岁月时光

何延问的案子已经经过法庭审判，他被判了无期徒刑，被他伤害过的那些女生都在医院经受治疗，事情总算是告一段落了。

案件结束后，梁昱行就要回B市复命，舒晏还留在南城这边。梁昱行回去之后，他会利用休息时间每周回一趟南城，隔天又再飞回去，这样的情况持续了两个多月。舒晏知道他来回折腾很辛苦，看着他每次来找她时疲惫的面容，止不住地心疼。

这天，梁昱行又利用休假时间来找她，陪了她一天，买了隔天的机票返回B市。

又一次离别。

梁昱行提着行李站在门边，舒晏仰头看着他。这两个多月他们经历了不知道多少个这样的时刻，每次她都以为会习惯的，可再次面临这样的离别，心里总是会有些酸涩。

梁昱行默默地凝视了她一会儿，低下头来吻住她，舒晏靠在他怀里，与他耳鬓厮磨了好一阵。不知过了多久，他才不舍地挪开了唇。他盯着她，眼底有温柔的光，像漫天星辰。

“小晏。”他突然开了口。

像是知道他要说什么，舒晏又重新搂紧了他的腰，等了好一会儿才抬起头来，拿出手机打字。

“梁昱行，我想去B市。

“我想跟你一起去B市发展。”

这样，你不用再像现在这样两头跑，我们也可以不用分隔两地，想见面只能通过视频聊天。

想见到对方时，我们随时随地就能够见到。

在他第一次为了她连夜从B市飞回南城的时候，舒晏就做了这个决定，只是她需要筹划一下，所以一直都没有告诉他。

看完她说的这些，梁昱行微怔片刻后抬起头来，眼睛微亮：“小晏，你的意思是……”

舒晏看他这副模样，眼神越发温柔，在他慢慢浮升起欣喜的目光中缓缓点了下头。

“梁昱行，在我心里，你早已比任何一切都还要重要。”

他看完这行字，忽然俯低了身子，一个温柔的吻就落在她的唇瓣上。

“小晏……谢谢。”梁昱行凝视着她，眼睛如缀星辰，“在我心里，你也同样重要。”

舒晏笑了，伸手抚摸着他的脸颊。

她不后悔为了他做这个决定。在她还没有这个念头的时候，梁昱行就提出要调来南城任职。舒晏最不愿意的就是听到他说这种话，B市和南城，任谁都知道在哪边发展更好，她不想他仅仅只是为了她就屈就于这样的小城市，B市才是属于他的地方。

“昱行，你再等我一个月，等我筹划好了，我就可以去B市陪你了。”

她不想让他再孤零零地踏上返程的航班，她希望下次能够陪他一起。

“好。”

做了这个决定后，舒晏就开始着手搬迁的事情。她之前就有计划要将咖啡店迁到B市，找了个时间询问小靖和阿响的意见。搬迁是一件大事，而且是要去另外一座城市重新开始，不止工作，就连生活上也会发生很大的变化。

舒晏原本有想过在B市重新开一家咖啡店，然后南城这间留着，但以她现在的经济状况，加上在B市的生活压力，她可能无法同时负担两家店。小靖听她这么说，心里很不舍，她很想跟着舒晏一起去B市，可是她没办法，家人都在这边，父母还等着她照顾……

小靖从咖啡店开业那天起就跟着舒晏了，这么多年，舒晏待她就像亲姐妹一样，现在舒晏打算和梁昱行在B市生活，她心里百般不舍。

阿响喜欢小靖，她要留在南城，他自然也要跟着留下来。但他也不愿意让舒晏把这间辛苦经营了数载的咖啡店关闭，所以他去找舒晏，说他想将咖啡店买下来。

知道他的想法之后，舒晏有些讶异，但同时又觉得惊喜。如果能将这间咖啡店留下来自然最好，但阿响的经济情况她多少也清楚，以他现在的情况，并不足以承担起一间咖啡店。阿响自己也清楚，所以他提议先把这家店承担起来，每个月固定还她多少钱，直到能将整间店买下来为止。

能有办法将南城这家咖啡店留下来，舒晏已经很开心了，她其实并不打算收他们的钱，但想了想，她还是同意了阿响的提议。

这个问题解决，舒晏就正式开始进行搬迁的事宜。除了小靖和阿响在帮她，梁昱行和魏明也帮她在 B 市找新址，经过了半个多月的筛查，新址定在 B 市一家大型商城里。

地址拟定，和业主签了租赁合同后，舒晏就开始搬家了。

梁昱行让她搬到他家去住，原本舒晏还有些犹豫，但是搬迁已经花掉了她大部分存款，所以她就接受了他的提议。

夜深，道路两旁温暖明亮的路灯照耀在路面上，舒晏望着车窗外的景色。

她已经有许多年没有回来这里了，她从南城搬回来的消息没有告诉家里人，自从上次母亲让她汇钱给弟弟之后，他们就没再联系过，舒晏也不想让他们知道自己已经回来了。但毕竟他们养育了她那么多年，她想，等之后安定下来还是要带梁昱行回去见他们。

梁昱行将车缓缓停在地下车库里，拿了行李带着她走到自家独立的院落前，舒晏微惊了一下，转头看向身边的男人。

“这里是你家？”

她的讶异似乎早就在他的意料之中，梁昱行轻轻点了下头，笑了：“是。”

他把行李放在门边，伸手按着门把上的密码锁。看到他输入的那串数字有点眼熟，舒晏刚抬起头来，就看见他说：“小晏，密码是你的生日。”

舒晏微愣。

“你……什么时候换的？”

梁昱行道：“回来之后。”

舒晏眉目一弯，半开玩笑道：“梁昱行，你是有多喜欢我？”

梁昱行静静垂眸凝视着她，眼里盛满了温柔，神情是极认真的：“小晏，我时时刻刻都想让你知道我的心意。”

猝不及防被表白了，舒晏觉得胸腔被暖意填满，她心头一动，踮起脚来凑到他脸颊边轻吻了一下。

之后她没再看他，径直入门。

结果刚走没几步，手腕就被人握住了，舒晏被迫停住脚步。随即，她被人握住肩膀，轻轻带着转过身来。

梁昱行脑袋微低，凑近她，将她轻轻压在墙壁上，一手搂着她纤细的腰，另一只手温柔地扣住她的手压在墙面上，低头吻住她的唇。

看着这个连接吻都格外专注的男人，舒晏无声地笑了笑，闭上眼睛回应他。

得到回应之后，梁昱行目光渐深，吻得越发投入，搂着她腰的手不受控地探入她的衣服里。当微凉的指尖触碰到温热的肌肤时，双方都微微一颤，舒晏骤然睁开眼，对上他漆黑深沉的眸子，心跳骤快。

他们已经有将近半个多月没见了，思念之情在唇齿相触之后一触即发，梁昱行有些不受控地亲吻着她，轻咬着她柔软的唇。似乎觉得这样还不满足，梁昱行松开了她的唇，将她打横抱起来。

舒晏被他亲得脑袋蒙蒙的，等回过神来，人已经被他带进了一间卧室，被他压倒在了一张柔软舒适的大床上。

刚把他放在床上，还不给她喘息的机会，梁昱行就已经靠了上来，温热的唇瓣也随之而来。舒晏半睁着眼睛看着他，他的眼睛很亮，像今晚的月色，同时又暗沉得仿佛深夜之下的海平面，一眼望不到底。她凝视着他的眼，沉沦在他的亲吻中。

他的唇渐渐下移，湿热的吻落在了她的颈侧，同时，他伸手轻轻抚摸了一下她柔滑的肌肤。舒晏比较敏感，他的手伸过来，她的身体便不可抑制地轻轻颤抖着。

好在他也没有得寸进尺，修长的手只是放在腰间，温柔亲密地抚摸着。

像是察觉到她的慌张，梁昱行撤离了自己的唇，在她的眉间珍重地落下一吻，这才松开她。

因为这一番亲密举动，舒晏的衣服扣子松开了，半截雪白的肩头露出来，那上面布满了吻痕，引人遐想。

梁昱行的目光接触到那片肌肤，脸颊瞬间涨红，舒晏靠在他的怀里，闭着眼睛喘气，迷迷糊糊的，还未有所察觉。

梁昱行看了一眼便收回自己的视线，几秒后，克制守礼地伸手帮她把衣服拉好。

刚刚经历了那样的事情，现在温香软玉在怀，梁昱行有点心猿意马。半晌，他还是将她松开，从床上下来。

离开了温暖的怀抱，舒晏睁开眼睛，看着背对着她站在床边的人，有点不明白这是怎么了。

她从床上起来，拉了拉他的衣角。

梁昱行回过身来，飞快地低头看了她一眼，然后像触电似的别开视线，俊脸红晕弥漫。为了确保她能看到自己在说什么，他侧过脸对着她说："小晏……我需要冷静一下。"

过了一会儿，舒晏才明白了他话里的意思。

她脸颊一烫。

梁昱行用余光看着她害羞的模样，温和地笑道："我先出去一下，你过会儿出来，我带你逛逛这里。"

舒晏在房间里待了一会儿，盘算着他差不多冷静下来了才出去。

刚被他抱进卧室里，舒晏还没来得及打量他的房子。

他的房屋确实很大，有两层，二楼都是一些房间，一楼是大厅和厨房，厨房门外有个吧台。舒晏下楼之后，就看见那道挺拔的身影正站在吧台后方。

舒晏走过去，在吧台前的高脚凳上坐下，看着正在忙碌的梁昱行，微微笑了。

梁昱行若有所觉地抬起头来，眼底泛着浅浅的光。

夜色正浓，屋内的光线明亮，温暖了两个人的心房。

花了将近半年的时间，舒晏在B市的咖啡店顺利开张，正式营业那天，梁昱行休了一天假过来陪她。他带了把吉他，坐在店里，琴弦一拨，就吸引了不少女性的注意。

那天，店里的营业额超出了舒晏预期的两倍多，但是……

回家的路上，舒晏跟梁昱行说："你下次来店里不要弹吉他了。"

梁昱行有些茫然地看着她："为什么？"

舒晏想到今天在店里有人上去跟他搭讪，心里就有些不太爽快。

她别开了脸，几秒后又转回视线看他："我不喜欢她们都盯着你看。"

梁昱行愣了一下，随即明白过来。想到舒晏此时正在吃醋，他将她的手握紧，笑道："好的，我知道了。"

舒晏把南城的房子卖了，把所有的东西都搬到他家里，每天早晨，梁昱行都会先送她到咖啡店，然后自己再去警局。他最近这段时间也还是很忙，但就算再忙，他每天晚上都会回家，抽出时间来陪她。尽管每次等到舒晏睡下之后，他都会去书房忙到凌晨。

舒晏心疼他，告诉他忙碌的话可以不用来陪她，但梁昱行却执意如此，他说："小晏，我的工作忙碌，无法做到每个时刻都陪着你……但至少，能让我每夜都能陪在你身旁。"

舒晏动容，也更加心疼他。

她靠在他怀里，梁昱行将她放在卧室的床上，轻轻吻了下她的额头，四目相对，他低头吻住了她的唇。

舒晏笑了笑，主动揽着他的脖子靠在他怀里。

窗外月色清朗。

一间房屋，两个人，一段细水长流的感情，一段漫长的时光岁月。

这已是她设想中的最美好的生活。

番外

从此朝暮，与你共白首

梁昱行向警局申请了半个月的长假，陪舒晏去旅行。

商量好要去哪里之后，梁昱行用最快的速度将机票及酒店订好，然后就带着舒晏踏上了旅途。

舒晏这些年一直都在规划着这样一场旅行，只是因为挪不出时间，所以一直没能出来看看这些美好的风景。如今如愿以偿，而且是跟心爱的人一起出游，舒晏从下飞机后，脸上就一直带着浅浅的笑意。

他们去订好的酒店放了行李，然后梁昱行就带她去附近的古镇逛街。

傍晚，古镇里的人有些多，街道两侧都摆满了摊位。道路狭窄，舒晏被他护在身旁。这里居住着的大部分是少数民族，摊贩们卖的也是些很有民族特色的小玩意。

舒晏在其中一个摊位看中了一条红色的民族风丝巾，柔软的丝绸和美丽的图样都让人爱不释手。向摊主确认可以试戴之后，舒晏才将丝巾披在肩上。她对身旁的人笑了笑，抬起手做了个手语问："好不好看？"

梁昱行静立在她身旁，眉目含着笑意，他点头："很漂亮。"

见她喜欢，梁昱行很快拿出钱付了款，带着舒晏继续往前走。

到了饭点，他们在古镇的一家小餐厅里用了饭，饭后在附近又逛了一圈，这才回了酒店。

他们住的是一间双人房，房间里摆着两张床。晚上，舒晏一个人躺在床上好好的，忽然感觉身后贴上来一具温热的身子，梁昱行也跟着钻进了她的被窝里。

他这样睡过来，另一张床不就形同虚设？

舒晏笑了，但终究是没有抗拒，她回身，将脑袋埋进他的胸膛。

梁昱行伸出手，轻轻抚摸着她的脸颊，然后靠过去吻住了她。

舒晏已经习惯了他猝不及防的亲吻，她抬手搂住他的脖子，温柔地回应着他。他们的舌尖勾缠在一起，梁昱行修长的手指与她的十指相扣，将她搂紧，贴合自己。

舒晏与他靠得很近，似乎能感受到他肌肤的热度。

然后……

舒晏就感觉到他身体上的一些变化。

舒晏的脸颊倏地一红，她伸手轻轻推他，梁昱行却无动于衷。他的脸似乎也红了，但他搂着她不肯松手，还将脸埋进她的肩窝里。

灼热的呼吸拂过她的肩颈，舒晏觉得肩膀那里有些痒痒的，没多久，她就感觉他的唇落在她的肌肤上。

她一怔。

她看不见他的神情，但能感觉到他收紧了手臂，将她搂得更紧了。

舒晏嘴角含笑，闭上了眼睛，一夜好眠。

隔天，他们乘车去附近一个很著名的花海游玩，中午在周围的民宿里用了餐，下午就去另外一边看海。

午后的太阳有些猛烈，但在这样的天气里，这样的烈日照在人身上却是暖洋洋的。

梁昱行从身后抱着舒晏，倚在栏杆边，静静地感受着拂面的海风。这一幕被景区里的摄影师拍了下来，等他们准备离开时，那人才拿着照片上来问他们要不要将照片买下来。

照片拍得很好，风景秀丽，画面中的人安静地倚靠在一起，两人脸上都带着恬淡的笑意，眉目如画。

舒晏很满意这张照片，让梁昱行询问了价钱之后就把照片买了下来。

充实愉悦的时光总是容易散尽，最后一天，他们原本计划好要去爬雪山，可他们去晚了，今日上雪山的人数已经满了，限流之后就不允许游客再上去，他们只好作罢。

雪山上不去，他们也没有做别的计划，就只能在附近闲逛。

周围的景色也很美，舒晏很快就将心里那点小失落抛诸脑后。在附近逛了一圈，中午过后，他们就来到一个风景独特的小镇。

小镇的街道很安静，来往的人很少，偶尔有几个小孩嬉闹着从身旁跑过去。舒晏很快就被一个做糖人的摊位吸引，摊主正在展示手艺，她好奇地走上前观看。这时，梁昱行轻轻捏了下她的手指，舒晏回头。

“小晏，想要吗？”

舒晏点头。

梁昱行付了钱，从摊主那里拿了一串糖人给她，舒晏笑着接过。

“好甜。”舒晏咬了一口，笑眯眯地看着身旁的男人，将手里的糖人凑过去，问他，“你要不要来一口？”

梁昱行的目光从她手里的糖人挪到她狡黠的眼睛，他敛了敛眸，握着她的手，忽然低头亲了她一口。

舒晏微愣。

梁昱行直起身，看着她微微呆滞的模样，唇边掠过一丝笑意，他赞同道：“嗯，很甜。”

这大庭广众的……

舒晏的脸微微一红，她嗔了他一眼，接着往前走，走没几步，手就被人牵住了。舒晏觉得嘴里的甜意似乎渗入了心里，她不由得勾了勾唇。

他们往前走，路过一间酒屋，里面传来一曲动听的民谣，梁昱行顿住了脚步。

“怎么了？”

梁昱行刚想摇头，舒晏转过头也注意到了这间酒屋，顿时来了兴致。

“我们进去里面看看吧。”

酒屋里的人虽然不多，但这里空间不大，几个人就占满了位置，梁昱行带着舒晏在其中一张桌前坐下。酒屋中央坐着一名年纪轻轻的小男生，他手里抱着把吉他，正对着一个方向弹奏。

舒晏注意到他正前方坐着一个小姑娘，她此时正望着弹吉他的人，笑意爬上了眉眼。

真是单纯美好的感情，舒晏看得心里暖暖的。她转眸看向身旁温润如玉的男人，梁昱行默契地与她对视，两人同时一笑。

这间酒屋有个规矩，客人如果能在这里拿起吉他弹奏一曲，就可以免单，舒晏问他要不要上去露一手。

梁昱行对上她期待的眼神，无奈地笑了，他上前拿起吉他，坐在人群中央。

日光明媚，室内亮堂，穿着白衬衫的男人怀中抱着吉他，修长的手指正轻缓地拨着琴弦，眉目温润的模样，让人心动。

舒晏望着他，笑意划过眉间，她眯起眼睛笑了。

梁昱行弹着吉他，目光温柔地注视着她，一步步靠近，直到一曲终止，他来到她面前。

舒晏抬头看着他，心有所动。

梁昱行看着她，微微笑了。

“小晏，我爱你。”

舒晏的世界原本一片沉寂，她却似乎在这一瞬骤然听见了一道清朗的声音。

舒晏弯眉，在酒屋众人的注视下站起身，踮起脚，搂住梁昱行的脖子，在他唇边一吻。

周围霎时间响起掌声，还有人吹了声口哨。

舒晏搂着他的脖子，抵着他的额头，眼里都是细碎的笑意。

昱行，我也爱你。

从最初的喜欢到如今，我对你的爱早已胜过了爱自己的生命。

从此朝朝暮暮，我都愿与你相伴共白首。